LA FABRIQUE
DES COÏNCIDENCES

Yoav Blum

LA FABRIQUE DES COÏNCIDENCES

Traduit de l'hébreu
par Sylvie Cohen

Delcourt

TITRE ORIGINAL :
יואב בלום
מְצָרפי המקרים

Conception graphique :
Studio Delcourt/Soleil – Karine Picault

Édition originale publiée en hébreu
par Keter Publishing House, en Israël, en 2011

ISBN : 978-2-413-00041-9

« Dieu ne joue pas aux dés avec l'univers. »

Albert Einstein

« Einstein, cessez donc de dire à Dieu ce qu'il doit faire avec ses dés. »

Niels Bohr

(EXTRAIT)

INTRODUCTION AUX COÏNCIDENCES

PREMIÈRE PARTIE

Observez la ligne du temps.

Naturellement, c'est une illusion. Le temps, c'est de l'espace, pas une ligne.

Mais afin d'illustrer notre propos, nous allons examiner la ligne du temps.

Vous voyez que chaque événement y est à la fois cause et effet. Essayez de localiser son origine.

Vous n'y parviendrez sûrement pas.

Maintenant, c'est déjà passé.

Voilà sans doute le problème majeur, quoique pas toujours évident, que vous rencontrerez en tant que faiseurs de coïncidences.

Donc, avant d'étudier la théorie et la pratique, les formules et les statistiques, avant de commencer à provoquer des coïncidences, nous allons débuter par un exercice très simple.

Reportez-vous de nouveau à la ligne du temps.

Repérez le bon endroit, posez-y le doigt et il vous suffira de décider que c'est le point de départ.

1.

Là encore, comme toujours, le minutage était crucial.

Attablé dans un bistrot, cinq heures avant de repeindre le mur sud de son appartement pour la deux cent cinquantième fois, Guy sirotait son café avec une lenteur délibérée.

Bien calé dans son siège, il affichait un calme acquis au prix d'années d'entraînement, les mains en coupe autour de sa tasse, comme autour d'un précieux coquillage. Du coin de l'œil, il suivait la progression de la grande aiguille sur la grosse horloge murale accrochée au-dessus de la caisse. Au moment d'agir, il s'apercevait toujours avec dépit que son souffle et les battements de son cœur dominaient le tic-tac des secondes.

Le café était à moitié vide.

Il observa les clients autour de lui, imaginant derechef le réseau de connexions ténues et invisibles qui, telle une toile d'araignée, traversaient l'air et les reliaient les uns aux autres.

Assise en face de lui, à l'autre extrémité de la salle, une fille au visage poupin, la tête appuyée contre la vitre, laissait la musique de ces alchimistes du marketing spécialisés dans les tubes pour ados l'envahir via les minces fils de ses écouteurs. Les yeux clos, les traits détendus, elle respirait la sérénité. Guy n'en savait pas assez à son sujet pour déterminer si c'était vraiment le cas ou simplement un air qu'elle se donnait. La jeune fille ne faisait pas partie du scénario pour l'instant ; elle n'était là que pour le fond sonore.

Un couple visiblement mal à l'aise – était-ce leur premier ou leur deuxième rendez-vous ? – occupait la table en vis-à-vis. Ils étaient engagés dans ce qui semblait être une conversation amicale, un entretien d'embauche pour une place de conjoint peut-être, ou une petite joute oratoire derrière les sourires de façade et les regards obliques qu'ils se lançaient pour éviter un contact visuel prolongé, susceptible de créer une intimité factice. En fait, ces deux-là incarnaient les rencontres express sans lendemain. Le monde en était rempli, même s'il faisait tout pour leur mettre des bâtons dans les roues.

Assis un peu en retrait à une table d'angle couverte de feuilles noircies de pattes de mouche, un étudiant s'évertuait à oublier son grand amour. Les yeux fixés sur une tasse de chocolat, il était perdu dans ses pensées, déguisées en cogitations savantes. Guy connaissait son nom, son dossier médical, ses relations sentimentales, ses idées, ses rêves, ses petites angoisses. Il avait enfoui ces données dans un coin de sa mémoire... tout ce qu'il avait besoin de savoir en vue d'explorer les possibles et de les organiser conformément aux statistiques complexes des causes et des effets.

Pour finir, deux serveuses souriantes, le dos parfaitement droit en dépit de leurs traits tirés, faisaient des messes basses devant la porte close de la cuisine. Plus exactement, l'une d'elles tenait le crachoir, tandis que l'autre l'écoutait en opinant selon l'usage comme pour dire : « Je suis tout ouïe » même si, semblait-il, elle avait l'esprit ailleurs.

Guy n'ignorait rien à son sujet, du moins l'espérait-il.

Il reposa sa tasse sur la table et déclencha le compte à rebours dans sa tête.

L'horloge au-dessus de la caisse indiquait 15 h 43.

Personne dans le café n'avait exactement la même heure, il le savait. Trente secondes d'avance ou de retard, au fond, quelle importance ?

Après tout, les gens ne se situaient pas seulement par leur position dans l'espace. Ils évoluaient aussi selon des temporalités différentes et se déplaçaient dans une sorte de bulle temporelle, individuelle, créée de toutes pièces. Le rôle de Guy, *dixit* le général, consistait en partie à faire coïncider ces variantes en s'arrangeant pour que cela ait l'air naturel.

Lui-même ne possédait pas de montre. S'étant aperçu qu'il se repérait instinctivement dans le temps, il n'en avait aucune utilité.

Il aimait sentir ces picotements partout dans le corps, jusque dans la moelle des os, avant d'exécuter une mission. Cette sensation que procure l'assurance de n'avoir qu'à tendre la main pour donner une chiquenaude au globe terrestre, ou au ciel. Cette certitude de pouvoir changer le cours familier des choses qui, une seconde plus tôt, se mouvaient dans la direction opposée, et d'assister ainsi à la création *ex nihilo* de quelque chose de neuf. Un peu comme un artiste exécutant de superbes paysages complexes sans pinceau ni peinture, en manipulant simplement un grand kaléidoscope avec des gestes délicats et précis.

Si je n'existais pas, se répétait-il souvent, il faudrait m'inventer. Vraiment.

Ces gestes-là, il s'en produit des milliards tous les jours. Ils se recoupent, s'annulent, oscillent dans la danse tragicomique des futurs possibles, sans que les protagonistes en aient conscience. Quant à Guy, il se bornerait à une seule décision pour anticiper et exécuter le changement sur le point de se produire. Sans bruit, avec sobriété et élégance. Et même si l'on s'en rendait compte, personne n'irait penser que quelqu'un tirait les ficelles. Cela dit, il tremblait toujours avant d'agir.

« Vous êtes avant tout des agents secrets, avait déclaré le général, le premier jour. Les autres sont d'abord des agents, accessoirement secrets, alors que vous, vous êtes d'abord secrets et accessoirement des agents, dans une certaine mesure. »

Guy prit une profonde inspiration, puis tout se mit en branle.

L'adolescente à la table d'en face changea de position au moment où s'achevait une chanson de sa playlist. Le front contre la vitre, elle ouvrit les yeux et regarda dehors.

L'étudiant secoua la tête.

Le couple se jaugeait toujours. L'homme et la femme se mirent à ricaner bêtement, comme si c'était la seule façon de rire au monde.

L'aiguille des minutes avait accompli un quart de tour de cadran.

Guy se rappela de respirer.

Il tira son portefeuille de sa poche.

À l'heure dite, un bref appel lancé d'une voix irritée sépara les serveuses ; l'une des deux fila à la cuisine.

Guy jeta un billet sur la table.

Songeur, l'étudiant entreprit de ramasser ses notes sans se presser.

La grande aiguille se trouvait à mi-parcours.

Guy posa sa tasse à moitié vide sur le billet, à deux centimètres du bord de la table. Lorsque l'aiguille marqua 47, il se leva et fit signe à la serveuse, toujours plantée devant la cuisine, geste qui signifiait à la fois « merci » et « au revoir ».

Elle lui rendit son salut et se dirigea vers la table qu'il venait de quitter.

À l'instant où la grande aiguille dépassait 49, Guy sortit dans la rue éclaboussée de soleil et s'éloigna hors de la vue des « clients » du bistrot.

Trois, deux, un...

* * *

L'étudiant trop mignon à la table d'angle était sur le point de partir.

C'était la zone de Julie, mais Shirley devrait apparemment s'en charger, puisque sa collègue était occupée en cuisine. Aucun problème, elle aimait bien les étudiants. Elle aimait bien les beaux gosses aussi. Un étudiant beau gosse s'avérait donc une combinaison gagnante.

Elle secoua la tête.

Non ! Ne surtout pas s'engager dans cette voie-là ! Les « beaux gosses », « les étudiants craquants » ou tout autre qualificatif du même acabit, elle ne voulait plus en entendre parler !

Elle avait déjà donné. Elle avait pris des risques, elle s'était emballée et cassé le nez. Maintenant, elle était vaccinée. Stop ! C'était fini et bien fini. Elle faisait un b-r-e-a-k.

Le type au regard mélancolique lui fit signe qu'il avait réglé l'addition avant de s'en aller.

Elle le connaissait, enfin façon de parler pour un « client » qu'elle ne voyait qu'une fois par semaine. Il buvait son café jusqu'à la dernière goutte, ne laissant que le marc un peu boueux au fond de la tasse – à l'intention d'un diseur de bonne aventure qui ne viendrait jamais ? –, un billet délicatement plié sous la soucoupe. Il sortit d'une démarche un peu raide, lui sembla-t-il. Elle s'approcha de la table en évitant de reluquer l'étudiant.

Elle était une femme après tout. Un an s'était écoulé. De toute évidence, elle avait besoin de réconfort, d'un peu de chaleur humaine. Elle était seule, « ensemble » étant désormais banni de son vocabulaire. Elle devait se montrer forte, fidèle à elle-même, un loup solitaire, magnifique dans la neige, ou une panthère dans le désert, quelque chose comme ça. Après une surconsommation de films pour midinettes, de musique pop doucereuse et de bouquins légers, elle avait fini, au fil des ans, par se construire une solide forteresse d'illusions romanesques.

Tout irait bien.

Oui, tout irait bien.

Plongée dans ses pensées, elle perçut un léger bruit dans son dos et fit volte-face. L'ado aux écouteurs fredonnait entre ses dents.

En se retournant, elle se rendit compte de son erreur.

Son cerveau enregistrait les événements, les anticipant, les mesurant avec la précision d'une horloge atomique, mais avec un millième de seconde de retard.

Elle déplaça la tasse au lieu de la saisir.

Laquelle tasse, pour une raison inconnue, se retrouva en équilibre instable au bord de la table.

Shirley tendit la main pour la rattraper au vol. Elle la manqua, la tasse tomba et se brisa sur le sol. Elle poussa un cri de frustration.

L'étudiant – un garçon pas intéressant pour deux sous, donc – leva la tête, alerté par le vacarme. Il eut un geste malencontreux et renversa son chocolat sur ses notes.

Au même moment, Bruno surgit de la cuisine.

« Et merde ! »

* * *

« Il faut parfois être sans pitié, avait déclaré le général. Ce sont des choses qui arrivent. C'est inévitable. Ça me plaisait beaucoup à l'époque, je l'avoue. Pas la peine d'avoir des penchants sadiques pour comprendre. Le principe est simple. »

Guy marchait dans la rue, comptant ses pas avant de s'autoriser à se retourner. La tasse avait dû tomber à l'heure qu'il était. Il se bornerait à un rapide coup d'œil pour vérifier que tout se passait comme prévu. Il ne s'agissait pas d'un comportement puéril, mais d'une saine curiosité. Personne ne le remarquerait. Il se trouvait à l'autre bout de la rue. Il était en droit de le faire.

Ensuite, il saboterait la canalisation.

* * *

Shirley entendit l'étudiant jurer dans sa barbe, et le vit se précipiter pour sauver ses notes du naufrage.

Elle se pencha pour ramasser les débris de porcelaine et, dans sa hâte, se cogna la tête contre la table.

« Et remerde ! »

Elle s'efforça de récupérer les plus gros fragments sans se blesser. Ses chaussures étaient constellées de café, un peu comme les taches décolorées d'une girafe. Le café partirait-il au lavage ? Est-ce que ces chaussures se lavaient seulement en machine ?

Elle agonit d'injures mentalement la terre entière. C'était la troisième fois que cela arrivait. Bruno lui avait clairement signifié ce qu'il se passerait si cela devait se reproduire.

Il s'accroupit à côté d'elle, rouge de colère.

« Laissez ça », dit-il d'une voix très calme.

« Je suis désolée, bredouilla-t-elle. C'était un accident. Je me suis retournée. Une seconde d'inattention. Et voilà. »

« C'est la troisième fois, grinça Bruno entre ses dents, peu désireux de faire un scandale devant les clients. La première, ce n'était pas grave. La deuxième, je vous avais prévenue.

— Je suis vraiment navrée, Bruno. »

Il la fusilla du regard.

La bourde !

Il détestait qu'on l'appelle par son prénom, elle le savait. Elle ne commettait jamais ce genre d'erreur d'habitude. Que lui arrivait-il aujourd'hui ?

« Laissez ça, répéta-t-il en détachant chaque syllabe. Vous allez rendre votre uniforme, récupérer vos pourboires et déguerpir. Vous êtes virée. »

Et sans lui donner le temps de répondre, il se redressa et retourna à la cuisine.

* * *

Guy courait maintenant.

Il lui restait beaucoup à faire. Impossible de tout prévoir assez tôt. Il fallait, en effet, s'occuper de certaines choses à la dernière minute, ou tout au moins vérifier qu'elles se déroulaient selon le plan établi.

Il n'avait pas encore atteint le stade où il pourrait se contenter de renverser les tasses et d'observer l'enchaînement des événements. Il avait encore besoin de leur donner un coup de pouce, en temps réel.

* * *

Il allait devoir faire des photocopies de la plupart de ses notes.

L'une des serveuses – pas celle qui ramassait les débris de la tasse et semblait au bord des larmes, l'autre – apparut avec un rouleau d'essuie-tout et l'aida à éponger l'excédent de chocolat que le papier n'avait pas absorbé. Ils nettoyèrent la table en silence. « Vous pouvez les jeter, dit-il en indiquant les trois quarts de ses feuilles. Je suis bon pour refaire des photocopies.

— C'est vraiment pas de chance, remarqua la serveuse avec une petite moue compatissante.

— Est-ce que je pourrais avoir l'addition, s'il vous plaît ? Je dois filer. »

Elle acquiesça et tourna les talons.

Son parfum vint chatouiller les narines de l'étudiant. Le même que Sharon. Un signal d'alarme se déclencha aussitôt dans sa tête.

Il ne manquait plus que ça.

Il cligna des yeux en fourrant les papiers rescapés dans sa sacoche. La table était nickel, quand la jeune femme revint avec l'addition.

Il retenait inconsciemment sa respiration pour éviter de respirer son odeur.

Après son départ, il leva les yeux et constata que sa collègue, celle qui avait cassé la tasse, quittait le café, après avoir rendu son uniforme.

* * *

À l'endroit où il se trouvait, sur le banc, à l'arrêt du bus, elle ne pouvait pas le voir. Guy feignit quand même de s'absorber dans son carnet, on n'était jamais trop prudent.

Il l'avait ouvert à l'une des premières coïncidences dont on l'avait chargé. Il devait se débrouiller pour qu'un salarié d'une usine de chaussures perde son emploi. Le type en question était un compositeur génial qui s'ignorait. Dans un premier temps, Guy devait s'arranger pour qu'on le licencie. La seconde étape consistait à lui faire découvrir la musique et l'inciter à composer à son tour.

La mission était plutôt ardue pour un novice et bien moins excitante que ce dont il rêvait.

Guy était peut-être un brin arrogant en ce temps-là. Il avait imaginé une tactique qui dépassait de loin ses compétences. En relisant ses notes, il se rappela avoir eu recours à une chèvre capricieuse, des vaccins contre la grippe et une panne de courant destinée à paralyser l'usine.

Et naturellement, il avait échoué. Il avait mal calculé l'heure d'arrivée des employés, de sorte que c'est un collègue de sa cible qui avait été renvoyé. À l'époque, contrairement aux directives du général, Guy ne prenait en considération que l'individu, décorrélé de son environnement. Il avait négligé les bouchons du jeudi matin dans le quartier où habitait son compositeur en puissance, si bien qu'une autre personne s'était trouvée à l'usine au mauvais moment.

La manœuvre tenait en quatre pages dans son carnet. Quatre pages ! Bon sang, mais pour qui se prenait-il ?

Cinq mois plus tard, un de ses confrères (il ignorait lequel) avait réussi à faire mettre à pied le compositeur et réintégrer l'employé licencié par erreur. Quelle chance ! Autrement, nombre d'œuvres musicales majeures n'auraient jamais vu le jour par sa faute, il en était persuadé.

Toutes ses erreurs n'avaient hélas pu être rectifiées avec le même bonheur. Il n'y avait pas toujours de seconde chance.

Il aperçut la serveuse maladroite à l'arrêt de bus, de l'autre côté de la rue.

* * *

En cet instant, on aurait dit que le monde entier tournait au rythme de ses pas sur le trottoir. Elle entendait le léger bruissement du tissu quand elle balançait les bras et le frottement de l'étiquette sur la couture de son chemisier. Elle s'attardait sur des broutilles quand elle était sur les nerfs. Elle l'avait découvert depuis peu.

Curieux, ce n'était pas son licenciement brutal qui la contrariait, mais le sentiment que les choses ne s'étaient pas passées comme elle l'avait imaginé. Son univers avait basculé en un clin d'œil. La vie n'était pas censée vous maltraiter de cette manière. Elle devait vous annoncer en douceur les nouvelles, bonnes ou mauvaises. Et non jeter des pierres dans votre étang et puis, l'air de rien, désigner du doigt les cercles qui ridaient la surface de l'eau. Elle avait l'étrange sensation d'être tombée nez à nez, à un coin de rue, avec une vieille connaissance, perdue de vue depuis longtemps.

Il avait plu un peu plus tôt et, malgré le soleil qui baignait la rue, une drôle d'odeur stagnait dans l'air et un petit ruisseau brunâtre inondait le bas-côté de la chaussée avant de s'écouler dans la bouche d'égout. Le bus qu'elle venait de rater l'éclaboussa en la dépassant. Ses chaussures étaient trempées, une fois de plus. Il y avait des jours comme ça...

Elle allait devoir survivre jusqu'au soir sans anicroches. Demain serait un autre jour. Il serait temps d'évaluer les dégâts, de colmater les brèches et de réfléchir au moyen d'aller de l'avant, mais aussi dans quelle direction aller.

Elle avait tendance à tout exagérer. Bon, on l'avait mise à la porte, et alors ? Ce n'était pas une expérience formatrice qu'elle raconterait à ses petits-enfants ou à un psy. C'était juste une mauvaise passe. Elle connaissait par cœur. Pas la peine de dramatiser.

Le prochain bus passait dans une heure. Elle avait meilleur compte à sauter dans un taxi. Une fois chez elle, elle prendrait une longue douche et dormirait jusqu'au lendemain matin. Ensuite, elle aviserait. Elle chercherait du travail et trouverait un moyen de régler son loyer. Et puis elle verrait comment nettoyer ses chaussures.

* * *

Guy était sur des charbons ardents. La fille n'avait pas l'air d'être au bord du gouffre. Il s'était attendu à la voir totalement anéantie.

Tout compte fait, c'était mieux ainsi. Elle serait plus réceptive à de nouveaux projets.

Et puis la frustration et une pointe de tristesse l'inciteraient probablement à chercher de l'aide quelque part.

Ou à se renfermer dans sa coquille.

Il aurait dû prévoir cette éventualité, songea-t-il, déconfit. Anticiper son niveau de découragement avec précision. Minimiser les marges d'erreur concernant l'éventail des choix. C'était la première leçon. Bon, pas tout à fait. Disons plutôt la cinquième.

Voire la dixième. Il ne se rappelait plus.

Quoi qu'il en soit, elle n'avait pas l'air aux abois.

* * *

« Que se passe-t-il ? » s'enquit-il.

Un passant s'arrêta.

« Pardon ?

— Que se passe-t-il ? répéta l'étudiant. Savez-vous pourquoi on n'avance pas ?

— Une conduite d'eau a pété. Ils ont barré la rue.

— Je vois. Merci. »

Il allait contourner l'obstacle. S'il bifurquait à droite et ensuite à gauche, il pourrait emprunter les rues parallèles et rejoindre... non, c'était un sens interdit. Et s'il obliquait deux fois à droite, puis à gauche en prenant la rue à sens unique ? Sauf que ce n'était peut-être pas une voie à sens unique, mais une impasse...

Sharon ne ratait jamais une occasion de se moquer de lui.

« Comment as-tu fait pour devenir officier si tu n'es même pas fichu de t'orienter en ville ?

— En ville, c'est différent.

— Ce devrait être encore plus facile.

— Heureusement que tu n'assistais pas aux cours avec moi. Je n'aurais jamais pu me concentrer. »

Elle aurait incliné légèrement la tête avec son sourire énigmatique, façon Joconde.

« Non, vraiment, aurait-il rétorqué. Les plans, les rues, les schémas, les directions. Quel foutoir ! Pour le moment, il n'y a que deux endroits possibles, à côté de toi ou pas. Alors, comment veux-tu que je me rappelle le trajet du cinéma, hein ? Dis-moi. »

Elle se serait penchée et lui aurait soufflé à l'oreille :

« À gauche, puis à droite après le pâté de maisons, et ensuite tout droit jusqu'au rond-point, mon commandant. »

Bon, ses notes étaient fichues, et après ? Cela n'allait pas lui gâcher sa journée... Ni aucun autre jour d'ailleurs. En rentrant, il balancerait ces foutus papiers dans un coin, il téléchargerait une comédie, la plus nulle qu'il puisse trouver – un truc sur des étudiants américains, des Anglais névrosés, ou des Espagnols qui parlaient à toute vitesse –, et il se poserait avec une bière et des cacahuètes sans le moindre remords.

Après, il irait à la plage. Oui, pourquoi pas.

En tout cas, la bière était un ingrédient incontournable. Elle se vexerait si elle n'était pas de la partie. On ne joue pas avec la bière ; il l'avait appris à ses dépens.

Il s'esclaffa de bonheur, la tête renversée en arrière. Remettre au lendemain ce qu'il aurait dû faire le jour même s'agissant de sa thèse le mettait en joie. Il se sentait revivre. Il aimait cette « zone » heureuse et agréable, où l'on pouvait s'affranchir des contraintes et envisager l'existence comme un long fleuve tranquille.

Un jour, il enseignerait le zen. Il installerait les gens dans des voitures où ils pourraient s'époumoner tout leur soûl.

D'ici là, il se contenterait d'être aimable. En aidant une dame âgée, par exemple, en embarquant un autostoppeur, en achetant une fleur à une inconnue.

Il rugit de plaisir.

* * *

Les gens ne réagissaient pas tous de la même manière. Ils n'avaient pas les mêmes défauts non plus. Guy avait découvert ceux de l'étudiant en menant sa petite enquête.

Aucun ne semblait être un handicap, si ce n'est qu'il n'avait pas le sens de l'orientation pour deux sous.

Il s'était donc débrouillé pour que le jeune homme regarde un reportage sur l'armée, la veille au soir. Il aimait s'immiscer dans les pensées d'autrui en modifiant les programmes télé. Ce n'était pas très compliqué, et puis c'était un peu comme un pari. Le plus audacieux qu'il ose faire en ce moment.

Après avoir visionné le film, ne sachant trop où se diriger en sortant du café, l'étudiant se rappellerait spontanément « à gauche, à droite, à gauche », supputa Guy. De toute façon, les autres accès seraient bloqués.

* * *

Elle commençait à trouver le temps long. Elle leva mollement la main pour héler un taxi, tout en calculant ses chances de retrouver du travail d'ici la fin de la semaine.

Elle était parvenue à la conclusion qu'elle n'en avait aucune, quand une petite voiture bleue stoppa à sa hauteur. La vitre s'abaissa.

Déprimée par ses sombres perspectives d'avenir, elle monta sans réfléchir, referma la portière et s'aperçut que ce n'était pas un taxi. Elle avait étourdiment arrêté un véhicule et voilà qu'elle se retrouvait assise à côté de l'étudiant du café, lequel devait croire qu'elle lui avait fait signe volontairement...

Il lui sourit, embraya et démarra.

Elle aurait voulu disparaître sous terre.

* * *

Elle était charmante et taciturne. Une combinaison détonante de son point de vue.

À l'évidence, il ne pouvait s'empêcher de fantasmer sur le premier jupon venu, se sermonna-t-il. Il était temps de reprendre sa vie en main.

Et s'il allait à la plage avec une bière... ?

* * *

Il s'était vraiment donné du mal, on ne pouvait pas dire le contraire.

Elle compta mentalement une bonne minute avant qu'il ne craque et n'engage la conversation.

« J'espère qu'il ne vous a pas passé un savon, dit-il avec un petit sourire.

— Non, ce n'est pas son genre. Quand il est en colère, il ne crie pas, il est plutôt du genre à marteler chaque syllabe.

— C'est-à-dire ?

— Chaque mot. Comme du gravier qui crisse sous les pieds.

— Et il les a martelés comment, cette fois ? »

Elle haussa les épaules.

« Il m'a virée. »

Il lui lança un regard par en dessous, un peu inquiet.

« Non, c'est vrai ?

— On ne peut plus vrai. »

Jamais encore ces mots n'avaient été prononcés sur un ton aussi tranchant. Fin de la discussion, mon vieux, pensa-t-elle. J'espère que le message est bien passé.

Elle était comme ça. Elle pouvait se montrer grossière, interrompre le feu des questions/réponses convenues par un terme inapproprié ou une phrase qui clouerait le bec à son interlocuteur et mettrait tout le monde mal à l'aise.

Bon, elle n'a pas envie de discuter, celle-là, penserait-on.

Ne me parle pas de travail. Pas un mot. Fais comme si je n'étais pas là et contente-toi de conduire. Un point c'est tout.

« Je... euh... je suis désolé pour vous.

— Et moi pour vos notes. Elles sont irrécupérables, d'après ce que j'ai vu. »

Maintenant, c'était à son tour de hausser les épaules.

« Pas grave. Je vais refaire les photocopies.

— D'accord.

— Ça n'a aucune importance. »

Elle sourit comme pour elle-même.

« Pigé. Dans ce cas, je ne suis pas désolée.

— Euh... oui. Au fait, je m'appelle Dan.

— Shirley.

— J'ai une cousine qui s'appelle Shirley, elle aussi.

— Ah oui ? Super. *Si vous saviez comme je m'en moque.*

— Euh... oui. »

* * *

Guy compta ses respirations. C'était plus efficace que les secondes, seulement cela devenait problématique lorsque son cœur s'emballait.

Il sortit son portable de son étui et patienta un peu.

Et encore un peu.

Considérons ce coup de fil comme une « police d'assurance ».

Il composa le numéro.

* * *

« Je vais vous déposer à l'angle de la rue, d'accord ? Ensuite, c'est un sens unique... enfin je crois. »

Un sourire flotta sur ses lèvres.

« Pas de souci. Ça ira très bien.

— Vous habitez sur le front de mer ? »

Un pas en avant.

« Oui, pas loin.

— Vous allez souvent à la plage ? » hasarda-t-il.

Deux pas en arrière.

« Non, pas très souvent.

— Moi si, de temps en temps. Pour me changer les idées.

— En fait, je n'y vais jamais. Le bruit des vagues nuit à ma concentration.

— Pas besoin de se concentrer pour se détendre.

— Si vous le dites. »

Elle le gratifia d'un bon sourire. Un sourire, c'est toujours bon, non ?

« Je vais peut-être y aller dans la soirée. Ça vous dirait de m'accompagner ?

— Écoutez...

— Oh, sans chichis. J'apporterai de la bière et vous quelque chose à grignoter, si vous voulez. Histoire de bavarder un peu. Je suis sérieux.

— Non, je ne pense pas.

— D'habitude, je ne brûle pas les étapes, vous savez. J'aurais essayé de vous séduire par des petits riens. Je ne suis pas du genre à précipiter les choses, mais on est sur le point d'arriver et...

— Ce n'est pas mon truc.

— C'est-à-dire ?

— Les relations.

— Pas du tout ?

— Pas du tout.

— Vous pratiquez l'abstinence ?

— Disons plutôt un genre de grève.

— Pourquoi ?
— C'est compliqué à expliquer.
— Depuis combien de temps faites-vous grève ?
— Aucun intérêt... C'est quoi ce bruit ?
— Ça vient de votre sac, on dirait.
— Zut, mon portable ! s'écria-t-elle en farfouillant un bon moment au fond de sa besace.
— Allô ?
— Oui ?
— C'est bien Dana ? »
Elle plissa le front avec irritation.
« Non.
— Allô ?
— Ce n'est pas Dana, je vous dis.
— Dana ?
— Il n'y a pas de Dana ici. Vous faites erreur.
— Allô ?
— C'est une erreur ! s'égosilla-t-elle avant de raccrocher brutalement et de balancer son téléphone dans son sac, posé à ses pieds. Quelle journée ! »

* * *

Guy fourra son portable dans sa poche.
Il ne lui restait plus qu'à espérer, rentrer chez lui et repeindre le mur.

* * *

« Voilà, nous y sommes.
— Super ! Merci.
— Alors, on ne se verra plus au café ?
— Non, il m'a fichue à la porte.
— Et il n'y a aucun espoir pour que vous cessiez la grève ?
— Non plus.

— Je suis sain d'esprit, vous savez. J'ai été examiné par les plus grands spécialistes. »

Elle haussa les sourcils et sourit.

« Je n'en doute pas.

— Pas même une petite chance sur mille ? Votre numéro de téléphone au moins ? » *Pourquoi insistait-il ? Il aurait dû abandonner depuis longtemps.*

« Non, merci. » *Maintenant, je me tire.*

* * *

Un immense diagramme extrêmement détaillé de la dernière mission était tracé au mur. D'innombrables flèches partaient de deux cercles, au centre desquels étaient inscrits respectivement les noms de « Shirley » et de « Dan ».

Sur le côté, une longue liste répertoriait les traits de caractère, aspirations et désirs.

Et encore d'autres cercles reliés les uns aux autres par des traits bleus (actions à exécuter), rouges (risques), discontinus (événements susceptibles de survenir), noirs (connexions à prendre en compte). À l'intérieur de chaque bulle étaient tracés d'une écriture tremblante, en petits caractères, « Bruno », « Julia », « canalisation d'eau », « bus n° 65 », ainsi que des dizaines d'éléments apparemment sans rapport logique entre eux, tels que « service militaire et rêve – film documentaire », « David, technicien du câble » et « Monique, son épouse ». En bas à gauche, l'espace était dédié aux calculs. La quantité de café nécessaire pour que la chute de la tasse s'avère spectaculaire, par exemple, le fond de parfum restant dans le flacon de Julia, le débit horaire de l'eau dans la canalisation, la profondeur adéquate des flaques traversées par les autobus, les tubes que les ados aimaient fredonner.

Il y avait également une liste de techniciens de maintenance en climatisation, des sujets de conversation liés aux pélicans, les codes d'accès d'au moins neuf banques, les ingrédients entrant dans la composition des bières irlandaises, les grilles des chaînes de télévision de trois pays, la traduction de « bonne chance » dans différentes langues, des séries de fuseaux horaires, les rapports analogiques entre le Pérou et le lait de chèvre, et des centaines d'autres détails griffonnés en pattes de mouche de différentes couleurs, avec des lignes naviguant entre les ensembles et les sous-ensembles de probabilités, les contextes, les pensées ainsi que les combinaisons susceptibles de tendre vers un même point.

Le stade du carnet était bel et bien dépassé.

* * *

« Salut.

— Salut.

— Vous êtes bien Dan ?

— Oui.

— Je crois avoir perdu mon téléphone dans votre voiture.

— Oui, il est tombé par terre.

— Il a dû glisser de mon sac.

— Sans doute. Finalement, on dirait que vous m'avez laissé votre téléphone à défaut de votre numéro.

— On dirait, oui. »

Un demi-silence, un quart d'immobilité, un dixième de stress dû à l'attente.

« Est-ce que vous pourriez... euh... me le rapporter ?

— Pas de problème.

— Super.

— J'ai une meilleure idée.

— Oui ?

— Je suis à la plage. Si vous veniez le chercher ?

— D'accord.
— Génial.
— Dans un petit quart d'heure, ça ira ?
— Je ne suis pas pressé.
— Très bien. À tout à l'heure.
— Et... euh... Shirley ?
— Oui ?
— J'ai de quoi boire. Pourriez-vous amener quelque chose à grignoter ? »

Calcul précis de la trajectoire d'un téléphone lancé dans un accès de colère avant de retomber sur le sol. Minces fissures dans la forteresse de la solitude. L'écho de cris de joie résonnant dans l'habitacle durant de longues minutes. Tout convergerait finalement dans la même direction.

« OK. »

* * *

La nuit. La plage. Un garçon et une fille s'installent pour bavarder. Rien que de très banal. Petits sourires dissimulés par l'obscurité.

Des journaux sont éparpillés sur le sol et une nouvelle couche de peinture a été appliquée sur un mur qui en a vu d'autres.

Sur un panneau électronique quelque part dans un aéroport imaginaire, un nouveau message venait d'apparaître sous « Amours – Arrivée ».

Les mots « Coïncidence de niveau 2 » s'étaient illuminés sous la colonne « Raison ».

Un autre jour s'était écoulé.

2.

À son réveil, le lendemain, une légère odeur de peinture stagnait dans l'atmosphère, bien qu'il eût laissé la porte du balcon ouverte toute la nuit pour aérer.

Guy se tapota mentalement l'épaule. S'éveiller naturellement était un bon signe. Il commençait à devenir pro.

Assez en tout cas pour s'endormir après une mission réussie. Pour comprendre qu'après avoir joué son rôle, il devait s'éclipser et ne pas chercher à savoir ce que devenait le « client ». Ne pas garder les yeux ouverts toute la nuit dans l'espoir de capter le moment où l'enveloppe serait glissée sous la porte.

Sans compter qu'il avait toujours lamentablement échoué.

Tôt ou tard, il finissait par s'assoupir. Quelques minutes à peine, mais c'était suffisant. Au réveil, il découvrait une enveloppe de papier kraft coincée sous la porte d'entrée.

Une nuit, il était étendu dans son lit, shooté à l'adrénaline après avoir réussi à orchestrer une coïncidence destinée à empêcher une femme de tromper son amant. La chambre était plongée dans l'obscurité, mais il avait pris soin d'éclairer la porte et d'orienter le lit de sorte qu'il puisse voir l'enveloppe pointer.

L'horloge indiquait 4 h 59. Épuisé, il avait battu des paupières et sombré quelques minutes dans le sommeil. Il était 5 h 03 quand il avait rouvert les yeux. Placée dans un carré de lumière, la grande enveloppe marron le considérait d'un œil goguenard.

Il avait sauté du lit et s'était tordu la cheville en retombant sur ses pieds, ce qui ne l'avait pas empêché de se ruer vers la porte qu'il avait ouverte à la volée. Il avait regardé dans toutes les directions. Le palier était désert. Il avait tendu l'oreille. Aucun bruit. Saisi d'une inspiration subite, il avait laissé la porte ouverte derrière lui et avait descendu les marches en clopinant sur son pied endolori, cramponné à la rampe en réprimant un cri de douleur à chaque pas. Une fois dans la rue, il avait jeté des regards frénétiques autour de lui.

Il n'y avait pas âme qui vive. Les premiers rayons du soleil commençaient à peine à réchauffer la nuit glacée.

Guy était resté planté là, grelottant, l'esprit engourdi après avoir été violemment tiré de la douce torpeur du sommeil pour entreprendre une course effrénée et douloureuse dans le petit matin froid. Il était tombé sur la tête, ou quoi ?

Il avait tourné les talons et était remonté chez lui. Chemin faisant, il avait décidé que, dorénavant, il ne chercherait plus à savoir qui déposait les enveloppes sous sa porte.

C'était un pro, après tout. Rien d'autre ne comptait. Il devait mener à bien ses missions, de manière que les événements dont il était responsable se déroulent le plus normalement et le plus naturellement possible. Un point c'est tout.

Il se redressa dans son lit, savourant les précieux instants de détente avant de recevoir son nouvel ordre de mission.

Au moment où il se lèverait pour se rendre au salon, il apercevrait l'enveloppe sous la porte. La première feuille esquisserait une description générale. Former des couples revenait souvent ces derniers temps. En irait-il de même cette fois-ci ?

La mission pourrait consistait à changer la vision du monde de quelqu'un, rassembler des familles, réconcilier des ennemis, semer les graines de l'inspiration qui déboucheraient sur une œuvre d'art, une perspective nouvelle, voire, avec un peu de chance, une découverte scientifique, qui sait ? La première page exposerait une vue d'ensemble de la situation : les protagonistes, le contexte général, le premier cercle des personnes à qui il aurait affaire et les rappels habituels concernant le respect des délais.

Ensuite, il trouverait plusieurs petites brochures comportant toutes sortes d'informations sur les différentes parties concernées. Noms, lieux, influences, statistiques quant à leur prise de décision dans divers types de situations, croyances conscientes ou inconscientes. Il y aurait aussi une brochure explicative dédiée à la fabrication proprement dite de la coïncidence et aux répercussions à éviter. Il avait récemment dû réunir deux futurs amants ; les instructions stipulaient que la jeune femme ne devait pas rencontrer la famille du jeune homme avant d'avoir fait la connaissance de l'heureux élu et que l'alcool serait interdit pendant tout le processus.

Quelques mois plus tôt, il avait reçu des directives lui interdisant le recours aux urgences médicales dans le cas d'une coïncidence, visant à inculquer au « client » une nouvelle conception de la mort. Ces restrictions lui avaient quelque peu compliqué la tâche.

Les dernières pages préciseraient comment « élargir » le champ d'action à court terme. L'explosion de la canalisation, la veille, par exemple, entrait dans cette catégorie. En fait, les consignes exigeaient presque ce mode opératoire, censé faciliter un certain nombre de coïncidences plus complexes (de niveau quatre, apparemment) qui se produiraient simultanément. Guy aurait pu remplir sa mission sans la canalisation. Il y avait mille façons de bloquer une rue.

Ce genre d'activité était toujours un peu problématique. Il était difficile de prévoir la portée de ces répercussions, si la notice ne les mentionnait pas explicitement. Or dans ce cas, les diagrammes auraient recouvert un immeuble de dix étages. Guy n'avait pas atteint ce niveau. Il avait encore du pain sur la planche pour y parvenir.

Sans oublier, bien sûr, le formulaire de désistement habituel auquel personne ne prêtait vraiment attention : « Je soussigné... sain de corps et d'esprit, déclare avoir démissionné de la réserve opérationnelle... » bla, bla, bla...

Il pénétra dans le salon où l'attendait l'enveloppe.

Le regard vitreux, il résolut de passer outre pour le moment et se dirigea vers la salle de bains.

Il avait encore fait le même rêve, la nuit dernière. C'était toujours pareil, même s'il se déroulait chaque fois dans un lieu différent : une forêt, un terrain de football, un gigantesque coffre-fort, un nuage cotonneux...

La nuit dernière, il s'était retrouvé dans le désert. Des kilomètres et des kilomètres de sable dur et craquelé à perte de vue, des lignes brisées et assoiffées sur une surface jaunâtre sans limites. Quel que soit l'endroit où il portait son regard, il ne voyait qu'un horizon stérile. Le soleil lui brûlait le crâne.

Dans ce rêve, comme toujours, il savait qu'elle se tenait derrière lui. Dos contre dos. Il sentait sa présence. Ce ne pouvait être qu'elle.

Il tenta de pivoter sur lui-même, de s'arracher au paysage stérile et de lui faire face. Seulement, comme toujours, son corps regimbait. Une brise légère lui caressa la nuque, il s'évertua à prononcer son nom et s'éveilla.

Son rêve revenait à la charge, tel un ami importun, un peu borné, chaque fois avec une nuance légèrement différente. Cela commençait à lui porter sérieusement sur les nerfs.

Quand rêverait-il enfin comme tout le monde ?

Il se brossa les dents. L'odeur entêtante de la peinture et la sensation de fourmillement habituelle dès qu'il abordait une nouvelle mission achevèrent de le requinquer. Il aimait prendre son temps avant d'ouvrir l'enveloppe. Une heure plus tard, ses ablutions matinales terminées, en pleine possession de ses moyens, il s'installa dans le canapé, posa son café sur la table et, avec ce léger picotement familier au bout des doigts, il décacheta l'enveloppe.

Laquelle était exceptionnellement légère et mince. Il en comprit la raison en découvrant qu'elle contenait une simple feuille de papier, mentionnant une heure, un lieu et une seule phrase : « Vous permettez que je vous casse la gueule ? »

(EXTRAIT)

MÉTHODOLOGIE DE LA FABRIQUE DES COÏNCIDENCES

PARTIE A

Parmi les historiens de la fabrique des coïncidences prévaut l'opinion selon laquelle le « cliché-dropping » (comprenez le fait d'émailler sa conversation de lieux communs) est l'une des trois méthodes les plus éprouvées de la fabrique des coïncidences, antérieure selon toute vraisemblance à la conception officielle des tactiques classiques élaborées par Jack Brufard.

Le CD est considéré comme un procédé simple et peu onéreux, l'une des méthodes les plus fiables utilisées par les faiseurs de coïncidences, débutants et apprentis. Par conséquent, le premier mois de cours sera consacré à une initiation au CD. Cependant, en raison de la complexité du sujet, comme le démontrent les études de Florence Bunshet, les lieux communs seront définis à l'avance par les formateurs, tandis que les apprentis se consacreront plutôt aux aspects techniques, telles que la puissance, la diction, les pauses et la distance ou la position vis-à-vis de la cible.

Au cours des prochaines semaines, vous recevrez différentes locutions que vous devrez étudier et exploiter à l'heure et à l'endroit convenus par l'instructeur.

Nous analyserons les trois méthodes usuelles du CD. Nous commencerons par une approche théorique avant une mise en pratique *in situ* dans des lieux très fréquentés, comme les salles d'attente des cliniques, les queues au cinéma ou à la banque, ou encore dans des restaurants bondés. L'étudiant s'entraînera à se positionner à un endroit précis, à portée de voix de la cible, à l'heure dite. L'objectif consiste généralement à débiter des lieux communs qui n'atteindront pas l'intellect de la cible par ses canaux de pensée traditionnels et enclencheront ainsi des processus de réflexion différents. Il va de soi que l'on s'adressera à un tiers, de telle sorte que la cible l'entende de façon purement fortuite, du moins en apparence.

CD classique. Dans les CD classiques (CDC) on aura recours à des clichés aussi éculés que : « Quand on veut, on peut », « La vérité se trouve en chacun de nous » et « Ce qui est fait est fait ». Aujourd'hui, les CD servent surtout de galops d'essai, car rares sont ceux susceptibles d'être encore influencés par des poncifs classiques. Plusieurs enquêtes ont démontré que le public est largement immunisé.

CD postmoderne. En règle générale, le CDPM adopte la méthode des clichés contradictoires : « Il n'a aucune chance, ce minable » est le premier CDPM testé avec succès sur un jockey pendant une course de chevaux par l'inventeur de la méthode, Michel Clatiere. Des énoncés contradictoires entraînent souvent une forte opposition de la part d'une cible dont la situation n'est pas totalement désespérée. C'est au formateur qu'incombe de sonder le terrain avant de recourir au CDPM.

CD sur mesure. C'est le genre le plus répandu aujourd'hui. Le faiseur de coïncidences devra mener une étude approfondie du caractère de la cible afin de découvrir les mots clés, les événements et les associations susceptibles de l'influencer. Les étudiants ne mettront cette méthode en pratique que dans un deuxième temps, après avoir assimilé l'introduction à l'analyse de la personnalité.

Avertissements préliminaires avant de surfer sur les stéréotypes.

1. Se déplacer toujours en binômes ; on est réticent à faire confiance à quelqu'un qui soliloque. Vous pourrez ainsi vous corriger, vous encourager et vous critiquer mutuellement. Au début de la conversation, il s'agira de parler bas et de prononcer la phrase clé à voix haute. Seuls des faiseurs de coïncidences chevronnés utiliseront cette méthode en solo (en simulant une conversation au téléphone, par exemple).

2. Clientèle ciblée. Si vous croisez un passant susceptible de vous entendre, il faudra éviter de l'influencer. Vingt pour cent des accidents de parcours dans les coïncidences par CD sont dus à des propos qui n'étaient pas destinés à toutes les oreilles.

3. De l'usage pertinent du cynisme et du sarcasme. Les utilisateurs de CD ont tendance à adopter le cynisme et le sarcasme pour délivrer leurs messages. Assurez-vous que votre cible est capable de comprendre ces nuances et d'en user avec discernement.

4. Contrôle impératif ! Toujours vérifier que vos déclarations ont eu l'effet escompté et corriger le tir, si nécessaire, avant de poursuivre.

3.

L'avion effectua un atterrissage presque parfait avant de s'immobiliser sur le tarmac quelques minutes plus tard.

Le signal lumineux « Défense de fumer » s'éteignit et les passagers se levèrent comme un seul homme pour se précipiter vers la sortie, de retour dans un monde où la lumière ne s'allumait automatiquement que dans les frigos, pas dans les toilettes.

Toujours assis dans son siège, le tueur le plus flegmatique et efficace de l'hémisphère nord attendait que tout le monde descende. Il était du genre patient et il n'y avait aucune raison pour que cela change. Il parvint à maîtriser son excitation. Le mot est peut-être un peu fort. Disons plutôt « empressement ». Une mission dans un lieu inconnu s'avérait toujours rafraîchissante, et il se demanda si cette curieuse sensation au creux de son ventre, une petite boule survenue au décollage qui avait refusé de disparaître pendant tout le trajet, était vraiment due à la perspective de ce qui l'attendait – un sentiment qu'il n'avait pas éprouvé depuis longtemps – ou à l'inquiétude que lui inspirait le sort de ses bagages.

À moins qu'il ne s'agisse de quelque chose qu'il n'aurait pas digéré ?

Les boulettes de viande de sa tante passaient mal, même quand il était enfant. Mais cela se manifestait généralement par des gaz, et non par une petite boule métallique flottant obstinément dans son abdomen. Quoi qu'il en soit, cela avait sans doute à voir avec l'anxiété. Il songea qu'un roupillon d'une demi-heure devant un match de boxe à la télévision lui remettrait les idées en place.

Enfin, son estomac plutôt.

Il descendit de l'avion, gratifia les hôtesses d'un sourire, qu'elles lui rendirent par un réflexe pavlovien, puis s'immobilisa un instant en haut de l'escalier. Le soleil était au zénith, il faisait très chaud. Il devrait peut-être se procurer des lunettes fumées.

En descendant les marches, il se demanda comment il avait réussi à faire sans jusque-là. Les lunettes de soleil étaient en quelque sorte le signe distinctif de sa profession. Comment être un tueur à gages qui se respecte sans cela ?

En était-il vraiment un, d'ailleurs ? se demanda-t-il dans le bus, parmi la cinquantaine de voyageurs qui s'étaient précipités pour arriver avant lui. Il avait toujours occupé une place à part parmi les autres tueurs. Il opérait autrement. Peut-être n'était-il pas censé agir comme un tueur respectable, mais plutôt comme, disons, un agent de voyages narcissique ? Ces gens-là portaient-ils des lunettes de soleil ? Et *quid* du couteau suisse qu'il cachait dans sa chaussette ? C'était très désagréable et ça le gênait pour marcher. S'il finissait par se prendre sérieusement pour un agent de voyages, pourrait-il enfin dormir sans pistolet sous son oreiller, comme un homme normal ?

Voilà ce qui arrive quand on exerce une profession qui vous a choisi et non le contraire. Normal était un mot dénué de sens.

Rares étaient ceux qui connaissaient son vrai nom. Pas forcément pour des raisons de sécurité, mais plutôt parce que, dans la profession, cela n'intéressait personne. On se rappelait surtout des surnoms. *La Peste noire, la Veuve noire, le Boucher chantant, le Bourreau taciturne*. Un pseudo facile à retenir était un avantage. Seules quelques personnes triées sur le volet pouvaient se vanter de connaître le type intimement. C'étaient généralement celles qui l'avaient recommandé. Cela consistait en un rapport concis concernant des personnalités qui n'étaient pas vraiment de gros bonnets, même si certains se considéraient parfois comme tels.

La note commencerait ainsi : « Il est très, très efficace. » Appréciation on ne peut plus positive au demeurant. « Mais d'où sort-il ce surnom ? » demanderait le soi-disant gros bonnet. Et son interlocuteur de répondre à côté de la plaque : « Et en plus, il possède un sang-froid remarquable. »

L'autre hocherait la tête, gardant pour lui la question qui le turlupinait, et chercherait à savoir si ce type serait capable de faire « le boulot ». Et une fois que les réponses lui auraient donné entière satisfaction, il reviendrait à la charge : « Mais pourquoi l'appelle-t-on comme ça ? » Et il obtiendrait une réponse du genre : « C'est son surnom. Peut-être est-ce lié à une mission antérieure ? » Inutile de révéler certains secrets, ou alors seulement après que « le boulot » aurait été exécuté.

Il s'assit sur le lit dans sa chambre d'hôtel, au quinzième étage. L'océan scintillait à l'horizon. La valise était posée à sa droite, la cage à sa gauche.

« La mer, Gregory, c'est génial, non ? »

Gregory ne répondit pas.

« J'espère que tu n'as pas trop souffert là-dessous ? » poursuivit-il.

Gregory n'était pas d'humeur à bavarder.

« D'accord, reprit-il. Je vais te chercher quelque chose à grignoter. »

Gregory renifla. Il avait effectivement un peu faim.

On aurait pu le surnommer « le meurtrier le plus cool de l'hémisphère nord », mais cela sonnait mal. Trop long, d'autant que les gens préfèrent l'originalité, la singularité. C'est ainsi que, d'une manière ou d'une autre, il était devenu « l'Homme au hamster ».

Quant à lui, il s'en moquait. Il aimait beaucoup Gregory.

Il le sortit de sa cage et se mit à le caresser. La boule qu'il avait à l'estomac s'estompa au point de presque disparaître.

4.

Emily et Eric attendaient Guy à leur table habituelle.

Emily tournait le dos à la fenêtre de manière à « voir la salle en pleine lumière ». Eric, lui, s'arrangeait pour pouvoir surveiller les allées et venues, ainsi que les femmes qui passaient dans la rue, juste en face.

« C'est purement professionnel, arguait-il. Je m'entraîne.

— Tu t'entraînes ? raillait Guy. Tu parles. »

Eric se renversait sur son siège en brandissant son verre de jus d'orange comme si c'était un vodka Martini agité, mais pas secoué.

« Oh, homme de peu de foi ! Dans notre métier, il est primordial de suivre son instinct, de chercher les interactions secrètes et inconscientes entre les individus, comme la façon dont les petits détails influencent les mécanismes. Enfin, tu connais.

— Oui, répondait Guy avec un haussement d'épaules.

— Et d'ailleurs, ajoutait Eric, il y a tant de beauté dans le monde. Ce serait dommage de passer à côté. »

« M'est avis que ta coïncidence a été couronnée de succès, hier, lança Eric, tandis que Guy s'attablait avec eux.

— On dirait.

— Le gars vit dans un trois-pièces en ville, soupira Emily. Il part travailler tous les matins à 7 h 30, déjeune seul, rentre chez lui, il se promène pendant une heure dans le quartier, il regarde la télévision jusqu'à 23 heures et lit des essais totalement indigestes avant de s'endormir. Il a quelques contacts avec de rares amis via des courriels laconiques ou des conversations téléphoniques de trois minutes au maximum. Il ne voyage pas, n'a aucun passe-temps, ne se rend jamais à la plage ni au théâtre, bref, il ne va nulle part. Il mange la même chose au dîner tous les soirs. Comment voulez-vous susciter un sursaut chez un type pareil ? Comment lui dessiller les yeux sur son destin alors qu'il vit comme un robot ?

— En effet, c'est un coriace celui-là, commenta Eric.

— Je ne crois pas que le concept de "destin" signifie grand-chose pour lui, renchérit tristement Emily. Pourquoi est-ce moi qui hérite toujours des cas désespérés ?

— Combien de temps te reste-t-il ? demanda Guy.

— Un mois. J'ai essayé de lui faire rencontrer fortuitement des jolies filles neurasthéniques. Peine perdue. J'ai placé exprès un recueil de poésie dans l'escalier. Je me suis même débrouillée pour qu'un célèbre poète crève juste en face de chez lui et lui demande de l'aide. Le gars n'a rien pigé. À croire qu'il n'a pas le moindre intérêt pour la poésie.

— C'est parce qu'il est trop occupé, affirma Eric.

— C'est-à-dire ?

— Il a d'autres choses en tête. Il se farcit des chiffres et des données toute la journée au boulot, et il s'abrutit devant la télé en rentrant à la maison.

— Et alors ?

— Alors, il faut le faire virer.

— Pardon ?

— Tu as parfaitement compris.

— Ce n'est pas mon truc, tu sais.

— Tu es censée faire le job, que ça te plaise ou non. Débrouille-toi pour qu'on le mette à la porte et qu'il soit privé de télévision pendant quelques jours suite à une panne ou ce que tu veux. Si, après une semaine cloîtré entre quatre murs, il n'est pas tenté d'attraper un stylo et d'écrire un poème, alors effectivement c'est un cas désespéré.

— L'idée de bousiller la vie des gens pour les faire avancer me déplaît au plus haut point, protesta Emily. Faire rater un rendez-vous chez le dentiste, passe encore, mais un licenciement, non, c'est au-dessus de mes forces.

— Disons plutôt que tu manques de cran, corrigea Guy. Eric a raison. Tel que c'est parti, tu seras obligée de t'avouer vaincue à la fin du mois, et ton « client » continuera à vivre comme un légume. Quand il prendra conscience d'avoir raté sa vie d'ici... disons... une cinquantaine d'années, il sera trop tard. Et ce sera bien plus douloureux qu'une mise à pied, c'est moi qui te le dis.

— Mais...

— Au pire, tu n'auras qu'à lui dégoter un nouveau boulot, puisque tu as le cœur si sensible, fit remarquer Eric.

— Si tu as le temps », ajouta Guy.

Emily s'absorba dans la contemplation de son assiette à moitié vide.

« Je déteste quand les choses ne marchent pas comme sur des roulettes.

— Donc, tu détestes à peu près tout ce qui se passe dans le monde, déclara Eric, le regard tourné vers la rue. Ça me rappelle un cas dont j'ai entendu parler il y a six mois environ.

— Encore un poète ?

— Non, un mécanicien.

— Vous saviez que mon premier « client » était un compositeur ? intervint Guy.

— Oui, soupira Eric. Mais là, c'est moi qui suis en train de parler, alors on se tait et on se concentre, s'il vous plaît. Il ne s'agit plus de talents artistiques là. Le type en question était un mécanicien de soixante-cinq ans. Un veuf avec une fille. Dans sa grande sagesse, il avait décidé de couper les ponts avec elle, parce qu'elle avait fait un mauvais mariage, à son avis du moins. Il vivait dans un studio au-dessus du garage, dont il n'était même pas propriétaire. Ce type travaillait depuis trente-huit ans au même endroit et passait son temps à se lamenter sur son sort, à se plaindre qu'on lui avait volé sa vie, sa fille ou va savoir quoi encore. Il passait ses soirées à picoler et se réveillait complètement vaseux le lendemain matin. Comment faire pour qu'il se décide à renouer avec sa progéniture ? Et que cela se produise – je cite les consignes – « de sa propre initiative et non suite à une rencontre fortuite ».

— Et alors, comment ça s'est passé ?

— À ce qu'on m'a dit, ils ont tout essayé en suivant les consignes à la lettre. Ils ont prononcé devant lui des paroles censées lui inspirer de la nostalgie, du regret ; la radio du garage s'est mise à diffuser mystérieusement des émissions où des mères en larmes racontaient des récits déchirants d'enfants disparus. Quelqu'un lui a même apporté une voiture avec un coffre bourré de livres pour la jeunesse. Rien.

— Ils l'ont licencié, finalement ? demanda Emily.

— Non. Le faiseur de coïncidences avait un côté vieux jeu. Il a conclu que ce type n'entreprendrait jamais rien pour changer de vie. Même s'il était viré. Il trouverait du travail dans un autre garage ou, pire encore, il resterait claquemuré chez lui à se tourner les pouces.

— Alors, il a fait quoi ? » s'enquit Guy.

Eric avala une gorgée de jus d'orange avant de poursuivre.

« Un cancer.

— Un cancer ! s'exclama Emily. C'est un peu excessif, non ?

— Peut-être, mais c'est comme ça : le type est tombé malade et a subi un traitement pendant près d'un an et demi. Après une phase de dépression, de colère et de souffrances terribles, il a décidé de s'ouvrir aux autres. Il demandait aux personnes de son entourage de lui parler de leurs rêves, de lui dire s'ils s'étaient réalisés et ce qui leur donnait le goût de vivre. Il était carrément obsédé. Il s'est mis à rédiger un journal et il a pris conscience de sa bêtise. La veille du jour où on lui a annoncé qu'il était en voie de guérison, il a vu débarquer à l'hôpital une jeune bénévole de dix-sept ans qui lui rappelait sa fille. C'était sa petite-fille, bien entendu. Le lendemain, il a pris deux décisions : il est monté dans sa voiture pour aller voir sa fille, et il a demandé la main de l'infirmière qui s'était occupée de lui.

— Ouah ! s'exclama Guy.

— Comme tu dis. Ça n'a rien changé pour autant. Le faiseur de coïncidences a reçu un blâme pour abus de pouvoir et, comme le temps assigné à la mission était de deux mois, ils ont d'abord conclu à un échec.

— Même si le mécanicien avait renoué avec sa fille ?

— Au bout du compte ils ont validé la mission, mais le blâme a été maintenu. En guise de sanction, il a dû se débrouiller pour que ce crétin miraculé publie l'histoire de sa vie. Un moyen d'éviter d'avoir à employer ce type de méthodes à l'avenir, pensaient-ils, puisque les gens auraient lu le livre et ne commettraient plus les mêmes erreurs. Un raisonnement stupide, si vous voulez mon avis. »

Emily et Guy se redressèrent sur leurs sièges.

« Quelle histoire ! fit Guy.

— Oui, renchérit Emily, si on oublie que c'est une fiction.

— Là, tu m'insultes ! riposta Eric.

— Nous avons l'interdiction formelle de provoquer des maladies chroniques, des blessures graves ou la mort clinique hormis dans des missions résultant d'un processus historique de niveau cinq validées par le formulaire 57, récita Emily.

— Quelle mémoire ! s'extasia Eric.

— Tu nous as raconté des craques, reprit Emily. C'est impossible, ce truc. »

Eric haussa les épaules.

« Il a probablement écopé d'un blâme.

— Je te répète que c'est impossible. Provoquer un accident encore, je veux bien, mais un cancer ? Comment peut-on faire ça ? C'est techniquement impossible. Nous n'intervenons pas au niveau de la cellule.

— Bon, disons que je me suis trompé ou alors que j'ai exagéré sur les bords. Il a probablement faussé les résultats des tests. Du coup, le mécanicien a cru qu'il souffrait d'un cancer, alors qu'il n'en était rien.

— Exagéré, tu crois vraiment ? intervint Guy.

— Peut-être bien. »

Guy et Emily échangèrent un regard entendu. « En tout cas, tu dois le faire virer, si tu veux mon avis, assena Eric.

— Je vais y réfléchir », répondit Emily.

Guy s'adossa à son siège.

« Et toi, sur quelle coïncidence planches-tu en ce moment ? demanda-t-il à Eric.

— J'en ai deux, en fait. J'ai reçu la seconde avant-hier. Je suis censé aider un tocard à trouver un boulot d'ici trois semaines. Et pas via Pôle emploi. En plus, ce doit être un travail qui l'oblige à sortir de chez lui tous les jours. L'horreur, quoi ! À croire que ceux d'en haut veulent nous gâcher la vie. Peut-être se lancent-ils des paris à nos dépens.

— Et la seconde ? » demanda Emily.

Eric sourit.

« Vous vous rappelez la fille aux cheveux roux de tout à l'heure ? »

Emily et Guy prirent un air consterné.

« Tu es complètement cinglé, dit Guy.

— Peut-être, mais c'est rigolo. »

La serveuse reparut avec un verre de limonade à la menthe et une assiette de biscuits qu'elle posa sur la table.

« Désolée pour l'attente, s'excusa-t-elle. C'est pour vous, ajouta-t-elle à l'adresse d'Emily qui la considéra avec stupéfaction.

— Mais je n'ai jamais commandé de biscuits ! »

La serveuse désigna du menton un angle de la salle.

« Je sais. C'est de la part du type là-bas. »

Tous trois se retournèrent d'un seul bloc. Un jeune homme un peu embarrassé – il ne s'attendait sans doute qu'à une seule paire d'yeux – les salua d'un léger signe de tête.

« Et ça aussi », dit la serveuse en glissant un bout de papier plié en quatre sous l'assiette.

Emily gardait les yeux obstinément baissés.

« Il est trognon », fit la serveuse.

Eric hocha la tête avec un petit sourire.

« C'est vrai, Emily, il est trop mignon », renchérit-il.

Emily remercia la serveuse avant de fusiller les deux autres du regard.

« Très bien, grinça-t-elle entre ses dents. C'est lequel de vous deux ? »

Eric et Guy écartèrent les mains dans un geste de dénégation.

« Qu'est-ce qui te fait croire que c'est nous ? s'indigna Guy.

— Les fausses accusations, c'est mauvais pour le teint, ajouta Eric.

— Écoutez, je sais très bien que l'un de vous deux a provoqué une coïncidence pour que ce type m'offre les biscuits, fulmina Emily. J'en suis sûre et certaine.

— Il essaie de te draguer, c'est si difficile à croire ? dit Eric.

— Avec des gâteaux ?

— Pourquoi pas ? Ils ont l'air délicieux. »

Emily attrapa l'assiette et se leva.

« Très bien, la question va être vite réglée.

— Allez, donne-lui sa chance », intercéda Eric.

Elle s'éloigna à grandes enjambées sans répondre.

« C'est toi qui as fait ça ? questionna Guy.

— Non, et toi ?

— Non plus. »

Le silence retomba.

« Dommage, soupira Eric au bout d'un moment. Il a l'air sympa, ce type.

— C'est vrai.

— C'est au moins le dixième qu'elle envoie sur les roses depuis que nous avons terminé la formation.

— Sans parler de ceux dont on n'a jamais entendu parler.

— Elle est peut-être amoureuse de quelqu'un d'autre ? »

Guy s'absorba dans la contemplation de son assiette.

« Ferme-la !

— Je voulais juste dire que...

— Je sais ce que tu veux dire. Ferme-la, c'est tout. »

Eric souriait toujours quand Emily les rejoignit.

« Eric, arrête de ricaner comme ça, ça me tape sur les nerfs. Alors, c'est quoi ta prochaine mission ? » demanda-t-elle sans transition à Guy.

Il leur montra l'enveloppe reçue le matin même.

« Je n'ai jamais vu un truc aussi bizarre, commenta Emily.

— Vous permettez que je vous casse la gueule ? dit Eric. C'est rafraîchissant comme mission, je trouve.

— Je ne comprends pas ce que ça veut dire, dit Guy.

— Tu es sûr que c'était une enveloppe classique ? s'enquit Emily. Comme celles que nous recevons d'habitude ?

— Oui.

— Vous permettez que je *vous* casse la gueule ? répéta Eric en agitant les mains pour souligner son propos.

— Il n'y a ni descriptif ni consignes, rien du tout, reprit Guy. Et depuis quand reçoit-on une énigme en guise de mission ?

— Vous permettez que je vous *casse* la gueule ? redit Eric. Non, ça ne marche pas non plus.

— C'est peut-être une erreur, intervint Guy.

— Ça m'étonnerait qu'ils commettent ce genre d'erreur, rétorqua Emily.

— VPQJVCLG, articula Eric.

— Quoi ?

— C'est un acrostiche, les premières lettres des mots de la phrase. Ça ne te dit rien, n'est-ce pas ?

— Absolument rien. »

Eric lui rendit la feuille en haussant les épaules.

« Mystère et boule de gomme. Bon courage.

— Et je suis censé faire quoi maintenant ?

— Te rendre au lieu indiqué, à l'heure dite.

— Et… ?

— Et décider si tu acceptes ou pas.

— Que j'accepte ou pas quoi ?

— Qu'on te casse la gueule. »

5.

Eric regarda autour de lui, guettant un taxi.

« C'est le comble de l'ironie, dit-il. Pendant des années, je me suis débrouillé pour qu'au moins quinze tacots arrivent pile au moment voulu, et quand c'est pour moi, je dois poireauter une demi-heure avant qu'il y en ait un qui passe. Et en plus, il est occupé. »

Guy éclata de rire.

« Les cordonniers sont toujours les plus mal chaussés.

— Un, je ne suis pas cordonnier. Et deux, je ne supporte pas l'ironie, qu'on se le dise. »

Un taxi en maraude s'arrêta à leur hauteur à peine trois secondes plus tard.

Emily en resta ébahie.

« Comment as-tu fait ? »

Eric sourit.

« Moi ? Je n'ai rien fait du tout. Ce sont des choses qui arrivent.

— Tu as appelé un taxi juste pour pouvoir placer un bon mot :" Je ne supporte pas l'ironie", c'est ça ? affirma Guy. Tu n'as rien de mieux à faire ? »

Eric monta en voiture.

« Qu'il est doux le chagrin des adieux, lança-t-il en agitant la main.

— Si tu le dis, sourit Guy au moment où le taxi démarrait.

— Tu te rappelles notre pari ? demanda Emily.

— Euh... pas sûr.

— Combien de fois vais-je devoir te le répéter ?

— Nous sommes des gens très occupés, proféra Guy avec un sérieux affecté. Nous n'avons pas de temps à perdre avec des bêtises.

— Tu ne t'en sortiras pas comme ça. Nous avons passé un accord : à un instant T, tu feras en sorte que dix petites filles prénommées Emily se retrouvent au parc, et ce pendant au moins un quart d'heure. Et moi, je ferai pareil avec dix gamins nommés Guy.

— OK, OK.

— Moque-toi si tu veux, ça m'est égal. Il y a un dîner à la clé, je te rappelle.

— Ça marche aussi avec des garçons ?

— Qui s'appelleraient Emily ?

— Ou bien Émile.

— Pourquoi pas, à condition que je déniche une Gaia. »

Il hocha la tête en souriant.

« Ça marche. »

C'était au parc que tout avait commencé. La formation de faiseurs de coïncidences avait débuté sur un banc rouge. Guy était arrivé juste après Emily. Il s'était approché d'un pas hésitant et s'était campé devant la jeune femme aux cheveux noirs coupés court. Elle avait de grands yeux bleu foncé et un fin visage d'albâtre.

« Euh… est-ce que… ?

— Oui, je crois que oui. Je m'appelle Emily », avait-elle enchaîné avec un sourire timide.

Il avait pris place à ses côtés.

« Moi, c'est Guy. »

Une fraction de seconde plus tard, il eut conscience qu'il aurait été plus poli de demander la permission. Mais elle ne semblait pas lui en tenir reproche.

Des gamins jouaient au ballon sur la pelouse. Un peu plus loin, leur téléphone vissé à l'oreille, plusieurs mères et nounous s'évertuaient à empêcher des bambins d'avaler de l'herbe ou de jouer avec des crottes de chien.

Emily jetait aux oiseaux des miettes de pain qu'elle piochait dans un sachet. Massés devant elle, quelques volatiles plus hardis que les autres picoraient avec adresse, résultat d'une longue expérience.

« Maintenant au moins, on sait qu'on ne s'est pas trompés de banc, reprit Guy, histoire de briser la glace.

— Oui, approuva Emily en lançant une autre poignée de miettes.

— D'où venez-vous ? »

Emily le dévisagea.

« Que voulez-vous dire ?

— Quelle était votre affectation précédente ? »

Elle le gratifia d'un long regard.

« Vous d'abord. Que faisiez-vous ?

— J'étais un AI.

— Un sigle maintenant. Génial. Ça veut dire quoi ?

— Ami imaginaire. J'étais l'ami imaginaire de jeunes enfants notamment. C'était très intéressant.

— J'en suis sûre.

— Oui.

— C'est une promotion à votre avis ? Une sorte d'avancement ?

— Je crois. Jusque-là, je n'existais que pour un seul enfant à la fois. Une existence stable et régulière représente un véritable défi pour moi. Je suis plutôt content.

— Avez-vous demandé votre mutation ou est-ce que ça vous est tombé dessus ?

— Ça m'est tombé dessus, comme vous dites. Je ne savais même pas qu'on pouvait demander à être muté.

— Cela paraît logique, non ? »

Elle aimait visiblement pinailler sur les détails.

« Peut-être. Je n'ai pas trop l'habitude de tous ces... »

Emily éparpilla distraitement quelques miettes.

« D'accord.

— C'est bien le banc de la fabrique des coïncidences ? » s'éleva une voix derrière eux.

Ils pivotèrent de concert.

« Vous n'auriez pas dû dire ça ! protesta Guy. Vous auriez pu tomber sur n'importe qui. »

Le nouveau venu – un rouquin mince et élancé – le fixait d'un air amusé.

« Oh, on se serait dit au pire que j'étais un peu barge et on m'aurait répondu que non. Qui pourrait croire que ce genre de stage existe, pas vrai ?

— Il y a des règles... avança Guy.

— Désolé, mais je n'ai jamais entendu parler d'une quelconque interdiction de poser des questions. Et même si c'était le cas, vous savez parfaitement à quoi servent les règles. Alors, c'est bien ici, n'est-ce pas ?

— Oui... mais...

— Super ! »

Il s'avança et s'assit entre les deux autres, les bras grands ouverts sur le dossier du banc.

« Enchanté, dit-il. Je me présente : Eric, doté de nombreux talents. »

Emily haussa les sourcils en souriant.

« Ravie de vous connaître.

— J'aime bien vos cheveux. Le sourire n'est pas mal non plus. Et vous, vous ne souriez jamais ? ajouta-t-il à l'adresse de Guy.

— Si, et je peux même vous serrer la main, répondit ce dernier en joignant le geste à la parole. D'où venez-vous ? »

Eric saisit la main tendue.

« Je pourrais sans doute vous répondre si je comprenais la question.

— Que faisiez-vous avant ? se hâta d'expliquer Emily.

— J'étais allumeur. C'est fabuleux. Mais on se fatigue après quelques décennies, voire quelques siècles, cela dépend.

— C'est quoi un allumeur ? » questionna Emily.

Une silhouette se profila devant eux, dispensant Guy de répondre. Les oiseaux s'envolèrent à son approche.

« Bonjour, promotion 75 ! lança le nouvel arrivant.

— Bonjour, dit Guy.

— Bonjour, reprit Emily en écho.

— Idem », fit Eric.

Il s'agissait d'un homme entre deux âges aux cheveux gris coupés court et aux yeux vert clair – qui ressemblaient fortement à des touffes d'herbe poussant dans le jardin d'un hypnotiseur. Son T-shirt moulant en coton blanc laissait présumer qu'il prenait soin de son corps, lequel le lui rendait bien.

« Maintenant, dit-il, vous allez me suivre et m'écouter attentivement. »

Les trois apprentis bondirent sur leurs pieds et lui emboîtèrent le pas.

L'homme marchait posément, la tête haute, les mains croisées derrière le dos.

« Très bien. Mon nom n'a aucune importance, mais vous pouvez m'appeler général, d'autant que c'est le seul nom que vous êtes censés connaître et auquel je répondrai. Si vous voulez un conseil, inutile d'essayer de deviner comment je m'appelle, car je vais bientôt vous farcir le crâne de tant d'informations que vous sentirez votre cerveau prêt à exploser. Comme une mante religieuse forcée de barboter dans un bain de miel. Pigé ?

— Pigé », confirma Eric.

Le général jeta un regard interrogateur à Guy et Emily.

« Pigé, s'empressèrent-ils de répondre.

— Quand je dis "pigé", reprit le général, j'attends de mes ânes bâtés de stagiaires qu'ils s'efforcent de contourner l'obstacle mental lié à la notion complexe appelée "synchronisation" et répondent en même temps. »

Il fit halte et contempla la cime d'un arbre avec un vif intérêt.

« Pigé ?

— Pigé ! s'exclamèrent les trois autres en chœur.

— Voilà qui est mieux, déclara-t-il en se remettant à marcher. Je suis épaté. Vous êtes très doués. J'en suis tout ému. J'en ai presque la larme à l'œil. Au cours des seize prochains mois, je vous apprendrai comment provoquer des coïncidences. Vous croyez tout savoir sur le sujet, mais vous êtes probablement à côté de la plaque.

« Vous êtes avant tout des agents secrets. Les autres sont d'abord des agents, accessoirement secrets, alors que vous, vous êtes d'abord secrets et accessoirement des agents, dans une certaine mesure. Vous êtes installés dans votre train-train quotidien, comme n'importe quel être humain. Vous mangez, buvez, pétez parfois, attrapez un virus à l'occasion, seulement, avec l'aide des outils mis à votre disposition durant cette formation, vous saisirez les rouages du principe de causalité qui régit le monde et apprendrez comment l'exploiter afin de produire des incidents mineurs, quasi imperceptibles, destinés à aider les individus à prendre des décisions déterminantes pour le cours de leur vie.

« Pigé ?

— Pigé.

— On pense traditionnellement que provoquer des coïncidences revient à déterminer le destin – à contraindre autrui à adopter telle ou telle direction par la force des événements. C'est une vision puérile, dépourvue de hauteur et bouffie d'orgueil.

« Notre rôle est de nous situer dans l'entre-deux, de jouer au ping-pong dans le no man's land entre le destin et le libre arbitre. Nous créons des situations qui créent d'autres situations, lesquelles créent de nouvelles situations susceptibles de déboucher sur des pensées et des décisions. Notre objectif est d'allumer une étincelle du côté du destin afin que celui qui se trouve de l'autre côté de la frontière, du côté du libre arbitre, la repère et décide d'agir. Nous n'allumons pas de feux, nous ne détruisons pas de frontières et nous ne pensons pas que notre mission consiste à dicter une ligne de conduite. Nous sommes des créateurs de possibles, des découvreurs d'options, nous donnons des indices, nous lançons des œillades tentatrices. Libre à vous d'imaginer d'autres définitions à vos moments perdus, mais ne vous méprenez pas – quoi que vous ayez accompli auparavant, Considérez ça comme une promotion. Car s'il existe en effet toutes sortes de travailleurs du réel dans les coulisses – des amis imaginaires, des faiseurs de rêves, des distributeurs de chance, la liste est longue –, une chose est sûre : quand vous aurez achevé ce stage, vous aurez pénétré l'essence des choses.

« Le monde est rempli de coïncidences qui, pour la plupart, sont ce qu'elles sont – des événements qui se produisent simultanément par hasard, des faits parfaitement banals qui prennent tout leur sens grâce à un bon timing. Ce n'est pas forcément une salle où tout le monde porterait la même chemise, même si l'image est plaisante. Il se peut simplement que quelqu'un prononce certains mots au moment précis où quelqu'un d'autre remarque un détail et la combinaison des deux engendre alors une nouvelle pensée. Voilà tout. Rien d'extraordinaire. Personne n'accorde la moindre importance à ces choses-là. Parfois, l'enchaînement des événements nous incite à croire que l'on tente de nous adresser un message. Et les contingences nous invitent à réfléchir sans que l'on cherche pour autant à en attribuer la cause à une quelconque entité extérieure. D'autres fois, les circonstances nous forcent à entrevoir la réalité sous un autre jour, à interpréter la tache d'encre de Rorschach appelée “la vie” un peu différemment. La responsabilité de ces trois cas de figure nous incombe. Nous ne maîtrisons pas le destin, en revanche nous sommes au service du grand public, ses esclaves, si vous préférez. Vous mènerez une vie privée quasi normale, à ce détail près que vous aurez accès à une autre dimension de l'existence ; ce qui n'est pas donné à tout le monde.

« Provoquer des coïncidences est un art délicat et complexe, fourmillant de détails, exigeant d'être capable de jongler avec les événements, d'évaluer les situations et les réactions, et supposant une certaine intelligence, souvent difficile à identifier. Vous devrez manier les mathématiques, la physique, la psychologie... Nous aborderons plus tard les statistiques, les associations, l'inconscient, une autre dimension de l'existence humaine, dont nul ne soupçonne l'existence. J'ai l'intention de vous enfoncer dans le crâne les analyses de personnalité et les théories comportementales ; j'exigerai de chacun de vous un niveau de précision qui éclipsera à la fois celui des pères de la physique quantique, d'un chimiste névrotique ou d'un apprenti pâtissier obsédé par le poids des jaunes d'œufs ; je vous tiendrai éveillés jusqu'à ce que vous compreniez pourquoi certains oiseaux nichent dans tel arbre et pourquoi d'autres se perchent sur des fils électriques ; je vous inculquerai de force les tables de causalité, tant et si bien que vous finirez par oublier le nom de l'amour de votre vie, si tant est que vous ayez un amour ou même une vie. Je vous expliquerai des choses qui vous obligeront à rester sur vos gardes et à vérifier que personne ne régente votre vie pendant que vous regardez ailleurs, et qui vous permettront à la fin de dormir comme un bébé. Je réorganiserai votre existence tout entière, à l'exception de votre apparence physique et de vos organes internes, et je vous apprendrai à altérer le comportement d'autrui sans qu'il vienne à l'esprit de personne qu'il pourrait ne pas en être responsable. »

Le général s'immobilisa et pivota sur lui-même, une lueur railleuse au fond de ses yeux verts.

« Des questions ?

— Euh… oui, un petit détail concernant l'emploi du temps… intervint Guy.

— En fait, je ne m'attendais pas à des questions maintenant. C'était juste pour la forme. Vous étiez censés dire "non". Les questions viendront plus tard. Un peu de savoir-vivre, s'il vous plaît.

— Bon, alors non, concéda Guy.

— Excellent. Et maintenant, retournez-vous. »

Ils obéirent. De là où ils se trouvaient, ils surplombaient presque tout le parc. Au centre de la pelouse, en contrebas, on déployait entre les arbres une immense banderole portant l'inscription : « Bonne chance à l'unité 75. »

« Vous voyez ? dit le général. On organise une fête pour des soldats qui viennent de terminer leurs classes. Drôle de coïncidence, hein ? »

Le soleil derrière eux projetait leurs silhouettes au pied de la colline. Les quatre réprimèrent un sourire, chacun pour une raison subtilement différente.

6.

Guy regarda Emily s'éloigner. Elle avait l'air aussi menue et fragile qu'au début du stage. Mais s'il y avait bien une chose dont il était sûr à présent, c'est que l'on ne pouvait se contenter de définir une personnalité en un mot. Les individus sont complexes. Tomber dans le piège des qualificatifs est le premier écueil à éviter pour cerner votre « client ». Les mots sont des chausse-trapes, surtout les adjectifs, aussi dangereux que des sables mouvants. Si Emily lui avait d'abord inspiré le terme « fragile », il avait gagné en maturité depuis.

Elle avait quelque chose d'étrange. D'un peu mystérieux, s'il était tout à fait franc.

Guy parlait sans réserve de son dernier boulot et Eric n'avait rien caché de sa vie précédente, quitte à enjoliver certains détails. Quant à Emily… elle éludait sans cesse la question.

« C'est un secret, répondit-elle, un jour qu'il l'avait poussée dans ses derniers retranchements.

— Une faiseuse de rêves ? hasarda-t-il. J'ai entendu dire que dans le département de psychologie, on leur fait signer une clause de confidentialité délirante.

— Guy… bredouilla-t-elle, mal à l'aise.

— Je ne le répéterai à personne, promis.

— Je ne peux pas. »

Ou la fois où elle était sortie du bureau du général, les yeux rougis, une petite enveloppe blanche à la main.

« Que s'est-il passé ? demanda Eric. Il t'a confié une mission ou quelque chose comme ça ?

— Rien d'important.

— Tout va bien ? intervint Guy.

— Très bien, affirma-t-elle en s'éloignant à grandes enjambées.

— À mon avis, elle faisait partie de l'unité spéciale de distribution de la chance, présuma Eric. C'est top secret. Ils manipulent des matériaux dangereux et portent des combinaisons de protection pour éviter toute contamination par de la chance ou de la malchance. Ils ne sont même pas autorisés à mentionner l'existence de la section.

— Je n'en ai jamais entendu parler et je n'y crois pas une seconde.

— Preuve qu'ils sont très forts.

— Eric, tu divagues.

— Qui vivra verra... »

Guy s'était prêté au jeu. Emily et lui avaient sympathisé, en dépit de ce sujet tabou qu'ils n'abordaient jamais. Cela arrivait aux meilleurs amis du monde. Il se perdait en conjectures quant à ce que cachait sa douceur apparente. Fragile ? Tu parles...

Il tourna les talons et se mit en route. Il allait rentrer, choisir un CD et s'installer sur le balcon pour tâcher de résoudre l'énigme de l'enveloppe reçue le matin même.

Ou mieux, ne plus y penser et consacrer la journée à se vider l'esprit. Il se plongerait dans un bon roman, assisterait l'après-midi à un concert de jazz (s'il en trouvait un), ou irait déguster un café et un croissant dans un petit bistrot avec une belle vue. Les avantages d'une existence stable, songea-t-il. Il pouvait se permettre de faire autre chose que travailler.

Et il adorait cela.

Avant de devenir faiseur de coïncidences – de connaître une existence stable dans son propre corps et d'être capable de vivre le présent qui, l'instant d'avant, appartenait encore au futur, jusqu'à ce qu'il se mue en passé –, du temps où il était un AI, il n'aurait jamais pu imaginer un tel luxe.

À l'époque, il n'avait beau exister que dans l'esprit d'autrui, il n'en était pas moins réel, doté d'une personnalité, d'un comportement complexe et d'un humour discret ou débordant, le cas échéant.

C'était une expérience unique.

Il avait dressé une liste et constaté qu'au fil des ans, il avait été l'ami fictif de deux cent cinquante-six personnes, dont deux cent cinquante enfants de moins de douze ans. Cinq autres souffraient de déclin cognitif ou de sénilité à différents stades. Ils vivaient comme des reclus et n'avaient d'autre alternative que de s'inventer de la compagnie pour se donner le sentiment d'exister. L'un d'eux, un homme au regard vide, placé en isolement depuis des années, avait perdu le peu de raison qui lui restait et forgé le personnage de Guy afin de recouvrer sa santé mentale. Il l'avait oublié dès qu'il avait été libéré.

Voilà à quoi Guy occupait ses journées. Il avait interprété différents personnages ou, du moins, montré divers aspects de sa personnalité. Lorsque vous êtes l'ami imaginaire d'un enfant triste et solitaire, vous ne pouvez vous permettre d'être de mauvaise humeur ou déprimé, même les jours sans. Il ne vous reste plus qu'à vous prendre par la main et percer la couche de glace de votre « moi », jusqu'à atteindre l'eau vive que vous pourriez offrir à quelqu'un d'autre.

Être l'ami imaginaire de quelqu'un signifiait se soumettre à un certain nombre de règles très strictes.

Primo : vous n'existiez que pour lui. Les discours assommants, les tentatives de rééducation, les leçons de morale – tout cela devait être relégué à plus tard, quand vous seriez redevenu une personne à part entière. En tant qu'ami imaginaire, vous étiez à la disposition d'un garçon ou d'une fille, que vous deviez escorter là où bon lui semblait et non le contraire. Ce n'était pas facile. Maintes fois, Guy aurait voulu secouer le gosse en criant : « Non ! Pas comme ça ! » Ou bien : « Allez, dis-le ! » Ou encore : « Arrête ! » Au lieu de quoi, il respirait un bon coup et se rappelait que l'enfant était le capitaine et lui, le navire.

Deuzio : vous ne pouviez vous présenter sous la même apparence à plus d'un « ami » à la fois. Guy avait donc incarné maints avatars, multipliant les masques et les pseudos pendant des années, se contentant parfois de modifier un simple détail pour observer le règlement. Il pouvait être alternativement grand et sévère ou minuscule et rebelle ; il se métamorphosait en ours en peluche ou en petit soldat exubérant, en célébrité, en personnage de dessin animé ou en poupée. Il était tour à tour agriculteur, magicien, pilote, commandant de vaisseau, chanteur, footballeur. Il adoptait tantôt un timbre suave, tantôt une voix de stentor, autoritaire, souriante ou caressante selon les cas, avant le coucher.

Tertio : en cas de démission, défense de vous manifester aux petits rêveurs. Cela allait de soi : si, un beau jour, un gamin tombait sur une personne qui jusqu'à présent n'avait existé que dans son imagination et qui avait eu libre accès à son jardin secret, une telle rencontre risquait de battre en brèche l'imagination des enfants partout dans le monde. À partir du moment où vous vous retiriez de la course, c'était définitif. Point barre.

Guy n'adhérait pas entièrement à ce raisonnement. Parfois, il se demandait ce qui aurait pu se passer.

Après tout, les gens grandissent, changent, mûrissent. Seulement, le règlement ne souffrait aucune exception.

La plupart de ses expériences passées étaient demeurées gravées dans sa mémoire.

Une nuit, il s'était retrouvé assis au chevet d'un petit garçon de sept ans sur le point de s'assoupir. Il n'avait pas compris tout de suite à quoi rimait sa présence puisqu'il restait là, les bras ballants. Et si l'enfant avait peur du noir ? « Tout va bien, je suis avec toi », lui avait-il murmuré. « Tais-toi, laisse-moi dormir, avait répondu le gamin. Il ne peut rien m'arriver ici, tu es bête ou quoi ? » Un peu plus tard, quand une violente dispute avait éclaté entre ses parents dans le salon, le garçon avait désigné un tuba imaginaire dans un coin de la chambre. Guy avait ramassé l'instrument et s'était mis à jouer de toutes ses forces pour couvrir les cris qui s'élevaient de l'autre côté de la cloison, tant et si bien que bientôt l'on n'avait plus rien entendu.

Une fillette de dix ans voulait qu'on la regarde et qu'on lui dise qu'elle était jolie. Le côté droit de son visage était tout rouge et fripé à cause d'une cicatrice consécutive à une brûlure. Chaque fois qu'elle s'observait dans le miroir, elle le convoquait – dans le rôle d'une star de Hollywood –, il regardait par-dessus son épaule en murmurant : « Tu es si belle ! Je suis peut-être le seul à le voir pour le moment, mais un jour, d'autres s'en apercevront. » Quatre ans durant, il s'était glissé derrière son dos chaque fois qu'elle contemplait son reflet dans la glace et il l'avait réconfortée avec des mots simples pareils à des grains de poussière, jusqu'au jour où il s'était matérialisé alors qu'elle faisait ses devoirs en compagnie d'un camarade de classe. Assis côte à côte à une table, ils se chamaillaient au sujet d'un exercice quelconque. Guy avait observé la scène adossé au mur, au fond de la pièce. Soudain, il s'était aperçu que le rythme cardiaque de la jeune fille s'accélérait. Elle lui avait jeté un regard en coin et il l'avait encouragé d'un sourire. Tripotant son crayon, l'air de rien, elle avait demandé au garçon si ça ne le dérangeait pas de travailler avec elle.

« Non, pourquoi ? s'était-il étonné.

— Mon physique ne te rebute pas ? Je suis sûre que tu me trouves horriblement moche. »

Il l'avait dévisagée un moment avant de répondre :

« Non, tu n'es pas moche ! Je te trouve plutôt mignonne au contraire, et j'aime bien être avec toi.

— C'est vrai ?

— Euh... oui... bien sûr », avait-il conclu en évitant son regard.

L'adolescente avait louché dans la direction de Guy qui s'était volatilisé pour disparaître à jamais de sa vie.

Guy se rappelait aussi le blondinet recroquevillé dans son fauteuil roulant, qui l'avait déguisé en Superman.

« Je veux voler, avait déclaré l'enfant. Tu veux bien m'apprendre ? »

Il se souvenait de ceux qui l'entraînaient dans des cabanes, perchées au sommet d'un arbre, l'imaginaient en pirate, retenant prisonnière une princesse qu'ils devaient délivrer, ou le considéraient comme l'un de leurs personnages de dessin animé préférés et plaçaient dans sa bouche des répliques entendues des centaines de fois. S'il avait reçu une pièce chaque fois qu'il avait incarné un lapin bavard ou une fleur sarcastique...

D'aucuns le plongeaient dans des abîmes de perplexité. Ils grandiraient, deviendraient peut-être des génies ou des adultes un peu excentriques. Certains l'utilisaient comme un pinceau pour ajouter une touche de couleur à la réalité. D'autres le concevaient comme des sons, ils le mixaient, le séparaient, le reproduisaient avant de lui enjoindre de vibrer. Et puis il y avait ceux qui, couchés dans leur lit, la nuit, l'imaginaient planant au-dessus d'eux, tels des nombres abstraits et des formes géométriques complexes, imbriquées les unes dans les autres ; ils lui causaient d'atroces migraines mais il souffrait en silence pour satisfaire leur sens de l'harmonie mathématique.

La plupart cherchaient simplement un camarade de jeu. Les solitaires ou les laissés-pour-compte faisaient appel à lui sur un coup de tête.

Il n'avait pas oublié non plus la frêle fillette qui l'habillait toujours en prince et l'accompagnait d'un destrier blanc tout aussi imaginaire, lequel sentait davantage le shampooing que le cheval. « Dis-moi des mots d'amour, comme les grandes personnes », priait-elle intérieurement, si fort qu'il finissait par l'entendre. Un tas de filles voulaient qu'on leur murmure des « mots d'amour » et souhaitaient vivre un conte de fées. Au début, Guy improvisait, nageant dans le grand flou artistique des sentiments. Il récitait des phrases toutes faites sans vraiment comprendre les rouages de l'horloge complexe de l'amour. Après sa rencontre avec Cassandra, tout était devenu beaucoup plus clair…

Oui, il se souvenait aussi de Cassandra. Ce n'était pas une enfant, loin de là.

Cette époque de sa vie s'était avérée extraordinaire. Certains jours c'était un vrai crève-cœur, d'autres fois c'était ennuyeux comme la pluie, et certains clients avaient le chic pour le rendre dingue, mais dans l'ensemble, c'était épatant. La fabrique des coïncidences aussi. C'était merveilleux d'observer un arbre se balancer dans le vent, un café et un croissant à la main, avec un passé, un futur et un présent.

Théories classiques de la fabrique des coïncidences et méthodes de recherche pour améliorer le principe de causalité

Examen final

Durée : Deux heures d'épreuve + une semaine de travaux pratiques.

Consignes : Répondre aux questions suivantes. Rédiger la démonstration sur la feuille d'examen, y compris pour le questionnaire à choix multiples, si l'énoncé stipule l'utilisation d'une formule ou inclut une preuve de niveau B ou au-delà.

Première partie : Questionnaire à choix multiples

Répondre à toutes les questions.

1. Selon le théorème de Kinsky, combien de coïncidences sont nécessaires pour changer une ampoule ?

A Une.

B Une pour la visser et trois autres pour créer la compagnie d'électricité.

C Une, et deux pour préparer la troisième.

D Le théorème de Kinsky ne permet pas de répondre à cette question.

2. À partir de quel facteur de la chaîne de causalité le « nuage d'incertitude » est-il créé selon les méthodes de Fabrik et Cohen ? Ajouter un croquis explicatif et rédiger la démonstration.

A L'incertitude est créée dès le départ.

B L'incertitude est créée lorsque l'objet décide de se servir de sa tête.

C L'incertitude est créée lorsque l'objet décide de se servir de son cœur.

D D'après le modèle déterministe de Cohen, il n'y a pas d'incertitude tant qu'il y a désir ou espoir.

3. Selon la méthode de calcul classique, quelles sont les probabilités pour que deux individus d'une cohorte de 10 000 tombent amoureux de la même femme ?

A Moins de 10 %.

B Entre 10 et 25 %.

C Entre 25 et 50 %.

D Plus de 50 %, mais cela ne durera pas.

Deuxième partie : Questions ouvertes

Répondre à un minimum de trois questions sur quatre.

1. Deux trains quittent deux villes en même temps et se dirigent l'un vers l'autre sur des voies parallèles. Nous savons que près de 25 % des hommes et des femmes de chaque ville sont célibataires, avec un tableau de fréquences des types psychologiques établi par Fabrik et Cohen. Calculer les probabilités pour que deux personnes prennent conscience l'une de l'autre et que leurs cœurs battent plus fort quand les trains se croiseront.

2. Démontrer si possible, selon la formule d'expansion de Wolfzeig et Ibn Tareq, qu'à partir d'un certain niveau de proximité sociale, le bonheur devient contagieux. Calculer le niveau de proximité sociale requis.

3. Expliquer la preuve établie par Darwill de l'existence de l'imagination. Un bonus sera accordé aux candidats qui mettront en évidence que l'imagination prouve simultanément l'existence de Darwill.

4. Démontrer que l'ordre de présentation des possibilités pourrait influencer le choix dans l'un des cas suivants :

- **a** Un vendeur proposant à un client d'essayer une sélection de costumes dans une boutique de prêt-à-porter pour hommes.
- **b** Une vendeuse proposant à une cliente d'essayer une sélection de robes dans une boutique de prêt-à-porter pour femmes.
- **c** Un serveur proposant la carte des boissons dans un restaurant.
- **d** L'ordre des bulletins sur la table avant de voter dans l'isoloir.

Troisième partie : Exercices pratiques

Provoquer l'une des deux coïncidences suivantes :

1. Faire en sorte que trois amis d'enfance montent à bord d'un avion, d'un taxi ou d'un train en même temps. (Il faudra prouver que lesdits amis ont fréquenté la même école pendant au moins trois ans.)

Le voyage en avion / taxi / train devra être prévu à l'avance et ne sera en aucun cas un événement organisé spécialement en vue de cette coïncidence. Une initiative incluant un voyage non planifié entraînera la disqualification du candidat. Un bonus sera accordé si deux amis ou plus engagent la conversation

2. Créer un embouteillage dans lequel plus de 80 % des véhicules auront la même couleur (la nuance n'a pas d'importance).

Le bouchon ne devra pas excéder plus de 20 minutes. Interdiction de recourir à des accidents de la route ni au dysfonctionnement des feux de signalisation. Un embouteillage incluant plus de 80 % des véhicules d'un même constructeur automobile recevra un bonus.

Bonne chance, si vous le méritez !

7.

Planté au coin de la rue, l'Homme au hamster examinait l'endroit où il avait prévu de liquider sa prochaine cible.

Il était tiraillé, ou, plus exactement, partagé entre trois options.

Primo : il ne pouvait réussir son coup sans certains préparatifs. Dans ce cas, impossible d'avancer un « banal incident ». Il devait vérifier l'emploi du temps de la victime. (Non, non, pas la victime, la cible, se reprit-il.) Il fallait calculer les angles de tir, prévoir un plan B, examiner la direction du vent. C'était son mode opératoire.

Deuzio : il tâchait de se persuader que tout cela était superflu. Dans son cas, il s'agissait bien d'un « banal incident ». Cette histoire de calculer le délai nécessaire pour démonter son arme et revenir à sa voiture était tout bonnement stupide, insensée. *Qui devait vivre vivait, et qui devait mourir mourait.* C'était sa façon de travailler et elle lui valait une réputation de crack dans la profession.

Tertio : il n'avait qu'une envie : retourner dans sa chambre, s'effondrer sur son lit avec une bonne bouteille de whisky, cajoler Gregory jusqu'à ce qu'il cesse de renifler sous l'effet du stress et qu'il se roule en boule, enfin regarder la télévision dans une langue étrangère.

Ce rituel triangulaire s'était répété pratiquement à chacune de ses récentes missions. À la longue, cela devenait lassant.

Les deux dernières hypothèses se liguèrent contre la première – la logique adulte et responsable. Ce n'était pas facile. Il avait un tas de contre-arguments convaincants, en particulier contre les allégations de la troisième qui se résumait à : « Voyons, quelle importance ? On va bien s'amuser. » Le tueur à gages haussa les épaules et s'éloigna. Il allait se positionner sur le toit avec un fusil équipé d'une lunette. Voilà qui s'appelait planifier.

Le hic c'est qu'il possédait deux fusils de même calibre qui auraient aussi bien pu faire l'affaire l'un que l'autre. Un calcul minutieux des données s'imposait pour décider lequel choisir. Il fallait envisager les facteurs météorologiques, mais aussi les conditions de visibilité sur le toit, le réglage de la détente, ainsi que la sensibilité des munitions à l'humidité de l'air.

Il s'immobilisa, observa de nouveau l'angle de la rue, puis il fourra une main dans sa poche, en sortit une pièce, la lança en l'air, la rattrapa et considéra le résultat.

La question de l'arme était réglée.

8.

Tu es trop nulle.

Trop nulle.

Trop nulle.

La ferme !

Campée en face du mur couvert de graffitis, Emily essayait de rassembler ses esprits.

Pourquoi abordait-elle toujours ses missions la peur au ventre ? Il n'y avait aucune raison.

Elle était douée. Très douée même. Eric l'avait d'ailleurs félicitée pour ses performances. Pourquoi, chaque fois qu'une nouvelle enveloppe arrivait, fallait-il qu'elle se persuade qu'elle courait à l'échec ?

Le taux moyen de réussite des faiseurs de coïncidences s'élevait à soixante-cinq pour cent. Le sien était de quatre-vingts pour cent. Elle avait fait ses preuves. Qu'est-ce que cela pouvait bien faire si ce satané comptable voulait le rester ? Il souhaitait poursuivre dans cette voie ? Grand bien lui fasse ! Elle avait terminé sa formation. Plus besoin d'impressionner le général. Ni Eric ou Guy...

Elle s'accroupit sur le sol.

Elle faisait tout pour impressionner la galerie. Elle était constamment sous pression, comme si elle s'engageait dans une folle course-poursuite et n'existait qu'à travers le regard des autres. Elle voulait toujours être extraordinaire, charmante, formidable, géniale, drôle, bref la meilleure, au point que, tel Ulysse, elle finirait par échouer sur ses rives, abandonnant derrière elle ses navires brisés, la mer infinie et les sirènes tentatrices.

Il y avait des mots qu'elle ne supportait pas.

« Tic-tac », par exemple. Cette interjection l'angoissait, car elle évoquait un sentiment de finitude, l'asphyxie par manque d'oxygène, une bombe à retardement. Le mot « seul » lui donnait des insomnies ; elle se tournait et se retournait dans son lit, engluée dans un cauchemar où elle était couchée dans un lit vide pendant que le monde autour d'elle poursuivait sa course folle. Elle pouvait passer des jours à tenter d'échapper à « échec » ou à esquiver « raisonnable ». Pour une raison obscure, elle ne supportait pas non plus le mot « biscuits ».

Et dernièrement, peu de mots la rebutaient plus qu'« amie ». Elle n'en pouvait plus d'être une « amie », elle était lasse de ce badinage à la limite du flirt, des conversations intimes où elle devait éviter les questions trop directes, de ces tentatives infructueuses pour deviner si son sourire signifiait quelque chose ou pas, de la danse nauséeuse qui consistait à faire un pas en avant, puis un pas en arrière sans jamais tourner le dos, de peur d'anéantir le peu qui existait entre eux.

Elle détestait être l'amie de Guy.

Il y avait toujours un petit quelque chose en plus. Une émotion inédite. Un sentiment qui lui semblait naturel, évident. Ce besoin de le voir se réjouir de petits riens. Ce désir incontrôlable de se donner à l'autre pour vérifier que vous pouviez allumer une étincelle en lui. Était-il possible que ce garçon timide et un peu perdu lui fasse perdre la raison ?

Des images s'imposaient à elle, pareilles à des fragments de rêve, chaque fois qu'elle pensait à lui.

Des pans de lumière et d'obscurité, des jours d'exaltation et de déception. Elle se souvenait avec une pointe de nostalgie du moment où les papillons avaient disparu, quand, avec un sourire aussitôt réprimé, elle avait su que ce n'était pas un simple béguin, mais bel et bien de l'amour. Elle n'avait rien d'une midinette enamourée. À croire qu'elle avait trouvé la pièce manquante du puzzle de son existence. Et elle tremblait encore chaque fois qu'elle se remémorait l'instant où elle avait compris qu'il ne partageait pas ses sentiments.

Son poète pouvait aller au diable !

Aujourd'hui, c'était le jour J. Elle avait attendu que toutes les conditions soient réunies : un jour de repos, sans obligation, ni rien de particulier à faire pour Guy.

Il fallait qu'elle y arrive. Et elle y arriverait.

Elle sauta du lit et gagna l'autre pièce. Un croquis cher à son cœur couvrait le mur près de la porte. Guy lui avait suggéré d'utiliser les cloisons pour programmer les coïncidences ; rien ne l'empêchait de l'utiliser « à ses dépens ».

Des dizaines de petits cercles figuraient des événements, comprimés comme des ressorts qu'elle relâcherait le jour où elle pourrait les combiner en une petite expédition révolutionnaire. « Nous » trônait au sommet, surplombant un fatras de lignes, formes, mots et chiffres. Deux cercles où se lisaient les mots « Guy » et « Emily » émergeaient de cette pagaille.

Le diagramme débordait des limites du mur et s'étalait au-delà de la fenêtre du mur adjacent jusqu'au plafond, pareil à une flaque d'essence qui se répandait dans toute la pièce. Il comportait un nombre impressionnant de détails. Elle mettrait toutes ses forces dans la bataille, elle ne ferait aucune concession et ne prendrait aucun risque. Elle rassemblerait les armes à sa disposition et se jetterait dans l'arène de la coïncidence la plus décisive de sa vie.

Il n'était pas rare qu'elle se réveille par terre, à l'endroit où elle s'était allongée pour observer les graphiques qui envahissaient les quatre murs et le plafond du salon. Elle s'endormait et rêvait que le schéma continuait de ramper et de croître pendant son sommeil, progressant sur le sol, s'efforçant de lui grimper dessus, de l'envelopper, la cernant de tous les côtés de données, de probabilités et de vains espoirs.

Elle allait le faire. Ce soir même.

Elle en était parfaitement capable.

Elle travaillait sur ce diagramme depuis des années.

Pendant les cours, au lieu de dessiner des cœurs transpercés de flèches ou leurs initiales entrelacées, comme n'importe quelle fille normalement constituée, elle esquissait des schémas de rencontre complexes sur des feuilles arrachées à ses cahiers, et noircissait les serviettes en papier des restaurants de cercles reliés par des flèches. Elle commençait toujours par inscrire leurs deux noms à l'intérieur de deux cercles, qui se déployaient dans une combinaison de connexions et de liens de plus en plus enchevêtrés qui finissait par la rendre folle. Après quoi, elle jetait invariablement le papier à la poubelle après avoir pris soin de le déchirer en morceaux.

La seule et unique fois où elle avait omis de se livrer à ce petit rituel, Eric était tombé dessus, un soir où tous les trois s'étaient réunis chez elle pour potasser un examen.

Guy s'était assoupi sur le canapé, un épais volume intitulé *Introduction à la sérendipité* posé à plat sur sa poitrine, la bouche ouverte comme un vieux lion de mer fatigué. Eric et Emily avaient décidé de le laisser dormir et de continuer leurs révisions d'histoire sans lui.

À cette époque déjà, elle savait qu'Eric était un garçon narcissique, bien que gentil à sa façon, seulement son manque de tact l'avait mise hors d'elle. Elle s'était absentée deux petites minutes pour aller chercher du café et des biscuits et, à son retour, elle l'avait trouvé en train d'étudier son croquis avec un intérêt non dissimulé.

Au bord des larmes, elle s'était ruée sur lui et lui avait arraché la feuille des mains.

« Eric ! avait-elle explosé, si fort que Guy avait remué dans son sommeil. Tu n'as pas honte de fouiller dans la poubelle ? Espèce de sal... »

Il avait levé les mains en signe de défense.

« Eh, il était posé en haut de la pile. Et j'ai repéré mon nom. Qu'est-ce que tu croyais ?

— Ce que je croyais ? Que tu respectais la vie privée d'autrui et que tu ne fouinerais pas dans mes affaires à la première occasion. Apparemment, on peut toujours rêver. »

Eric était retourné à ses notes tandis qu'Emily déchirait la feuille avec application.

« J'espère que tu n'y penses pas sérieusement, avait-il dit.

— Ce ne sont pas tes oignons.

— Il est pris. Il va te briser le cœur, avait-il ajouté avec un signe de tête en direction de Guy.

— Pris ? *Première nouvelle*.

— Peut-être pas dans les faits, mais dans sa tête si.

— Et on peut savoir qui c'est ?

— Une AI. Une certaine Cassandra issue de son passé.

— Guy est amoureux d'une amie imaginaire ?

— Oui. C'est un ado attardé, comme tu vois.

— Très drôle...

— Ce n'est peut-être pas drôle, mais c'est la vérité. D'ailleurs, même s'il était libre, j'espère que ça ne marcherait pas entre vous.

— Et pourquoi ça ?

— Parce que ce n'est pas ton genre. Tu es faite pour les coïncidences spontanées, pas pour celles qui sont arrangées.

— Je me demande bien pourquoi je discute avec toi.

— D'accord, laisse tomber. De toute façon, je n'ai plus rien à ajouter.

— Et sache que je peux réaliser n'importe quelle coïncidence si je veux.

— Je n'en doute pas. Est-ce que tu te rappelles qui est responsable de celle qui a permis la découverte de la pénicilline ? Baum ou Young ?

— Ne change pas de sujet. Et je peux provoquer des rencontres aussi bien que n'importe qui.

— C'est vrai, mais pas pour toi. Tu es trop impliquée. C'était Young, je crois. Ses coïncidences sont tout simplement sensationnelles.

— Et pourquoi pas ? Tu admires Young pour la simple raison que McCartney a rencontré Lennon par son entremise. Baum est bien plus important.

— Baum est un peu trop technique pour moi. La découverte du LSD, de l'électromagnétisme, c'est terriblement sérieux. C'est grâce à Young qu'on a découvert les flocons d'avoine. C'est ce qui s'appelle une coïncidence historique.

— Eric ?

— Et Teflon aussi, je pense. Attends, je vérifie…

— Eric ! »

Il avait levé les yeux vers elle.

« Quoi ?

— Pourquoi as-tu dit que j'étais incapable d'arranger des rencontres pour moi ?

— Écoute, Em chérie. Tu es capable de réussir n'importe quelle coïncidence, je t'assure. Tu arrangeras un tas de rencontres, tu permettras des tonnes d'inventions et tu finiras par changer le monde, ma douce. Seulement, nous n'avons pas tous les mêmes talents.

L'investissement émotionnel, ce n'est pas ton truc. Ça perturbe ton équilibre, tu paniques et tu t'investis trop. Non que je sois un expert en la matière, mais c'est l'impression que tu donnes de l'extérieur.

— Et toi, tu passes ta vie à draguer.

— Oui, c'est vrai, avait admis Eric, un peu embarrassé, si tant est que quelqu'un comme lui puisse vraiment l'être. Mais nous ne fonctionnons pas tous de la même manière. Mon approche émotionnelle sur le sujet est différente. Je suis un peu... euh... disons que je me laisse porter par le courant. Alors que toi, tu es un peu plus, disons... mélodramatique. »

Elle avait frappé du pied.

« Mélodramatique ? N'importe quoi.

— Lui, tu vois, c'est un faiseur de coïncidences traditionnel, avait-il répondu en désignant Guy, toujours assoupi à côté d'eux. Il a beau ne pas croire en la femme parfaite, il n'en veut pas d'autre. C'est un vrai romantique qui n'imagine pas trouver l'amour en ce bas monde. C'est la meilleure combinaison pour qui veut arranger des rencontres sans trop se prendre la tête. Tu es l'exact opposé. N'essaie pas de provoquer le hasard. Tu vas te fourrer dans le pétrin.

— D'accord, d'accord. J'ai compris. Maintenant, ça suffit, ferme-la. »

L'ébauche d'un plan avait commencé à se dessiner dans son esprit. Un vrai romantique qui ne croyait pas en l'amour ? Peut-être pourrait-elle se servir de...

« Où as-tu mis mes notes sur la synchronicité ? avait repris Eric.

— Que je ne te reprenne pas à fureter dans la poubelle, compris ? »

9.

D'une manière ou d'une autre, Guy finissait toujours par atterrir sur la promenade.

Il n'avait droit qu'à de rares congés. Les enveloppes se succédaient à un rythme ininterrompu et il ne se permettait de flâner que s'il parvenait à achever une mission de bon matin – en attendant la prochaine enveloppe. Ces jours de vacances se comptaient sur les doigts d'une main.

Pour commencer, il s'accorda deux bonnes heures de sieste. Ensuite, il sortit déguster un steak dans un excellent restaurant, puis il redécouvrit le plaisir de contempler les arbres se balancer au gré du vent sans plus penser à rien. Après quoi il fit une halte dans un petit club découvert deux mois plus tôt, avec son pianiste flegmatique au regard rêveur et un verre de rouge qui lui conférait un air de jeune dandy. Enfin, il atterrit sur la promenade afin de contempler le coucher de soleil sur l'horizon et de laisser la brise marine ébouriffer ses cheveux.

Il s'installa sur un banc et observa la mer, le temps de cuver son vin, tandis que l'air frais et parfumé du soir imprégnait ses vêtements. La plage était déserte, à l'exception d'un adolescent qui gambadait avec son chien au bord de l'eau, offrant l'illustration parfaite de l'amitié.

Et s'il adoptait un animal, lui aussi ? Pas forcément un chien. Un chat, un furet, un poisson rouge. Ou même un bonsaï. Le garçon et le chien sur la plage s'amusaient comme deux amis inséparables. Guy sentit une pointe d'envie l'envahir et s'évanouir presque aussitôt après. Il aspira à pleins poumons l'air salé, puis expira avec un petit rictus amer. Au fond, les vacances ne lui réussissaient pas. Cela lui rappelait trop qu'il était seul au monde.

Il se leva et retourna chez lui.

Après une conversation de couloir animée, un employé de mairie avait convaincu un collègue que les nuits d'été étaient le moment propice pour inciter leurs concitoyens à mettre le nez dehors, si bien que les arbres bordant le boulevard clignotaient de petites lumières colorées qui transformaient la nuit en un véritable carnaval scintillant.

Tout en marchant, Guy laissait son regard vagabonder, cherchant à se gorger de l'atmosphère ambiante. Au bout de quelques minutes, il croisa un couple tendrement enlacé, le sourire aux lèvres ; deux petits vieux se tenaient la main sur un banc voisin ; un garçon et une fille d'une dizaine d'années traversèrent la chaussée en courant sous son nez. Impossible de ne pas le remarquer. À moins que ce ne soit le fruit de son imagination ? Comme les femmes enceintes qui voient des landaus à tous les coins de rue, les ex-fumeurs obsédés par les cigarettes ou les célibataires par les couples qui les cernent.

Guy scruta les alentours à la recherche d'un passant solitaire. En vain. Il ne voyait que des couples en tout genre marchant d'un bon pas vers une destination précise, ou lentement, serrés l'un contre l'autre, sautillant, traînant les pieds de concert, ou encore plongés dans de mystérieux conciliabules sous un porche.

Décidément, il lui fallait un chien.

Il avisa enfin un promeneur solitaire qui se hâtait on ne savait où. Guy faillit le remercier de l'avoir arraché à son triste sort, quand l'inconnu bouscula une dame qui sortait d'une boutique de jouets, envoyant valser les paquets qu'elle tenait à bout de bras. Guy entendait encore la voix du général résonner dans sa tête.

« La plupart d'entre vous attendent ce chapitre avec impatience, je sais. Les stagiaires ont tendance à croire que le cours introductif aux rencontres fortuites est incroyablement romantique. Ils se disent que c'est on ne peut plus simple : un garçon, une fille, un coin de rue, et le tour est joué, pas vrai ? Le jeune homme vient d'une direction, la jeune fille d'une autre, ils se percutent malencontreusement au croisement et voilà : les livres qui dégringolent, les regards qui se croisent, le coup de foudre, etc. Les quantités de conneries que recèle ce scénario suffiraient à résoudre les problèmes de la faim dans le monde. »

Guy éclata de rire tandis que son nouvel ami s'excusait auprès de la dame avant de poursuivre son chemin. Ce type de rencontre ne fonctionnait qu'une fois sur mille. Dans les neuf cent quatre-vingt-dix-neuf autres cas, il fallait ajouter de l'huile de coude. Il espérait que la scène à laquelle il venait d'assister n'était pas une coïncidence provoquée par Dieu sait qui. Car cela dénotait un manque criant de professionnalisme.

En tout cas, Emily avait dit vrai, ce matin-là. Il adorait provoquer les rencontres fortuites. Pas à cause du côté romantique. Non, ce n'était pas son style. Les gens croyaient en l'amour comme dans une religion, convaincus qu'il existait quelque part entre les hommes une sorte de connexion cosmique, d'une nature différente, dans le cadre de laquelle on vénérait un être supérieur.

Les humains voulaient croire en quelque chose qui les dépassait. La religion n'offrant pas toujours de réponse, ils se tournaient vers un concept appelé « amour » pour satisfaire leur quête d'absolu. À leur insu, l'amour s'était mué en un nouveau besoin dans un monde où le fait de posséder avait remplacé celui de donner. Une jolie maison, une belle voiture, un grand amour... Si vous n'aviez jamais aimé, vous aviez raté votre vie.

Il partageait cette opinion autrefois. Entre-temps, les choses avaient évolué. Il avait goûté à ce délice et savait de quoi il parlait. L'amour était beaucoup plus que cela. Il avait reçu sa part, mais c'était terminé. Le chapitre était définitivement clos. Et il s'y était résigné à son corps défendant. À présent, c'était à son tour de s'occuper des autres. Raison pour laquelle forcer le hasard des rencontres revêtait une telle importance à ses yeux. Et si, en aidant autrui à atteindre un nirvana désormais inaccessible, vous aviez également droit à une petite part de bonheur ? Enregistrée à votre nom.

Il s'approcha de la femme un brin sonnée sur le seuil du magasin, lui sourit et entreprit de ramasser ses paquets.

« Merci, dit-elle.

— Je vous en prie. »

Le sol était jonché de boîtes de différentes tailles, des jeux pour enfants enveloppés dans des emballages clinquants.

« C'est pour mes neveux, expliqua-t-elle en coinçant une mèche rousse derrière son oreille. Ils sont jumeaux. Leur anniversaire tombe la semaine prochaine, alors j'ai décidé de leur offrir de quoi les arracher à leur ordinateur. »

Guy ramassa des petits soldats en plastique vert qui le dévisageaient d'un regard innocent dans leur coffret transparent.

« Oui, acquiesça-t-il distraitement.

— Vous permettez ? »

Guy émergea de sa rêverie.

« Pardon ? »

Souriante, les jouets en équilibre instable contre sa poitrine, elle désigna l'objet qu'il tenait à la main.

« Les petits soldats ! » précisa-t-elle.

Il lui tendit la boîte.

« Oui, bien sûr. Pardonnez-moi.

— Vous jouiez avec quand vous étiez petit ? demanda-t-elle. Ça vous rappelle des souvenirs ?

— Non, pas du tout. Je pensais à autre chose. »

Elle le remercia encore et s'éloigna.

Guy s'attarda quelques secondes avant de poursuivre son chemin, au milieu des amoureux qui marchaient main dans la main. Il avait quelques achats à faire : du pain, du chocolat, du sucre, du café et deux ou trois autres bricoles. Il s'arrêterait au supermarché en chemin.

Emily était assise dans son salon, tel un général attendant des nouvelles du front.

Des mois de préparatifs, des murs couverts de diagrammes, des semaines à guetter le moment favorable et la voilà qui se morfondait en attendant son appel.

Si seulement elle pouvait s'activer, ce serait moins pathétique. Au lieu de quoi, elle restait plantée là à espérer que le téléphone sonne. Et il avait plutôt intérêt à sonner.

Guy parcourait les rayons à la recherche de son café.

Il savait pertinemment pourquoi la terre s'était arrêtée de tourner une fraction de seconde quand il avait aperçu les petits soldats. C'était tellement évident que c'en était gênant. En fait, c'était probablement consigné quelque part, dans un vieux cahier écorné.

Au cours de leur deuxième semaine de stage, les exercices portant sur l'introduction aux associations consistaient à cartographier la structure mentale d'une tierce personne. Le général soutenait que, dans leur profession, il y avait peu d'outils aussi indispensables que de comprendre la façon dont « une chose en évoquait une autre » – comprenne qui pourra. Guy avait décrit les associations d'idées d'Eric, qui s'était attelé à celles d'Emily, laquelle avait planché sur celles de Guy.

Concernant Eric, c'était assez simple. D'une manière ou d'une autre, tout se rapportait à ses conquêtes féminines, ses exploits ou les comédies des Marx Brothers. Parfois, Guy avait du mal à saisir pourquoi un jus de papaye évoquait le Vietnam à son ami, ou le « chocolat » un « saxophone ». Somme toute, les explications étaient cohérentes et, à ce stade, la cartographie de ses associations d'idées avait eu l'heur de plaire au général.

L'idée de laisser quelqu'un disséquer votre esprit s'avérait néanmoins troublante.

Emily était extrêmement rigoureuse. Aucun moyen d'éluder ses questions par des réponses lacunaires. C'était logique d'associer « livres » à « étagères », observait-elle, mais pourquoi « étagères » lui rappelait-il *58 minutes pour vivre* ? Il avait dû lui expliquer l'étrange relation qui s'établissait dans sa tête entre des pantoufles et des hérissons, un sourire et des chauves-souris, des tommettes et des robots couleur pastel. Curieusement, elle avait surtout été intriguée d'apprendre que les petits soldats lui faisaient penser à l'amour.

« Explique-moi », l'avait-elle prié un jour, les yeux brillants.

Ils se trouvaient chez lui, assis en tailleur par terre. Emily avait apporté des biscuits chinois. De temps en temps, ils faisaient une pause, en piochaient un, le brisaient et tentaient de réfléchir dans quelles coïncidences ils pourraient exploiter l'oracle qu'il contenait. La boîte était à moitié vide à présent.

« C'est lié à mon premier rendez-vous galant, voilà, avait-il résumé, essayant de se défiler.

— Des détails, s'était-elle récriée en se frottant les mains, je veux des détails.

— Eric t'a bassiné tout à l'heure avec ses questions, c'est ça ? Du coup tu te venges sur moi ? »

Elle avait haussé les sourcils avec un sourire espiègle.

« Je veux juste rendre le devoir qu'on m'a demandé », avait-elle menti.

Il avait donc vidé son sac. Cassandra, leur rencontre, leur rupture, ce qui s'était passé dans l'intervalle. Emily l'avait écouté avec attention, formulant de loin en loin une question d'un ton hésitant, comme si elle avait deviné que jamais plus ils n'en reparleraient.

Cela marqua le début d'un rituel. Pendant toute la durée de leur formation, ils se retrouvèrent régulièrement autour d'un café et de quelques biscuits chinois. Eric se joignait rarement à eux, prétextant « une opportunité à ne pas manquer », se retrouver coincé dans l'ascenseur avec une charmante créature, par exemple, de sorte qu'ils se voyaient le plus souvent en tête à tête. Ils palabraient des heures autour des messages contenus dans les biscuits. Ils ne firent plus jamais allusion à Cassandra, ni au métier qu'exerçait Emily précédemment, ni à leur formation d'ailleurs. Ils discutaient musique, sans jamais aborder sa faculté à susciter certaines associations d'idées chez leurs clients. Ils parlaient cinéma sans évoquer les scènes qui libéraient des émotions refoulées ni chercher à savoir quels scénarios avaient été écrits suite à l'intervention d'un faiseur de coïncidences. Ils mentionnaient leurs programmes de télévision préférés en se gardant d'évoquer le cours intitulé « Développer son audimat par le biais de coupures de courant ». Et ils s'intéressaient à la politique, tout en passant sous silence ce que tous deux savaient quant à la façon de renforcer sa popularité.

Ces tête-à-tête lui manquaient, il devait le reconnaître. Depuis la fin de leur formation, ils n'avaient plus guère l'occasion de passer du temps ensemble. Ils avaient des horaires de dingues, l'un ou l'autre était sans cesse accaparé par une nouvelle mission. Et en tant que néophytes, ils ignoraient encore comment gérer leur temps sans s'impliquer personnellement. Leur petit rituel n'avait pas résisté à deux ou trois annulations. Au bout de quelques mois, Eric avait insisté pour mettre en place une nouvelle tradition, celle du brunch mensuel à trois et, une fois cette habitude prise, les soirées biscuits chinois s'étaient révélées superflues. Guy repensa au garçon et à son chien sur la plage. Ce genre d'amitié pourrait effectivement l'aider. Un verre de vin ne suffisait pas toujours.

Il finit par dénicher son café dans la troisième allée, derrière une autre marque un peu plus chère. Il déposa la boîte dans son chariot vide et, à quelques pas de là, il avisa des biscuits chinois en promotion. Deux boîtes pour le prix d'une.

Emily attendit trois sonneries et demie avant de répondre.

« Une minute », dit-elle.

Elle éloigna le combiné de son oreille et compta jusqu'à dix. Son cœur battait si fort qu'elle dut ajouter quelques secondes de plus.

« Oui, reprit-elle. Excuse-moi, j'étais occupée.

— Salut, ça va ?

— Très bien, merci.

— Tu te rappelles les biscuits chinois ?

— Bien sûr. Les oracles se sont d'ailleurs vérifiés plusieurs fois.

— Tu te souviens de la marque ?

— Non… une boîte en fer-blanc, peut-être ?

— Marron avec une bande rouge ?

— C'est ça.

— Je suis au supermarché là et je viens de tomber dessus. Ça fait des lustres que je n'en avais pas vu.

— Nostalgie quand tu nous tiens... Tu veux bien m'en prendre une à moi aussi, s'il te plaît ?

— Euh... tu sais quoi... ? »

Bien sûr que je sais. Évidemment que je sais. Et j'espère que toi aussi tu le sais.

« Non, quoi ?

— Tu veux passer chez moi ? On grignotera des biscuits, comme au bon vieux temps.

— Je pourrais peut-être remettre quelques trucs à demain... dit-elle d'une voix indécise.

— Allez, viens, on va bien s'amuser, insista-t-il.

— C'est bon. Et on se fera un film, tu veux ? À toi de choisir.

— Vendu.

— Super. Je me prépare et j'arrive. »

Emily raccrocha avec le curieux sentiment d'avoir enfin suspendu au mur du salon la tête de l'ours qu'elle pourchassait depuis si longtemps. Elle se mit à sauter partout dans l'appartement, en se retenant de crier de joie à cause des voisins. Puis elle se rendit à cloche-pied comme une petite fille dans la pièce voisine, elle se campa devant le mur, se haussa sur la pointe des pieds et embrassa l'endroit où elle avait inscrit le nom de Guy.

Ce serait sympa de finir la journée en bavardant avec un autre être humain, pensa-t-il. Il fit défiler les titres recommandés sur son application Netflix.

L'Éveil d'un champion
La vie est belle (Roberto Benigni)
Never Say Never
La vie est belle (Frank Capra)
Pretty Woman
New York-Miami

Il ne se sentait pas comme d'habitude. Ce n'était pas son genre de choisir des comédies romantiques, mais il y avait autre chose. Il se secoua, ferma les yeux, et appuya au hasard.

Attrape-moi si tu peux.

Emily serait ravie. Elle adorait Tom Hanks.

Il constata l'ampleur des dégâts en poussant la porte. Il y avait des lustres qu'il n'avait invité personne chez lui. De combien de temps disposait-il ? Dix minutes ?

Des vêtements jonchaient le sol du salon, une vilaine tache le fixait d'un air de reproche sur la nappe et une pile de manuels, brochures et cahiers de cours s'entassait dans un coin – belle illustration de l'art de procrastiner. Sans parler des journaux amoncelés au pied du mur repeint la veille.

Il se dépêcha de ramasser ses habits, puis fourra les livres et le reste derrière le canapé. Il jeta un rapide coup d'œil à travers les stores et repéra Emily qui remontait la rue. Il attrapa en vitesse les journaux qu'il jeta pêle-mêle dans sa chambre. Après quoi, il s'installa sur le canapé et alluma la télévision, histoire de se donner une contenance.

Sur l'écran apparut un barbu souriant, le visage rouge, brûlé par le soleil, engoncé dans une doudoune boutonnée jusque sous le menton, le regard bleu profond, étincelant. Une montagne majestueuse au sommet enneigé se découpait en arrière-plan.

« Laissez-moi tout d'abord vous féliciter, déclara le journaliste, qui était hors champ, à l'exception de sa main tenant le micro. C'est la seconde fois que vous tentez l'ascension ?

— Oui, répondit le barbu. J'ai échoué la première fois. Ça s'est plutôt mal passé, en fait. Je me suis cassé la jambe… l'horreur !

— Cela ne vous a pas empêché de récidiver. »

Le sourire du barbu s'élargit.

« Oh, vous savez comment c'est ! On mérite tous une seconde chance. C'est tout simplement impossible de renoncer à quelque chose que vous savez être votre devoir. Je devais réessayer. En plus, cette fois, j'ai bénéficié d'un précieux soutien. »

Il tendit la main et une femme bronzée aux cheveux courts, enveloppée dans un épais anorak, fit son apparition. Elle salua d'un geste et se mit à rire quand l'homme frotta sa barbe contre son front.

Emily frappa à la porte.

Ils s'installèrent côte à côte sur le canapé, s'efforçant de se rappeler comment faire. Eric avait le chic pour dire une ânerie qui brisait la glace. En son absence, certains ajustements s'avéraient à l'évidence nécessaires. Ils étaient un peu rouillés après tout ce temps.

« Ça sent la peinture, observa Emily en mode pilote automatique, son côté bonne camarade reprenant le contrôle.

— Oui, c'est persistant », renchérit Guy.

Sur l'écran devant eux, l'alpiniste barbu discourait en silence.

Emily se leva et entrebâilla les stores. Après quoi, elle s'empara de la boîte de biscuits chinois et la tendit à Guy.

« Un pour toi, dit-elle. (Il piocha un gâteau.) Et un pour moi. »

Elle se rassit, les jambes repliées sous elle.

« Merci pour l'invitation. Ça m'a manqué, depuis le temps. »

Guy sourit, il brisa son biscuit et en extirpa un minuscule rouleau de papier qu'il réussit à déchiffrer avant que les lumières ne s'éteignent. Une panne de courant ?

Inutile d'aller chercher midi à quatorze heures quand vous avez sous le nez la réponse à la question fondamentale que vous vous posez.

Un silence lourd d'attente retomba dans le noir. Emily se redressa, retenant son souffle.

Elle avait conscience qu'un rayon blafard provenant des lampadaires filtrait à travers les stores et faisait briller ses yeux. Elle percevait des battements de cœur affolés sans trop savoir à qui ils appartenaient. Quand la lumière revint, elle constata qu'il la regardait fixement. Aucun d'eux n'osait rompre le silence.

Guy posa les morceaux de biscuit sur la table, devant lui.

« Je viens de comprendre quelque chose qui m'a longtemps échappé », dit-il.

Emily tressaillit avant de répondre.

« Ah oui ?

— Je ne veux pas qu'on se revoie comme avant, commença-t-il, les joues en feu. J'aimerais essayer autre chose.

— Excellente initiative…

— Je ressasse le passé depuis trop longtemps.

— Oui…

— Et j'ai refusé de voir les sentiments que j'éprouve aujourd'hui.

— Guy…

— Cassandra peut aller se faire voir. C'est toi que je veux.

— Oh, Guy… »

* * *

Quand la lumière se ralluma, Emily s'efforça de revenir sur terre. En face d'elle, Guy examinait les morceaux de biscuit et le bout de papier qu'il tenait à la main. Il leva les yeux vers elle.

« Qu'est-ce qui se passe, Emily ?

— Pardon ? »

Le visage dur, il se leva, contourna le canapé, fouilla dans son tas de bouquins et en extirpa un cahier décoloré presque en lambeaux portant le titre : *Techniques de sélection d'un objet, deuxième partie*. Il le feuilleta, trouva ce qu'il cherchait, puis le reposa ouvert sur la table. Paragraphe n° 73 : « Puiser dans une boîte préparée à l'avance, une variante de l'exercice de Viton. » Les illustrations montraient comment orienter la boîte afin que le sujet croie avoir choisi un objet au hasard, alors qu'il était déterminé à l'avance.

Emily considéra le cahier ouvert sans mot dire.

« Tu t'es débrouillée pour que je choisisse ce biscuit, pas vrai ? »

Elle tripotait le sien, sans répondre.

« Réponds-moi. »

Elle garda le silence. Il lança le cahier à l'autre bout de la pièce et revint s'asseoir en face d'elle.

« Dis-moi ce qu'il se passe.

— Un de mes amis m'a parlé un jour de son premier coup de foudre, dit-elle sans se démonter. D'après lui, l'amour s'apparenterait à de l'admiration. On pense sans cesse à l'autre, on l'idolâtre pour toutes sortes de raisons et il vous idolâtre en retour. Au fond, c'est ce que tout le monde pense, non ? Un éclair aveuglant qui vous frappe un jour, sans prévenir, et vous êtes persuadé d'avoir trouver votre âme sœur, et toutes ces bêtises.

— Tu t'es arrangée pour que les biscuits se trouvent dans le rayon du supermarché ? Et la femme de la boutique de jouets, c'est toi aussi ? »

Il n'était pas réellement fâché contre elle, il ne lui en voulait pas vraiment, mais il devait faire semblant comme si. Il fallait qu'elle comprenne qu'entre eux, ce n'était pas possible. Non.

« Et quand quelqu'un est entré dans sa vie, poursuivit-elle sans perdre le fil, mon ami a compris qu'on lui avait menti, qu'il s'était menti à lui-même. Ce n'était pas de l'admiration, non. Ça y ressemblait au début, mais très vite, cette admiration superficielle s'est muée en autre chose, de plus authentique. Il avait l'impression d'être rentré à la maison. D'avoir trouvé un endroit où il était désiré, estimé, à sa place. Oui, à sa place. Un peu comme s'ils s'étaient déjà rencontrés, qu'ils avaient déjà vécu des choses ensemble par le passé, avant d'être forcés de faire une pause. Ils avaient la chance de recommencer, sauf qu'ils ignoraient où. Il n'a jamais eu l'impression que c'était un début, plutôt une continuation.

— Emily, écoute... »

Elle n'allait pas le supplier. Jamais de la vie.

« Guy... tu as beau t'ouvrir au monde, tu ne trouveras jamais l'amour, parce que tu ne le cherches pas. Tu es obnubilé par Cassandra et tu t'avoues vaincu à l'avance. Tu cours après un fantôme. Tu es prisonnier d'un chapitre de ta vie qui est clos, réglé. Et ça me rend triste de te voir t'acharner à colorier une image effacée depuis longtemps, en imaginant quelque chose où il n'y a pas...

— Je n'imagine rien du tout, coupa-t-il. Je me souviens. Il me reste les souvenirs. Il y a une différence entre...

— Peut-être, mais tu es quand même prisonnier, le coupa-t-elle.

— Ça m'est égal.

— Pas à moi. »

Le silence retomba.

Peu à peu, tout faisait sens. Tic-tac, tic-tac. Il savait ce qu'elle voulait, ce qu'elle essayait de faire, et elle savait qu'il savait. Et il savait qu'elle savait qu'il savait... et ainsi de suite...

Mais à quoi pensait-elle ?

« Depuis quand ? demanda-t-il.

— Ça fait longtemps que je réfléchis à la manière te le dire, comment te donner, comment... »

Elle frissonna. J'ai envie que tu me prennes dans tes bras, disait son corps à elle. Non, disait le sien.

« Je parlais d'aujourd'hui. Quand as-tu commencé à provoquer des coïncidences, aujourd'hui ?

— À la plage.

— Le gamin et le chien ?

— Oui.

— Les couples dans la rue ?

— Aussi, et d'autres choses encore... »

Tu vas te décider à cracher le morceau, oui ou non ?

« Je pense qu'on a déjà vécu quelque chose toi et moi, et puis on a fait un break, et maintenant, on pourrait reprendre là où on s'est arrêtés. Tu n'y penses jamais ? Même pas un petit peu ? Moi si. Je me sens bien avec toi. J'aimerais reprendre là où on s'est arrêtés. Je...

— Emily...

— Crois-moi, un tel endroit existe. »

Elle aurait dû déclencher une panne de courant plus longue, beaucoup plus longue. Et voilà qu'elle allait se mettre à pleurer pour couronner le tout.

« Je suis désolé. Tu es géniale. Vraiment géniale. On rigole bien tous les deux, tu le sais. Mais... »

Il y avait donc un « mais ». Un virage mental.

Guy respira un bon coup.

« Ça ne marche pas comme ça. Pas avec moi. Tu ne peux pas combiner une coïncidence pour nous. Ce *nous* ne peut pas exister. »

Elle ne s'attarda pas davantage.

À quoi bon.

Elle avait posé la question et déployé des trésors d'ingéniosité pour le séduire. Et il avait répondu. Un « non » calme et retentissant.

Elle émergea sur le palier en titubant et s'aperçut qu'elle tenait toujours le biscuit dans le creux de sa main. Elle avait maîtrisé un tas de choses aujourd'hui, mais cette friandise lui échappait complètement. Elle la rompit et retira le petit morceau de papier roulé à l'intérieur.

Parfois, les déceptions génèrent de merveilleux commencements.

« C'est ça, oui », grinça-t-elle entre ses dents.

La lumière de la cage d'escalier s'éteignit ; elle descendit les marches à tâtons.

10.

« Tu vas entrer, bon sang ! »

Debout sur le palier, les dents serrées, au comble de l'agacement, Eddie Levy, comptable de son état, s'escrimait à faire entrer sa clé dans la serrure.

Ses mains ne tremblaient pas, pourtant il ne parvenait pas à insérer cette fichue clé. Il jura tout bas.

Il consulta sa montre. Cela faisait près de huit minutes qu'il était dans cet état second. Il était incapable de mettre un nom dessus, en revanche il savait que c'était la dernière chose dont il avait besoin en ce moment.

Il finit par réussir à introduire sa clé et poussa la porte sans ménagement. Il alluma la lumière en pensant aux éraflures qu'il avait dû faire autour de la serrure, comme un bon à rien d'ivrogne.

Il se força à respirer à fond pour se calmer et s'éclaircir les idées.

Une respiration profonde emplit d'air les poumons et augmente la teneur en oxygène dans le sang, de sorte que le cerveau mieux irrigué recouvre un fonctionnement normal. Il avait l'impression qu'on avait introduit dans son crâne une petite balle de caoutchouc qui rebondissait dans tous les sens.

Inutile d'en faire tout un plat. Il n'était pas du genre émotif et il en était fier.

Les autres étaient esclaves de pulsions confuses. Il avait, pour sa part, balisé le terrain depuis longtemps. Il ne cherchait plus d'explications superflues. Aucun intérêt. Les gens voulaient se convaincre qu'ils étaient capables de *ressentir les choses*. Reconnaître qu'il ne s'agissait que d'une banale réaction chimique, d'un petit stimulus électrique entre deux neurones leur donnait l'impression d'être des robots, en quelque sorte.

C'était le cadet de ses soucis. Eddie se moquait bien d'être une machine. Un tas de viande, une capsule d'ADN, un composé d'organes doué de conscience. Et après ? C'était ainsi ; autant s'y résoudre.

Pour l'heure, il déambulait dans l'air épais, entre les murs tapissés de livres de son petit appartement, en tâchant de comprendre la raison de son inquiétude, pour mieux la renvoyer d'où elle venait.

Il se figea.

La musique. Il entendait une mélodie. Sur l'une des étagères du bas s'entassait une collection de CD poussiéreux, oubliés là depuis longtemps. Il s'y trouvait entre autres un concerto pour piano et orchestre dont il n'avait écouté que les quatre premières pistes – l'exposition thématique et le développement s'apparentaient à une équation à deux inconnues.

La musique. Exactement ce qu'il lui fallait.

Il sortit un vieux lecteur de CD, dont les fils des écouteurs étaient lovés autour tel un serpent, et s'installa dans son fauteuil. Les premiers accords commencèrent à restaurer l'ordre de l'univers.

Il ferma les yeux, enveloppé par le tempo clair, presque militaire. Il n'avait plus rien d'un type grincheux, assis dans son vieux fauteuil. C'était comme s'il avait fait un pas de côté pour s'observer et embrasser en pensée le monde dans son entier. Le fauteuil s'était métamorphosé en un nuage de molécules synthétiques, sur lequel trônait un assemblage de pompes, de tuyaux, de soufflets, d'orifices de ventilation, de leviers et de tissus musculaires. Il laissa ses pensées dériver dans l'espace glacé, et il aperçut le petit globe bleu, pathétique, qui effectuait une rotation autour de la grande sphère brûlante. Il porta son regard plus loin encore, jusqu'à ce que tout se métamorphose en taches immobiles dans le néant. D'en haut, l'espace semblait uniforme – des atomes aux contours complexes. Un bloc de granit franchissant une galaxie, ou une pompe à sang constituée de muscles dont, à un moment donné de l'histoire, on aurait décidé arbitrairement de faire le siège de l'émotion humaine.

Le mouvement était fini.

Inutile de passer au suivant, lent et assommant. En d'autres circonstances, il aurait éteint l'appareil et serait retourné vaquer à ses occupations. Mais parce que la marche l'avait fatigué, ou parce qu'il était paresseusement installé dans son fauteuil et que le lecteur de CD avait glissé quelque part sur le sol, hors de portée, il se résolut à écouter la suite du concerto. La partie douce, captivante et sentimentale qu'il n'avait pas entendue depuis une éternité.

À son réveil, le lecteur avait rendu l'âme.

Les piles avaient lâché au milieu du mouvement qu'il percevait toujours en rêve. Son corps était lourd et, en portant la main à son visage, il sentit la sueur couler sur sa joue.

Il transpirait.

En fait non, il ne transpirait pas.

Stupéfait, il se rendit compte qu'il avait pleuré en dormant. Il ne manquait plus que ça !

À présent que ses doigts avaient effleuré cette affreuse salinité, la précieuse distance qu'il avait établie s'était évanouie, tel le flash fugitif d'un appareil photo. Et le système complexe et aléatoire dans le fauteuil s'était changé à nouveau en un homme solitaire et mélancolique, cloîtré dans un appartement aux volets clos.

À cause d'elle.

Il était sorti faire sa promenade vespérale. À force de rester assis toute la journée derrière un bureau, soulager ses articulations douloureuses était devenu une nécessité. Et ses cinq kilomètres de marche rapide quotidiens une saine habitude.

Il l'avait vue sortir d'un immeuble, les épaules un peu voûtées. Rien dans son apparence n'attirait particulièrement l'attention. Il avait accéléré le pas, de sorte que la distance entre lui et le dos fluet et gracile fondait à vue d'œil. Parvenue à l'angle du bâtiment, elle avait tourné à droite. En la dépassant, il avait jeté un regard dans sa direction et s'était aperçu qu'elle sanglotait, prostrée sur le trottoir.

Ce n'était pas la première fois qu'Eddie Levy voyait une jeune femme en pleurs. Au cours de l'évolution, ces créatures n'avaient-elles pas développé une nette propension à fondre en larmes ? Pourtant, la voir pleurer ainsi avait éveillé en lui une étrange résonance qui l'avait forcé à ralentir.

Il avait failli s'approcher pour lui demander ce qui n'allait pas.

Il s'était ravisé et s'était éloigné à grands pas, poursuivi par l'écho de ses sanglots. Il était singulièrement remué par cette scène mélodramatique, comme si on lui avait arraché le cœur avant de le remettre à sa place, à l'envers.

Cela faisait plusieurs semaines qu'il n'était pas trop dans son assiette, sans vraiment savoir pourquoi. Il était incapable de mettre le doigt dessus, même si, parfois, certaines pensées qu'il croyait avoir refoulées parvenaient à percer ses défenses. Et maintenant, cela.

Eddie s'efforçait d'expliquer les palpitations cardiaques et cette sensation de brûlure derrière les yeux, selon les principes de la biologie. Ce n'était pas le stress, non, il sécrétait trop de cortisol, voilà tout. De la même façon, le concept de « plaisir » n'existait pas – c'était simplement l'effet de la dopamine. À chaque émotion étaient accolés un nom et une composante chimique.

Son regard erra sur la vaste bibliothèque en face de lui.

Des rangées de livres sur tous les sujets scientifiques du monde : cosmologie, physique, biologie, neurologie. Ils étaient censés être son ancrage. Le préserver de ces inepties.

Quelques jours plus tôt, il avait dû défendre sa précieuse bibliothèque contre un individu qui avait frappé à sa porte : il avait crevé juste devant chez lui et souhaitait appeler une dépanneuse. Il n'avait pas de portable, alléguant qu'il détestait ce genre d'engins. Lui permettait-il de téléphoner ? Cela ne prendrait qu'une minute.

Pour la millième fois, Eddie s'était maudit d'habiter au rez-de-chaussée.

Oui, bien sûr, pourquoi pas. Le téléphone se trouvait là-bas.

Avant de prendre congé, l'inconnu – si maigre qu'il était presque transparent, avec le regard du souffre-douleur de la classe – avait examiné les étagères et demandé pourquoi il ne possédait aucun ouvrage de prose ni de poésie. Eddie avait rétorqué qu'il n'en avait pas besoin. Seule la vérité sur le monde l'intéressait. L'autre, qui se prétendait « poète », s'était mis à déblatérer tout un tas d'âneries au sujet de l'amour, de la culture, de la façon dont nous « découvrons des vérités sur nous-mêmes » et pas seulement par le biais de la science. Coupant court, Eddie lui avait jeté une suite de faits établis à la figure, comme un seau d'eau glacée.

Après une étude approfondie, le monde se révélait dans son absolue complexité technique et sa stérilité émotionnelle, avait-il martelé. On ne pouvait l'ignorer. Au nom de la vérité, précieuse et sans équivoque, on devait renoncer à certaines idées sirupeuses. Les parents, par exemple, adoraient leurs enfants parce que, au cours de l'évolution, après des années de minutieux réglages, on avait constaté que l'amour prodigué à sa descendance était bénéfique pour la perpétuation de l'espèce. De grands yeux, des petites frimousses – tout cela relevait d'un plan, destiné à provoquer en nous un sentiment de protection. Brillant ? Peut-être. Passionnant ? Pas vraiment. L'amour n'était rien de plus qu'un camouflage de la sexualité ; la religion, une invention conçue pour consoler l'humanité menacée par la nature ; la peur, un mécanisme de survie ; la cupidité, une convention sociale sans laquelle l'humanité aurait succombé à la passivité existentielle ; la quête de sens, le prix de la conscience de soi vouée à l'échec. Une juxtaposition de systèmes. Ceux qui nous aidaient à digérer les aliments et à les transformer en déchets, et ceux qui nous forçaient (il avait pointé le doigt vers son visiteur) à nous définir en tant que « poète », comme si cela changeait quoi que ce soit.

Une fois que vous aviez compris cela, tout devenait plus facile. Vous ne pouviez pas être blessé par les problèmes d'amygdales de quelqu'un, ni vous sentir humilié sous prétexte que l'autre n'était pas attiré par vos phéromones. Et surtout : il était impossible de rater sa vie, pour la simple raison qu'elle n'avait aucun sens. Dans le fond, nous essayons de survivre parce que nous essayons de survivre. Le reste n'était que vues de l'esprit et autopersuasion. Le poète – Eddie n'avait pas retenu son nom – lui avait jeté un regard étrange avant de remonter dans sa voiture pour attendre la dépanneuse.

Pour l'heure, sa bibliothèque ne le protégeait plus. Il résista à la tentation de se jeter sur les étagères et, dans un accès de colère, de balancer tous les livres par terre. Il aurait aimé évacuer toute cette frustration générée par des jeunes filles au cœur brisé, qui répandaient un nuage radioactif de compassion autour d'elles, ouvraient une brèche dans les visions métaphysiques du monde et exacerbaient une solitude que nul ne comprenait. Il aurait voulu les flanquer par terre et se dresser au milieu des pages mortes, tel le capitaine d'un navire naufragé.

Naturellement, il n'en ferait rien. Il n'était pas comme ça.

Il alla à la cuisine, ferma la porte et s'installa à la petite table.

Un chiffon rouge élimé, un pot contenant un fond de café, une page blanche et un stylo bleu l'attendaient. En haut de la page se trouvait une liste de courses rédigée de son écriture soignée en vue de son expédition hebdomadaire au supermarché.

Les gens se résumaient à des nuages de chiffres et rien d'autre. Taille, âge, pression sanguine, vitesse de récupération, pouls, nombre de cellules. Tout, absolument tout, pouvait être mesuré. Derrière toute mélodie poignante se cachaient les mathématiques ; derrière le saut époustouflant d'un acrobate était tapie la physique ; derrière un chagrin, il y avait les principes de la chimie. Que la tristesse de la jeune fille puisse résonner en lui d'une manière cosmique, singulière et infinie était une idée complètement farfelue.

Il s'empara du stylo et se mit à dessiner des petits carrés dans un angle, comme un gamin qui s'ennuie dans son coin en classe. Rien n'y fit et, une demi-heure plus tard, il fixait d'un œil hébété la feuille blanche posée devant lui.

Dix lignes étaient tracées dessus. Trois lignes bien nettes, dans le coin supérieur droit, énuméraient : le sucre, les serviettes en papier et la lessive. Dans le coin opposé – irrégulières, nerveuses, couvertes de ratures et de corrections – sept autres tentaient de sculpter à l'aide de mots quelque chose situé au-delà de l'émotion pure.

Bon sang, songea-t-il, *j'ai écrit un poème*.

Edward attrapa la feuille, il en fit une boule et la jeta à la poubelle.

Il avait un trou de mémoire. À croire que quelqu'un d'autre avait pris possession de son corps, conçu des pensées qui n'étaient pas les siennes, ressenti des émotions qu'il n'éprouvait plus et, pour finir, composé ce poème saugrenu qu'il ne comprenait pas et ne voulait pas comprendre.

Il n'avait pas besoin de cette faiblesse artistique. Il l'avait méprisée toute sa vie. Il n'avait aucune envie de la laisser entrer dans sa vie, pour la simple raison qu'une femme fragile croisée dans la rue l'avait déstabilisé.

Il résolut d'aller se coucher pour être en forme le lendemain. Cette ineptie retournerait se tapir dans son subconscient et il se réveillerait dans la peau de celui qu'il avait choisi d'être.

Allongé dans son lit, il ne décolérait pas, quand une pensée parasite mit soudain en lumière ce qui l'avait ébranlé. Impossible de l'ignorer.

Ce sentiment. À l'intérieur. Quelque chose qu'il aurait créé de toutes pièces. Contrairement au reste de sa vie qui se bornait à une combinaison sans fin de matériaux premiers, qui se répétaient suivant un ordre distinct. À croire que cela émergeait du plus profond de lui. Une réponse nouvelle, rafraîchissante, inconnue.

Ça suffit avec ces bêtises, se sermonna-t-il. L'âme n'existe pas. Il n'y a rien, hormis la sophistication de l'organisme. Rien ?

Et *ça*, c'était quoi ?

Horrifiés, des milliers de fragments de son ancien moi se hâtèrent de colmater la brèche avant qu'autre chose ne survienne.

Cela ne devait pas se produire.

Sans quoi, sa vie entière serait une erreur. Il se rappellerait, paniqué, chacun des choix qu'il avait opérés. Sa vision du monde était si claire qu'une faille ou un simple point d'interrogation en ferait un effroyable gâchis. Des années d'opportunités ratées. Mieux valait continuer comme il l'avait toujours fait. Ne change rien maintenant, mon vieux ! Surtout pas !

Les gens évoluaient à cause d'une crise, pas d'une soudaine maturité. Le changement était synonyme de fiasco. Attention !

Au fond de lui, sous les fragments anxieux de la science qui s'agitaient en tous sens et poussaient des cris hystériques dans les méandres de son âme, il savait qu'il *ne savait pas*. Il était englué dans le paradoxe de l'œuf et de la poule que nul n'était en mesure de résoudre : votre vision du monde façonnait-elle votre personnalité ou était-ce le contraire ? S'il le voulait, il pourrait balayer tout cela d'un revers de main, mais rien ne l'empêchait de se résigner à accepter ce qu'il portait en lui, à savoir davantage qu'une simple relation de cause à effet. Pire encore, il prit conscience qu'il ne pourrait jamais s'emparer du rasoir de la vérité pour trancher dans le réel et découvrir la réponse. Pour la première fois de sa vie, en proie à une panique susceptible de muter en une folle allégresse, il se résigna à penser qu'il aurait beau s'acharner, il n'appréhenderait jamais la réalité avec élégance et objectivité de l'extérieur, mais toujours de l'intérieur. Au plus profond de son être.

Entre les interstices des volets, Eddie Levy distingua la lune. Il oscillait entre deux options : la considérer comme un gros rocher en orbite dans l'espace, enveloppé dans une gangue de débris d'astéroïdes, ou comme le décor dans lequel sa bien-aimée nicherait sa tête au creux de son épaule, les yeux clos.

Il se rendit à la cuisine. Certaines défaites étaient douces à l'âme. À moins qu'il ne soit tombé sur la tête ? Et après ? C'était comme ça.

Il repêcha la feuille chiffonnée dans la poubelle, la défroissa du mieux qu'il put et, sans accorder un regard au premier poème, entreprit d'en écrire un nouveau au verso. Le papier absorba l'encre, tandis qu'un autre sentier s'ouvrait devant lui dans la forêt.

11.

Guy se posta au coin de la rue avec cinq minutes d'avance sur l'horaire indiqué sur le message réceptionné la veille. Il était encore relativement tôt, ce matin-là, le trafic reprenait lentement ses droits et les embouteillages s'apprêtaient une fois de plus à bloquer toute la ville, histoire de prouver que c'était possible. De l'autre côté de la rue, une vendeuse au regard vitreux aménageait la devanture d'une boutique. Elle s'évertuait à accrocher une affiche indiquant : *Prix cassés !* avec une flèche rouge géante en arrière-plan. Non loin, un policier régulait la circulation au carrefour, suite à une panne de feux de signalisation. La rue se remplissait progressivement de passants, de voitures, de tumulte et d'un faiseur de coïncidences pour le moins préoccupé.

Guy avait beau se creuser la cervelle pour tenter de deviner ce qui allait se produire, il ne voyait toujours pas le rapport entre la curieuse allusion au coup de poing dans la figure et un quelconque ordre de mission. Autour de lui, chacun vaquait à ses occupations, tandis qu'il guettait un signe ou un indice. Combien de temps restait-il ? Voyons voir : encore deux minutes.

La veille, son tête-à-tête avec Emily avait viré au fiasco. Il n'avait pas su exprimer ce qu'il ressentait et elle était restée sur son quant-à-soi. Après son départ, il avait passé une bonne heure sous la douche, l'esprit vide, et pourtant en ébullition. Il aurait tant voulu pouvoir l'aimer, mais il en était incapable. La place était prise.

Il se doutait bien que cela finirait par arriver un jour. Durant leur formation, ils avaient commencé à exécuter une danse complexe où elle multipliait les insinuations à peine voilées qu'il esquivait, tels des mini-projectiles, afin de maintenir le statu quo. Elle devait rencontrer d'autres hommes, se disait-il. Elle ne fréquentait qu'Eric et lui. Cela lui passerait dès qu'elle aurait l'occasion de faire de nouvelles connaissances. D'ici là, il tiendrait bon.

C'était ainsi : certaines femmes étaient vouées à rester de bonnes camarades. Impossible de s'amouracher, elles ne vous faisaient pas battre le cœur et leur absence ne vous pesait pas. Emily était très proche de lui, à croire parfois qu'elle lisait dans ses pensées. Elle était drôle, elle l'avait aidé durant leur formation à mémoriser d'interminables listes de coïncidences et de réactions, elle lui prêtait une oreille attentive quand il avait besoin de s'épancher après une tentative de coïncidence qui avait mal tourné, parce qu'il avait négligé certaines inconnues. Et après ? Elle ne peuplait pas ses rêves, la nuit. Elle ne le bouleversait pas, elle ne lui donnait pas des frissons, elle n'occupait pas ses pensées à chaque instant. Bref, elle ne le faisait pas vibrer.

Au fond de lui, une petite voix concluait : elle n'était pas Cassandra.

C'était mieux ainsi ; il s'y était habitué. Il était conscient de se comporter à la manière d'un héros de tragédie névrosé, seulement certaines choses ne s'expliquaient pas. Et il savait que plus jamais il ne ressentirait pareils sentiments pour quelqu'un. Au fond, ce n'était pas si terrible. Alors pourquoi les autres avaient-ils tant de mal à l'admettre ?

Fichez-moi la paix, pensa-t-il.

Et maintenant ?

Que se passerait-il quand ils se reverraient ?

Qu'adviendrait-il de leur amitié ?

Eric ne manquerait pas de s'en apercevoir, c'était à parier. Rien ne lui échappait. Et il en ferait des gorges chaudes. Tout était tellement simple jusque-là. Pourquoi avait-elle tout gâché ?

Bon, ça suffit. Concentre-toi. Encore trente secondes avant le rendez-vous. Qu'était-il censé faire ?

OK, OK. Revenons aux fondamentaux.

Il était indispensable de connaître certains principes de base sur la réalité pour devenir faiseur de coïncidences. Le reste n'était que détails. Prendre de la hauteur et replacer les événements dans leur contexte, invisible au commun des mortels. Anticiper pour prendre la réalité de vitesse.

Le général illustrait les concepts qu'il leur enseignait par des exemples évocateurs, afin de les graver dans leur esprit sous forme d'images. D'une certaine manière, la méthode s'était révélée efficace. Guy se remémorait des gorilles faisant rouler des tonneaux du haut de falaises, des nains en chemise de nuit confectionnant des bottes de fougères, des acrobates sans tête effectuant un numéro de trapèze en chocolat et, bien sûr, des boules de billard. Le général se plaisait à recourir à ces dernières pour mettre en lumière ses propos.

Rares sont les formations dont le premier cours se tient dans une salle de billard chichement éclairée. Avec le général, Guy s'en était aperçu par la suite, il fallait s'attendre à tout.

Le bar qu'il avait choisi était presque vide, ce soir-là. Deux jeunes gens jouaient dans un coin. Tout au jeu, ils s'allongeaient à moitié sur la table, puis adoptaient sans transition un air des plus nonchalants, faisant coulisser entre leurs doigts une bouteille de bière glacée, sans lâcher pour autant des yeux les boules sur le feutre vert.

Tranquillement installé au bar, un couple échangeait des regards en silence, sans prononcer une seule parole ou presque. Ils comptaient sur un lieu bondé pour se fondre dans le décor, se contenter d'être ensemble, se rappeler, après tout ce temps, ce que « sortir » voulait dire. Or ils se sentaient forcés de jouer la scène autrement et d'allier la parole aux gestes. À l'autre extrémité de la salle, l'avant-dernière-cigarette-du-paquet à la main, le visage impénétrable mangé par une barbe de quatre jours et trois heures, un type était assis à sa place attitrée, n'ayant nulle part d'autre où aller. Ses petits yeux fixaient un point devant lui, tandis que son autre main, celle qui ne tenait pas la cigarette, les ongles un peu rongés sur les bords, reposait sur sa cuisse, aussi amorphe que son regard.

Le général avait logé neuf boules dans leur support en forme de diamant, puis les avait disposées sur la table. Sans prendre la peine de lever la tête, il avait tendu la main : « Canne ! »

Eric s'était empressé de la lui remettre. Le général l'avait saisie, les yeux rivés sur les boules, l'air à la fois concentré et amusé. Contournant la table, il était venu placer la boule blanche sur la mouche. D'un geste fluide, naturel, il s'était penché pour évaluer son tir.

« Bon, commençons. La boule quatre dans le trou situé à l'extrême droite », avait-il indiqué en frappant la boule blanche avec force et en éparpillant les autres dans toutes les directions, tel un essaim d'oiseaux effrayés.

Certaines s'étaient contentées de ricocher sur la bande, tandis que la violette, la quatre, traversait lentement la table avant de finir sa course dans le trou situé à l'autre extrémité.

Le général s'était redressé pour jauger les trois apprentis :

« Bon, vous croyez savoir de quoi je vais parler. Vous pensez que je vais vous expliquer les principes de l'action et de la réaction, mentionner la mécanique de Newton, l'attracteur de Lorenz, la loi de Littlewood, les façons de calculer un résultat en utilisant cette table de billard comme métaphore. Les métaphores, c'est de la connerie. Il est impossible de trouver deux objets tenant lieu de véritable métaphore. Si deux choses peuvent filer une parfaite métaphore, cela signifie qu'elles sont absolument identiques. L'univers a horreur du gâchis. »

Contournant la table du côté droit, il s'était approché de Guy :

« Vous permettez, junior. »

Guy s'était écarté promptement. Le général avait pris position et visé.

« Il y a toujours dans une métaphore un élément incompatible avec l'idée originale, ou vice versa. Alors oui, dans ce cas, il est possible d'utiliser les boules de billard qui s'entrechoquent comme une métaphore des événements qui influent les uns sur les autres, même si certains éléments fondamentaux sont différents. Guy, que va-t-il se produire maintenant ?

— Pardon ?

— Bonjour ! avait lancé le général. Ravi de vous avoir parmi nous avant même votre petit café du matin. Que va-t-il se produire maintenant ?

— Vous voulez dire là, sur la table ? Avec les boules ?

— Je veux dire que va-t-il se produire maintenant ? »

Guy s'était concentré, tâchant de comprendre l'équilibre des forces entre les boules et l'impact du prochain coup du général.

« Je… c'est… je pense que vous allez tirer la jaune, qui va percuter l'orange et l'envoyer dans le trou du milieu, là-bas. »

Le général avait frappé la blanche, qui avait heurté la jaune, laquelle était allée tamponner la boule orange, l'envoyant rouler vers le trou central opposé.

« Je vais vous donner un indice pour la suite. Je déteste les approximations. Et arrêtez de dire la boule orange ou la jaune. Les neuf boules sont numérotées pour une bonne raison. Je veux entendre "la boule cinq dans le trou central opposé". Bon, voici la première différence entre les boules de billard et la vie réelle : si vous voulez anticiper le prochain coup, vous découvrirez qu'au billard, le jeu devient plus simple à mesure que la partie avance. Moins il y a de boules, moins il y a de mouvements et donc de possibilités. En outre, les règles sont on ne peut plus claires. Vous avez le droit de frapper certaines boules et interdiction d'en toucher d'autres. Il est également défendu de tirer dans une boule éjectée du plateau, etc. Plus vous rentrez de boules, plus les statistiques nécessaires à expliquer le déroulement du jeu se simplifient. Rappelez-vous que, en tant que faiseurs de coïncidences, votre objectif est de découvrir comment et où frapper votre boule. Or dans la vraie vie, aucun élément ne disparaît ni ne simplifie le problème. Au contraire, lorsque vous exercez une action, vous compliquez la situation, en quelque sorte. Emily, que va-t-il se passer maintenant ? » avait-il enchaîné en s'inclinant sur la table.

Emily était prête. Enfin presque.

« La boule numéro un va frapper la six, qui va toucher sa voisine, laquelle va faire une bande et puis, euh… elle va toucher la boule rouge, je veux dire la trois, qui va rouler lentement avant de tomber dans…

— Trop long. Que va-t-il se passer maintenant ?

— Trois billes vont se percuter jusqu'à ce que…

— Trop long. Que va-t-il se passer maintenant ? »

Emily avait pris une profonde inspiration.

« La numéro trois va finir dans le trou en haut à droite. »

Le général avait frappé la boule blanche qui était allée percuter la six, laquelle avait touché sa voisine et ricoché légèrement vers la gauche. Pour finir, la six avait basculé dans le trou opposé.

Emily avait fait la grimace.

« Autre différence notable, avait poursuivi le général. Dans la vie, il n'y a pas de *théories*. Sept milliards d'individus frappent sept milliards de boules n'importe quand et dans n'importe quelle direction sur la planète. Et là, je ne parle que des êtres humains. Vous seriez surpris de découvrir la myriade de facteurs susceptibles de nous influencer. Mots, pensées, croyances, peurs. Sans parler des objets qui nous entourent. Ou des saumons. Sachez que c'est un élément à ne surtout pas négliger. Eric, que va-t-il se passer maintenant ? »

Ce dernier s'était éclairci la gorge, avant de hasarder :

« Vous n'avez pas l'intention de viser au même endroit ? »

Le général lui avait jeté un regard méprisant.

« Non. »

Eric avait respiré un bon coup, les yeux rivés sur la table.

« D'accord. La numéro un va frapper la neuf, qui va entrer en contact avec la trois, laquelle va percuter la bande avant de rentrer dans le trou central. Pour résumer, vous allez rentrer la trois dans le trou du milieu. »

Le général n'avait pas caché son dépit.

« Vous avancez des hypothèses qui ne reposent pas sur le jeu, mais sur ma position. »

Contournant une fois encore la table, il s'était penché et, sans prendre la peine de viser, avait frappé la boule blanche qui était allée percuter la bille numéro un, qui avait filé tout droit dans le trou en vis-à-vis.

« Trop de présupposés de base entraînent des erreurs de calcul, avait-il décrété en s'appuyant sur sa canne. Les boules se moquent de savoir où elles vont tomber ou avec quelle puissance elles seront tirées. Qu'est-ce que ça peut faire si la six atterrit dans le trou avant la sept ? Aucune boule ne va pleurer parce qu'elle reste seule dans son coin. Il est beaucoup plus facile de gérer des événements qui vous laissent indifférents. Seulement, les personnes pour qui vous allez provoquer des coïncidences sont susceptibles de vous émouvoir. Si vous n'apprenez pas à vous endurcir, si vous n'avez pas conscience que, parfois, il faut un peu brusquer quelqu'un pour l'orienter dans la bonne direction, si vous ne prenez pas vos distances, c'est l'échec assuré. À l'inverse, si vous affectez un détachement total, ou si vous imaginez que le monde est votre terrain de jeu, ce sera encore pire. Vous avez affaire à des êtres humains. Cette espèce stupide et inutile n'est peut-être pas exactement ce que nous espérions, mais nous n'avons guère le choix. L'un de ses objectifs est de se réinventer. Et elle le mérite. Guy ?

— La deux va taper la sept, qui va atterrir dans le trou en bas à droite. »

Le général s'était penché pour tirer. La sept avait atterri dans le trou situé en bas à droite.

« Bravo ! » s'était écrié Eric, admiratif.

Guy était tout sourire.

« On se calme, avait intimé le général. Ce n'est pas fini.

— La trois dans le trou en haut à droite, avait tenté Emily.

— Vous allez un peu vite en besogne. En plus, vous avez tort. »

Emily avait étudié le jeu.

« Ensuite, la deux va atterrir dans le trou central à gauche, mais il faudra un sacré coup parce qu'on devra...

— Encore tout faux.

— La neuf ? En bas à droite ? Ce n'est pas trop loin ? Et puis elle se trouve derrière la trois, alors...

— Non, pas la neuf. »

Emily avait secoué la tête, incrédule.

« La huit alors ? La noire ? Mais vous êtes censé la tirer en dernier. »

Penché sur la table, le général avait levé sa canne.

« C'est un jeu à neuf boules, pas à huit. Vous déduisez des conclusions à partir de règles erronées, les avait-il tancés en envoyant la boule numéro huit dans le trou central avant de jeter un regard en coin à Emily, qui faisait la moue. Les boules obéissent à des règles générales que nous connaissons – chaque boule exerçant une force est soumise à une force égale opposée. Mais elles obéissent aussi à des règles implicites : frapper en premier la bille avec le plus faible numéro, par exemple. C'est beaucoup plus difficile avec les humains, qui inventent des codes plus secrets et bizarres les uns que les autres. Usages, règles de savoir-vivre à table totalement ridicules, conventions sociales, etc. Et ce n'est pas tout. Si un convive ne veut pas que sa viande touche les petits pois dans son assiette, s'il vérifie cinquante fois qu'il a bien verrouillé la porte ou s'il envoie balader les filles par manque de confiance en soi – il faut en tenir compte. Chacune de vos boules obéit à un système de règles particulières. Vous devrez en tenir compte et vous familiariser avec chacune d'entre elles. »

Il ne restait plus que trois boules sur le tapis : la bleue, la numéro deux ; la rouge, la numéro trois ; et la rayée blanc et jaune, la numéro neuf.

« Bien, avait dit le général, qui veut commencer ? »

Eric avait levé la main.

« Le clown, avait commenté le général.

— Les deux boules dans l'angle à l'extrême gauche, avait suggéré Eric.

— Réfléchissez.

— Il faut tirer la bleue en premier. Or dans ce cas, vous ne pourrez pas atteindre les deux autres qui se trouvent à l'opposé.

— Je compte rentrer les trois boules dans le trou inférieur droit », avait pris la peine de préciser le général.

Eric lui avait décoché un regard oblique.

« Ce n'est pas possible… La rouge, enfin la trois, se trouve à l'opposé. Et vous devez frapper la bleue d'abord, car elle a le plus petit numéro.

— Sauf si on enfreint les règles », avait glissé Guy.

Le général avait contourné la table, songeur.

« Ce n'est pas le genre de suggestions auxquelles je m'attendais de votre part, avait-il dit à l'adresse de Guy. Les idées innovantes ne sont pas votre point fort d'habitude.

— Mais c'est bien ce que vous allez faire, n'est-ce pas ?

— Je pourrais, mais je n'en ai pas besoin.

— Et si vous en aviez besoin ?

— D'enfreindre le règlement ?

— Oui.

— Si certaines règles existent réellement, d'autres sont une vue de l'esprit. Pour déterminer si l'on peut transgresser une règle, il faut d'abord éclaircir quelques points. Êtes-vous disposé à le faire ?

— Suis-je autorisé à le faire ? » s'était enquis Guy, après réflexion.

Le général avait réprimé un petit rire. Une sorte de toux qui aurait un problème d'identité. Il s'était incliné vers Guy en le toisant de la tête aux pieds.

« Oui. C'est exactement ce que je pensais. Lorsque vous vous apprêtez à enfreindre les règles, vous avez d'abord besoin d'une autorisation. Pour la majorité d'entre elles, ce sont des inventions conçues pour se protéger. Les transgresser nécessite du courage. Quant au reste, c'est un raccourci pour paresseux. »

Il avait brandi à deux mains la queue de billard et l'avait laissée choir avec force : l'embout avait frappé la boule blanche qui s'était élevée en l'air avant de retomber en percutant la bleue pour la projeter dans la direction opposée. Laquelle, frappant la rouge, l'avait expédiée dans le trou inférieur droit.

« Bien, avait approuvé le général. Emily, vous êtes censée connaître le prochain coup.

— La boule numéro deux dans l'angle supérieur gauche, avait-elle répondu d'une voix morne.

— Oh, inutile de vous emballer comme ça ! avait précisé le général en positionnant sa canne sur la table.

— C'était une question évidente.

— C'est-à-dire ?

— C'est-à-dire qu'après avoir échoué aux deux questions précédentes, j'ai droit à une question facile pour ne pas me sentir trop bête. Je vous remercie, mais c'est évident.

— Et parce que c'est facile, c'est moins important ?

— Pour moi, oui.

— Et *quid* de la boule numéro deux ? »

Emily avait glissé les mains dans ses poches.

« Que voulez-vous dire ?

— Je veux dire que, avec tout le respect que je vous dois, si vous classez les coïncidences que vous provoquez en fonction de l'ampleur du défi qu'elles représentent ou du sentiment de sécurité qu'elles vous procurent, vous risquez d'oublier que l'essentiel est le changement que vous opérerez dans la vie d'autrui, et vous ne pourrez plus distinguer alors l'essentiel de l'accessoire. Les personnes qui connaîtront l'amour suite à une coïncidence à laquelle vous aurez consacré cinq minutes éprouveront la même passion et le même sentiment d'accomplissement que celles qui se rencontreront grâce à une coïncidence sur laquelle vous aurez planché pendant six mois. Négliger les coïncidences simples et évidentes est le signe que vous accordez plus de valeur aux apparences qu'à votre travail. Et si vous pensez que je vous pose une question simple pour vous remonter le moral, vous vous fourrez le doigt dans l'œil. N'essayez pas de me sonder. Vous n'avez pas le niveau. »

D'un geste vif, il avait envoyé la boule numéro deux dans le trou supérieur gauche.

Il s'était redressé, un demi-sourire aux lèvres.

Il ne restait plus que deux billes sur la table. L'une d'elles était blanche.

« Que va-t-il se passer maintenant ?

— La neuf va finir dans le trou en haut à droite, avait suggéré Emily.

— En haut à gauche, avait contré Guy.

— Elle va heurter la bande et finir dans le trou du milieu à droite », avait conclu Eric.

Le général se préparait à viser : « Le couple là-bas va s'embrasser. »

Tous les regards avaient convergé vers le bar pour voir les têtes de l'homme et de la femme se rapprocher lentement. Le baiser s'était produit au moment précis où les boules s'étaient entrechoquées.

Posté derrière la table, le général tenait toujours la canne. Seule la bille blanche trônait sur le tapis.

« L'essentiel est d'élargir votre champ de vision, avait-il repris, après avoir regagné l'attention du trio. Il se passe toujours quelque chose au-delà du point sur lequel vous vous concentrez. Ne l'oubliez jamais. Les frontières sont fluctuantes. La vie ne se circonscrit pas aux limites de cette table. Et il y a davantage que six trous dans lesquels vous pourriez tomber. Il existe toujours quelque chose au-delà. Toujours, toujours, toujours. »

Emily avait ouvert la bouche, mais elle s'était ravisée. Cela pouvait attendre.

« Dernière question. Où la boule numéro neuf a-t-elle fini par atterrir d'après vous ? »

Silence. Personne n'avait remarqué.

Posant la queue de billard sur la table le général avait conclu :

« Voici votre premier et dernier échec. C'est encore un effet de perspective. À quoi bon suivre toute la partie et rater le dernier coup ? Il faudra vous y faire. Vous devez enregistrer plus de données que celles dont vous avez conscience. »

(EXTRAIT)

MÉTHODES POUR DEFINIR LES OBJECTIFS DE LA FABRIQUE DES COÏNCIDENCES

INTRODUCTION

Même en se bornant aux cinq derniers siècles, il serait malaisé de résumer le développement du domaine des sciences du bonheur dans cette brève introduction. Nous allons toutefois essayer d'aborder quelques points clés. On trouvera de plus amples détails dans les sources figurant en annexe. (Nous recommandons en particulier : *Le Développement du modèle du bonheur – Les premiers millénaires*, *Le Développement du modèle du bonheur – Les derniers millénaires* et *Théories du bonheur pour débutants*, du théoricien John Coochy.)

La période classique de la cartographie du bonheur se caractérise principalement par des tentatives visant à développer une formule générale unique qui engloberait ses caractéristiques majeures.

Selon Vaultan, par exemple, le bonheur serait toujours le rapport inverse entre le potentiel de bonheur personnel et la différence entre le désir individuel et la réalité.

$$B = p / (d-r)$$

Où B est le bonheur général, p le potentiel de bonheur personnel (ou pbp dans la littérature scientifique), d le désir et r la réalité.

Vaultan soutient que le niveau maximal de bonheur personnel dépend du potentiel de bonheur personnel de chacun, et que le niveau de bonheur général serait d'autant plus élevé que l'écart entre le désir et la réalité serait faible. Ainsi, il existe deux façons essentielles de maximiser le bonheur : réduire d (défini comme « baisse des attentes » ou « attentes basses ») ou bien augmenter b (défini comme « ambition » ou « chance » selon l'école de pensée).

Problématiques centrales de la formule de Vaultan

Problématique des variables : une situation utopique dans laquelle une personne possède tout ce qu'elle désire n'est pas définie dans la formule, ou alors elle mène au bonheur infini.

Problématique de la négativité : une situation dans laquelle une personne possède davantage que ce qu'elle désire est définie comme un bonheur négatif, considéré comme particulièrement fâcheux.

Problématique de l'auto-influence : l'argument le plus solide contre la formule de Vaultan fut utilisé par Muriel Fabrik, qui démontra dans son essai *L'Insertion du non-choix* que, s'il existe, p doit simultanément être influencé par d et b, ce qui rend la formule de Vaultan non linéaire et insoluble avec les outils actuels.

La formule de Fabrik

Fabrik est également parvenue à démontrer qu'il est impossible de définir des unités de mesure standard concernant d et r, et qu'il arrive parfois qu'un même sujet utilise lui aussi différentes unités de mesure. Néanmoins, la plupart des critiques soutiennent que la formule proposée par Fabrik était une variante de celle de Vaultan. Au départ, Fabrik traitait du bonheur en tant qu'objet relatif, mesuré par rapport à d'autres facteurs – généralement le bonheur d'autrui. Cependant, vers la fin de sa vie, elle imagina une nouvelle formule considérant le bonheur comme le produit du plaisir ou de la satisfaction personnelle par le sens de la finalité (ou l'illusion du sens relatif de la finalité) au carré.

$$B = ps^2$$

Cette formule a ouvert la voie à une réflexion sur le bonheur en termes autres que ceux ordinairement usités de perte et profit, tout en soulignant sa nature subjective.

Le principe d'incertitude de George George

Le théoricien islandais George George a soutenu qu'il était impossible de mesurer la qualité ou la taille d'aucune caractéristique classique de Vaultan sans influencer leur valeur par la simple observation. En réalité, on ne peut étudier le bonheur sans l'altérer, qu'il s'agisse du bonheur unidimensionnel défini par Vaultan ou du bonheur multidimensionnel de Fabrik.

La problématique abordée par George George est définie par les spécialistes comme « Le principe d'incertitude de George », parfois nommé dans la littérature : « Le problème de l'autoanalyse ».

La méthode postmoderne du bonheur

La crise des sciences du bonheur s'est amplifiée et a quasiment abouti à une impasse quand Jonathan Fix a jeté un pavé dans la mare en arguant que toutes les formules proposées par les chercheurs au fil des générations avaient en réalité étudié le concept de « satisfaction » plutôt que celui de « bonheur ». À la suite de cet argument d'importance, les spécialistes se devaient de redéfinir l'essence du bonheur qu'ils essayaient de quantifier.

C'est sur cette base qu'a prospéré la méthode postmoderne. Cette dernière cherche à se distinguer des solutions proposées par les théories classiques au problème de définition du bonheur. Paul MacArthur a jeté les bases de cette méthode en caractérisant le bonheur d'« objet que l'on décide de posséder, tout simplement ».

Comme dans d'autres domaines, le glissement entre la définition classique du bonheur et la définition moderne, puis postmoderne a eu une influence décisive sur les méthodes opérationnelles des faiseurs de coïncidences de par le monde.

12.

Les roues de son engin émirent un léger chuintement quand un cycliste dépassa Guy à toute allure. Brusquement, il comprit.

Il était un faiseur de coïncidences. Alors à quoi s'attendait-il exactement ?

Se figurait-il que, pile à l'heure dite, une cloche allait se mettre à sonner ? Ou qu'une belle voiture s'arrêterait à sa hauteur, puis que la vitre s'abaisserait ? Ou encore qu'un hélicoptère le survolerait en lâchant des tracts ?

Non, ce serait trop simple.

Il était censé détecter les petites altérations, les rapprochements les plus improbables. Si cette enveloppe lui avait été attribuée, cela signifiait qu'à l'heure dite surviendrait un événement que seul quelqu'un d'aussi entraîné que lui serait en mesure de discerner.

« J'espère que je suis assez bon dans ce que je fais, avait-il confié un jour à Cassandra dans une autre vie.

— Sinon quoi ?

— Ce serait très frustrant, avait-il rétorqué après un silence.

— À mon avis, ça ne serait pas pour te déplaire. Cela ajouterait de l'eau à ton moulin et te conforterait dans ton manque de confiance en toi. Tu ne te donnes pas suffisamment les moyens et tu t'en veux. »

Il n'avait pas répondu, ne sachant s'il convenait de se vexer sous prétexte qu'un autre le connaissait mieux que lui-même.

« Un tire-au-flanc », avait-elle ajouté avec une tendresse qui l'avait inondé de bonheur.

Il se mit à scruter les lieux avec les yeux d'un faiseur de coïncidences. Une jeune fille, des bagues dentaires plein la bouche, était si concentrée sur son iPod que, dans quelques secondes, elle bousculerait un jeune homme avec des dreadlocks ; une femme âgée assoupie à l'arrêt de bus allait peut-être le rater ; debout à la porte de son salon, le coiffeur reluquait les passants, ignorant le robinet qui coulait dans sa boutique...

Cinq fenêtres étaient ouvertes dans l'immeuble d'en face. Quelqu'un se posta à l'une d'elles pour observer la rue.

Un mégot à moitié éteint gisait sur le trottoir.

Une soupape couina au passage d'une voiture.

Et alors, c'était arrivé.

À l'heure indiquée, à la seconde près, il l'avait vu. Comme si un appareil photo à l'intérieur de son crâne avait pris un cliché détaillé de la rue.

La jeune vendeuse n'avait pas encore accroché l'affiche dans la vitrine. Elle était posée à côté d'elle, la flèche pointée vers la droite.

Au même moment, le policier au carrefour leva les bras dans la même direction. Le jeune homme aux dreadlocks chancela et agita les bras vers l'est, s'efforçant de retrouver l'équilibre.

Le coiffeur tournait à son tour le regard vers la droite, à l'instar du mégot mal éteint sur le trottoir, orienté de ce côté.

Et tout là-haut dans le ciel, des oiseaux volaient en V dans la même direction.

Guy tourna les talons et se mit à courir.

Et maintenant ?

Et maintenant ?

Il courait, en quête du prochain indice.

Où aller à présent ?

Et depuis quand confiait-on une mission de cette façon ?

Il détalait toujours quand il vit un taxi s'arrêter au bout de la rue. La porte s'ouvrit. Une femme élancée, très élégante, en émergea, arborant les plus belles boucles d'oreilles que l'argent puisse offrir. Oui c'était le moment propice.

Trois pas, deux, un.

Il se glissa dans le véhicule une fraction de seconde avant que la dame ne referme la portière.

« Démarrez ! » cria-t-il au chauffeur.

L'homme se retourna.

« Où allez-vous ? »

Guy jeta un regard alentour. Il aperçut une voiture bleue qui sortait d'un stationnement à droite.

« Suivez cette voiture, là-bas ! »

Le chauffeur le dévisagea un moment avant de s'exécuter.

« Ce genre de situation, c'est pas fréquent, commenta-t-il.

— Roulez ! »

Ils suivirent la voiture bleue pendant un bon quart d'heure, jusqu'à ce que Guy remarque trois bus dans le couloir voisin. Tous affichaient la même publicité : « Changer de perspective. Thé glacé à la cerise, faible en calories. »

« Changer de perspective, marmonna-t-il avant de lancer au chauffeur : Suivez cette voiture là-bas, vite », en désignant une Mitsubishi rouge sur la voie de gauche.

L'homme haussa les épaules.

« Du moment que vous payez. »

Quelques minutes plus tard, la voiture rouge s'arrêta sur un petit promontoire surplombant la mer. Le conducteur sortit, il gravit les marches sans se presser, s'adossa à la balustrade et alluma une cigarette.

Guy se dépêcha de régler le chauffeur qui le dévisageait avec curiosité.

« On peut savoir ce que vous allez faire maintenant ?

— Non, vous, vous filez. »

L'autre n'insista pas.

« D'accord. Bonne journée, alors.

— Également. »

Une agréable brise matinale soufflait. Deux personnes se trouvaient devant la balustrade. Le propriétaire de la Mitsubishi rouge, qui contemplait le paysage en tirant sur sa cigarette, et un grand échalas fredonnant un air sous sa moustache fine, de minuscules écouteurs vissés dans les oreilles.

Guy s'approcha du fumeur et s'éclaircit la gorge.

L'homme tira une nouvelle bouffée et jeta un œil dans sa direction.

Guy lui rendit son regard.

Le fumeur eut un mouvement de recul.

Guy patienta.

Il y eut un long échange de regards.

L'homme haussa un sourcil interrogateur.

Guy sourit.

« En quoi puis-je vous aider ? finit par lui demander l'inconnu.

— Je m'appelle Guy. »

Le fumeur observa quelques secondes de silence, puis il jeta sa cigarette et l'écrasa de son talon.

« Ah oui ?

— Oui », confirma Guy.

L'inconnu lui jeta un dernier regard, fit volte-face et se dirigea vers sa voiture en marmonnant : « Il y a vraiment des cinglés sur terre. »

Il remonta dans sa voiture et démarra.

« Qu'est-ce qu'il vous prend ? intervint le moustachu. Les gens viennent ici pour se détendre. Vous n'avez rien d'autre à faire que de les embêter ? »

Guy commença à s'excuser, puis se ravisa : « Vous permettez que je vous casse la gueule ? » demanda-t-il, en le regardant droit dans les yeux.

Le moustachu pivota vers lui, un sourire aux lèvres.

13.

Pierre se présenta comme un faiseur de coïncidences de cinquième rang.

Guy comprit sur-le-champ ce que cela signifiait. Pierre était un Chapeau noir chargé de coïncidences particulièrement complexes aux répercussions majeures. Les coïncidences provoquées par les Chapeaux noirs semblaient souvent terrifiantes au premier abord, mais elles contenaient en creux d'autres coïncidences aux conséquences notables. Elles impliquaient des maladies, des tragédies, des accidents dramatiques qui, seulement des décennies plus tard – et encore pas toujours –, pourraient être considérés comme ayant participé à améliorer le monde.

Les Chapeaux noirs avaient beau être admirés, ils n'en demeuraient pas moins des solitaires. Leurs états de service devaient être irréprochables, atteignant un niveau de précision comparable à celui de leurs collègues de sixième rang, dont l'action avait changé le cours de l'histoire. Et puis, qui aurait souhaité se lier d'amitié avec quelqu'un dont les influences positives n'étaient perceptibles qu'à long terme ? Les Chapeaux noirs devaient leur surnom non seulement à leur discrétion et à leur habileté à tirer les fils ténus de la réalité, mais aussi à leurs activités particulièrement sinistres. Personne n'aurait voulu être l'instigateur de pareilles tragédies, même pour la bonne cause.

Ils se trouvaient dans un petit bistrot, non loin du belvédère où ils s'étaient rencontrés.

Pierre était grand et maigre, le visage anguleux, comme taillé à la serpe, la lèvre ornée d'une fine moustache, qui dansait chaque fois qu'il ouvrait la bouche pour parler ou sourire. Il portait un costume noir avec des boutons de manchette en forme de lettre en langue étrangère, inconnue, des chaussettes noires et des chaussures à cinq cents dollars.

Pierre était un gentleman – en tout cas, il en avait l'apparence, ce qui était du pareil au même, songea Guy.

« Tu sais ce que je trouve le plus beau ? lui avait demandé un jour Cassandra.

— Non, quoi ? »

Elle avait rajusté sa robe.

« Je ne sais pas à quoi tu ressembles, ni toi non plus.

— Que veux-tu dire ?

— Nous possédons l'apparence, la voix et l'odeur dont la petite fille dont je m'occupe et ton gamin à toi ont décidé de nous affubler. Mais si je te croisais dans la rue, inventé par quelqu'un d'autre, je ne te reconnaîtrais pas.

— Parce qu'on m'imaginerait différemment, c'est ça ?

— Oui. J'ai un peu soif », avait-elle ajouté sans transition.

Guy avait retenu son souffle tandis qu'elle avalait une gorgée de jus de fruit dans un verre surgi de nulle part.

« Pour ma part, je te reconnaîtrais n'importe où, quelle que soit ton apparence, avait-il répondu après réflexion. Je reconnaîtrais ton regard, ton rire. Certains détails ne trompent pas.

— J'en doute. En tout cas, je trouve que c'est beau.

— Cette différence avec notre apparence réelle ?

— Que nous ne soyons pas enfermés dans notre apparence, plutôt.

— Je n'y avais jamais pensé.

— Je me suis toujours sentie prisonnière de l'image qu'on me renvoyait. Après toutes ces années dans le métier, on ne sait plus si l'on est soi-même, ou telle qu'on voudrait que l'on soit. J'étais vraiment paumée. Si personne ne veut me voir telle que je suis, c'est peut-être parce que je n'en vaux pas la peine, tu ne crois pas ?

— Bien sûr que non.

— Nous intériorisons notre apparence plus que nous n'extériorisons notre moi intime, tu n'es pas de cet avis ? Ça a failli m'arriver en tout cas.

— Et alors ?

— Alors, je t'ai rencontré et tu m'as sauvée. »

Guy avait gardé un silence gêné.

« Nous avons besoin de vous, déclara Pierre.

— De moi ? s'étonna Guy.

— Vous voyez quelqu'un d'autre ici ?

— Je ne suis pas sûr d'avoir le niveau. »

Pierre hocha la tête.

« J'ai simplement besoin de vous pour une brève séquence dans le cadre d'une coïncidence sur laquelle je travaille. J'ai obtenu une permission spéciale pour faire appel à un faiseur de coïncidences de deuxième rang. »

Rien d'extraordinaire à cela. Les faiseurs de coïncidences tels que Guy n'étaient pas censés connaître le système de gestion de contenu que Pierre exploitait. En d'autres termes, il n'était pas à même de comprendre la portée globale de cette mission.

Celles dont s'occupaient les Chapeaux noirs se déroulaient souvent sur plusieurs années, voire plusieurs générations. Un infime réglage par-ci, une minuscule coïncidence par-là. Des dizaines d'interférences insignifiantes destinées à créer un effet indécelable. Une mission que Guy préparait depuis des semaines n'était probablement qu'une goutte d'eau dans l'océan d'une mission de rang cinq. Une seule page du carnet de Pierre aurait suffi à contenir les coïncidences dont Guy couvrait un pan de mur entier. Normal quand on était habitué à prendre de la distance avec la réalité. Tout était connecté à tout ; par un simple changement de perspective, le grand devenait petit.

Ce n'était pas la première fois qu'une coïncidence sur laquelle il planchait s'intégrait dans une perspective plus vaste. Chaque fois que l'objectif paraissait assez vague, imprécis, il y avait de bonnes chances pour que cette coïncidence ne constitue qu'une pièce du puzzle. Guy ne savait jamais avec certitude si sa coïncidence faisait partie d'un dessein plus vaste, en revanche il lui arrivait de nourrir de sérieux doutes. Sinon, pourquoi aurait-il reçu une enveloppe lui intimant d'amener untel à traverser telle rue, à une heure donnée, alors qu'il serait vêtu d'une chemise bleue ?

Quoi qu'il en soit, rencontrer un faiseur de coïncidences de rang cinq en chair et en os était quand même intimidant. Guy ne se sentait pas à la hauteur d'une telle collaboration. Il n'était d'ailleurs pas très sûr d'en avoir envie.

« Êtes-vous certain qu'il n'y a pas erreur sur la personne ? J'ai à peine deux cent cinquante coïncidences à mon actif…

— Je sais.

— Et même s'il s'agit d'une mission de niveau deux, je suis sûr que vous trouverez des faiseurs de coïncidences, bien plus expérimentés que moi…

— Exact.

— Je ne suis pas complètement nul, mais…

— En effet.

— Mais s'agissant de ce genre de chose… »

Pierre se pencha vers lui.

« Au lieu de vous triturer la cervelle pour trouver une façon de m'expliquer que vous n'êtes pas fait pour le job sans passer pour un raté, vous devriez peut-être écouter ce que j'ai à vous dire.

— Très bien, allez-y. »

Pierre se renversa sur son siège, un sourire aux lèvres.

« On va appeler ça : *L'histoire d'Alberto Brown*. »

14.

Alberto Brown était né un mardi particulièrement pluvieux, au terme d'un accouchement difficile qui avait duré trente-cinq heures. Il n'avait pas crié et le médecin avait dû lui tapoter le fondement à quatre reprises pour qu'il daigne adopter ce moyen de communication propre aux enfants. Après quoi seulement, il avait informé la jeune maman qu'elle avait donné le jour à un superbe petit garçon.

Alberto était un gros bébé. Quatre kilos et demi de douceur maussade et une propension extraordinaire à hausser un sourcil inquiet ; il fallut se rendre à l'évidence quelques heures à peine après sa naissance. Son père n'avait pas choisi de l'appeler Alberto pour honorer un aïeul ou un grand-oncle ; non, il aimait ce prénom, tout simplement. Peut-être lui rappelait-il un film qu'il avait vu un jour. La mère d'Alberto s'y opposa d'abord, avant de finir par céder. Moins de deux mois plus tard, son mari disparut, laissant derrière lui quelques dettes, une vieille pipe et un enfant dont elle ignorait l'origine du prénom.

Elle avait envisagé de le débaptiser, seulement elle sentait que ce prénom faisait à présent partie intégrante de la petite frimousse qu'elle chérissait tant. En outre, comme elle croyait au destin, elle craignait que ce changement ne soit de mauvais augure. Aurait-elle su ce que l'avenir lui réservait qu'elle n'aurait probablement pas hésité.

Les années passèrent et Alberto grandit.

Énormément, en fait.

À deux ans, on lui en donnait quatre.

À cinq ans, il en faisait huit.

C'était un géant très costaud.

Un gamin calme et réservé. Apathique même, pourrait-on dire. Parfois, c'était à se demander si cette inertie résultait de sa force et s'il se moquait éperdument des gamins qui se hasardaient à le provoquer, ou s'il était tellement perdu dans ses pensées qu'il ne leur prêtait aucune attention.

Alberto était encore à la maternelle quand il avait fait l'expérience de la violence pour la première fois de sa vie.

Ce n'était pas vraiment un hasard, bien entendu. Elle se trouvait là, à l'affût, et elle s'était ruée sur lui sous la forme de Ben, un grand gaillard qui craignait que le nouveau venu ne prenne l'ascendant qu'il exerçait sur les autres. Il se moquait bien qu'Alberto s'entende avec tout le monde, qu'il soit doux et bienveillant. À ses yeux, c'était un adversaire. Ben bousculait ses petits camarades, les mordait, et allait même jusqu'à les percuter avec son tricycle dans les cas extrêmes. Pour lui, « non » n'était pas une option, pourtant il allait bientôt en faire l'expérience à ses dépens.

Et vu qu'il considérait Alberto comme une « situation extrême », une menace planant sur la fragile hiérarchie de la classe, il avait enfourché son tricycle et lui avait foncé dessus avec un cri de guerre terrifiant. Tournant la tête, Alberto avait vu Ben le charger. Même s'il était de taille à encaisser le coup, il avait éprouvé une sorte de peur ; il n'avait pas la moindre envie d'être percuté par cet engin de malheur.

À ce moment précis, la roue avant du tricycle de Ben s'était détachée et, faisant une embardée, l'engin avait évité Alberto de peu pour aller s'écraser contre le mur derrière lui.

Ben, qui souffrait d'une fracture du bras et d'une entorse du genou, était resté absent durant deux mois. À son retour, il s'était montré obséquieusement gentil envers Alberto.

Plus tard, Alberto devint la coqueluche du lycée. Les filles admiraient son physique impressionnant, son sourire charmant, et les garçons qui gravitaient autour de lui le craignaient, bref, tous l'idolâtraient et n'espéraient qu'une chose : que quelqu'un soit assez fou pour le défier.

Que se passerait-il alors ? Ce serait excitant, non ?

En aparté, on pariait qu'Alberto serait capable de briser le cou de quiconque d'une seule main ou de l'étrangler d'une simple pression du pouce et de l'index. Tous rêvaient d'assister à la scène.

Cependant, Alberto n'avait jamais fait de mal à une mouche. On s'évertuait donc à monter les nouveaux élèves contre lui, dans l'espoir qu'une dispute, même fugace, permettrait d'entrevoir les talents de ce bon géant. Sauf que, très vite, Alberto finissait par sympathiser avec le nouveau venu, ou bien ce dernier comprenait qu'il avait tout intérêt à éviter de le provoquer.

On peut donc imaginer la fièvre qui s'était emparée de l'école le jour où Miguel s'était retrouvé à la bibliothèque en même temps qu'Alberto. Précisons que c'était son lieu de prédilection et qu'il y passait le plus clair de son temps. Du coup, un tas de filles enamourées et de garçons électrisés y traînaient leurs guêtres dans l'espoir d'assister à une belle bagarre. Miguel était un élève rebelle, renvoyé de tous les lycées qu'il avait fréquentés – il y en avait assez pour rédiger un petit guide recensant les différents établissements de trois quartiers de la ville, si tant est qu'il ait été capable d'aligner trois mots et d'accepter d'utiliser du papier pour autre chose que se rouler des cigarettes. Il avait fallu attendre qu'il soit adulte, et qu'il se fasse incarcérer pour trois vols à main armée, pour que les forces de l'ordre prennent enfin conscience, rétrospectivement, à quel point il était perturbé.

Le problème de Miguel, du moins le premier d'entre eux, c'était son goût immodéré pour les grosses voitures et l'alcool bon marché. L'association des deux se révélait explosive, d'autant qu'elle lui avait fait oublier la règle n° 1 : ne jamais se faire pincer. Le policier qui l'avait arrêté était un fonctionnaire zélé et dénué d'humour. Une fois dessoûlé Miguel avait fini par prendre la mesure de la situation et s'était mis à pester contre la malchance qui l'accablait.

C'est donc privé de sa voiture et délesté de son permis, après avoir découvert que sa planque préférée était désormais transformée en chantier de construction, qu'il avait fini par se rendre au lycée. Fou de rage.

Le jeune homme, qui deviendrait plus tard chef de gang en prison, n'avait naturellement pas la moindre intention d'aller en classe. Il cherchait juste un endroit où se poser et ruminer sa colère. La bibliothèque était le lieu idéal pour ça. Il y avait un tas de choses à détruire et plein d'innocents à persécuter. Miguel n'avait pas mis les pieds au lycée assez souvent pour avoir eu vent de l'existence d'Alberto. Au bout d'un quart d'heure assis à ne rien faire – il n'était pas du genre à s'embarrasser de réflexions existentielles –, Miguel n'en pouvait plus et avait décidé d'attirer l'attention sur lui, en reclassant les livres de la bibliothèque selon un système d'indexation appelé « par terre ».

Il envoyait valdinguer les ouvrages tout en esquissant une danse endiablée : « Connaissance pour tous ! Connaissance pour tous ! »

Ahuris, une trentaine d'élèves l'observaient avec une aversion qui s'était vite muée en espoir. Il était assez dingue et peut-être encore assez ivre pour qu'il y ait une réelle possibilité de confrontation avec Alberto.

Le bibliothécaire n'était pas en reste et contemplait la scène avec un vif intérêt.

Et chacun de patienter dans son coin en attendant qu'Alberto se manifeste.

Lorsque Miguel s'était mis à piétiner une pile de livres entre deux rayonnages, Alberto avait enfin levé le nez. Miguel tirait un briquet de sa poche. Alberto ne pouvait ignorer les élèves qui retenaient leur souffle, immobiles, l'œil hébété et s'était décidé à intervenir : « Hé, toi ! À quoi tu joues là ? »

Un frisson d'excitation avait traversé la foule.

Miguel avait pivoté vers lui : « Oh ! Un gros nounours ! Comment ça va, Monsieur nounours ?

— Tu devrais déguerpir d'ici et aller te calmer ailleurs, avait rétorqué Alberto sans se démonter.

— Ah oui ?

— Oui. Tu détériores la propriété de la bibliothèque. Sors d'ici.

— La propriété de la bibliothèque ? s'était étonné Miguel, l'air faussement innocent. Ah, tu veux dire ça ? avait-il renchéri en piétinant la pile de livres de plus belle.

— Oui, ça. Maintenant, dégage !

— Et qui va m'y obliger ? Le gros nounours, peut-être ?

— Absolument. »

Trente élèves et un bibliothécaire frémissaient de joie. Un gamin boutonneux assis un peu à l'écart levait les yeux au ciel en murmurant tout bas : « Merci. »

Miguel avait dégringolé de son perchoir pour venir s'adosser au rayonnage le plus proche.

« Toi ? avait-il répété avec le flegme des ivrognes. Tu as beau être grand et fort, tu es un crétin de première, un baratineur avec des couilles grosses comme des pois chiches. Sauve-toi vite avant de t'en prendre une.

— Je ne veux pas recourir à la violence… » lui avait opposé Alberto.

Miguel avait alors fourré la main dans sa poche et sorti un couteau à cran d'arrêt. Lequel avait émis un petit clic lorsqu'il l'avait ouvert avant de le braquer sur Alberto, avec la virtuosité d'un escrimeur.

« Bien sûr, avait renchéri Miguel avec un rictus mauvais. C'est pourtant pour ça que je suis là. Allez, gros nounours, amène-toi !

— C'est la dernière fois que je te le répète. Range ton truc et casse-toi. »

La dernière digue qui retenait Miguel avait soudain lâché.

« Approche, espèce de mutant dégénéré. Viens donc défendre tes précieux bouquins ! » avait-il hurlé en frappant du poing l'étagère la plus proche.

C'en était assez.

Une sorte de grincement s'était fait entendre. Puis un autre. Et le rayonnage s'était effondré avec fracas.

Une fraction de seconde plus tard, l'étagère opposée s'écroulait à son tour, enterrant le futur chef de gang sous deux mètres de livres.

Alberto avait regagné tranquillement sa place et le boutonneux avait dû réprimer une brusque envie de pleurer.

Quand Alberto fut plus âgé, il était apparu sur les écrans radars de dangereux criminels. Il venait de recevoir sa première paie (il était serveur dans un restaurant de quartier) et la déposait à la banque. Il tendait le chèque à la guichetière quand un homme masqué avait surgi en brandissant un pistolet.

« Tout le monde par terre ! Tout de suite ! »

Paniqués, les autres clients – deux femmes d'un certain âge, une adolescente aux cheveux rose fluo et un jeune homme dégingandé au regard hanté – s'étaient jetés sur le sol en hurlant comme au cinéma.

Le braqueur suivait le scénario à la lettre.

« Fermez-la, bordel ! s'époumonait-il. Bouclez-la, je vous dis ! »

Il avait pointé son arme vers les deux employés tremblants derrière le comptoir et s'apprêtait à leur crier « Haut les mains ! » quand il aperçut un homme toujours debout.

Alberto le dévisageait d'un œil grave.

« Pourquoi faites-vous ça ?

— Par terre ou je te fais sauter ta sale gueule, s'était mis à brailler le voleur. Même ta mère ne te reconnaîtra pas !

— Il est encore temps d'arrêter ça, avait suggéré Alberto avec un geste circulaire de la main. On risque gros quand on braque une banque. Vous pouvez encore vous en sortir avant qu'il ne soit trop tard. Rien ne vous empêche de reprendre une vie normale. Personne ne connaît votre identité.

— Par terre, j'ai dit, et magne-toi ! avait vociféré l'autre, les yeux exorbités sous le bas en nylon qui lui démangeait le crâne. N'essaie pas de jouer les héros ou les psys de bas étage !

— Vous ne tirerez pas, affirmait Alberto. Vous n'êtes pas un assassin. »

L'autre avait alors levé son arme pour la lui pointer entre les deux yeux.

« Ah bon ? Tu vas voir, tiens.

— Donnez-moi votre pistolet, insistait Alberto. Qu'on en finisse.

— Espèce de sale fils de pute ! »

Il avait déjà abattu cinq types d'une balle dans la tête, alors un de plus, un de moins...

« OK, on va en finir et plus vite que ça », avait-il ajouté en pressant la détente.

Plus tard, le policier qui avait recueilli la déposition d'Alberto et des quelques témoins lui avait confié qu'il s'agissait d'un dysfonctionnement rarissime.

« La chambre du pistolet a tout simplement explosé. La balle s'est retrouvée coincée à l'intérieur et n'a pas pu être éjectée. La chambre a absorbé l'énergie de l'explosion du projectile, si bien que tout a pété à l'arrière.

— Très intéressant, avait commenté Alberto.

— Oui. Je n'avais encore jamais vu ça. Je savais juste que ça pouvait arriver, en théorie. Apparemment, ce type n'a pas eu de chance », avait-il conclu en considérant le voleur, qui n'avait plus besoin d'un bas pour masquer son visage. Dorénavant, personne ne pourrait plus l'identifier.

Deux mois plus tard, deux individus patibulaires en costume bon marché frappèrent à la porte de la maison qu'Alberto partageait avec sa mère.

« Alberto Brown ? s'enquit l'un des deux.

— C'est moi, répondit Alberto, toujours en pyjama.

— Vous allez nous accompagner, ajouta le second.

— Où ça ?

— Don Ricardo veut vous parler, précisa le premier.

— Qui est Don Ricardo ? » demanda Alberto après réflexion.

Les deux autres restèrent perplexes. Comment pouvait-on ne pas connaître Don Ricardo ?

« Euh... fit l'un.

— Don Ricardo est quelqu'un dont vous ne pouvez pas refuser l'invitation, expliqua son acolyte, l'air suffisant.

— Je suis un peu occupé, là, rétorqua Alberto.

— Et alors ? fit le deuxième homme.

— Je reviens tout de suite », déclara Alberto en leur fermant la porte au nez.

Ébahis, les deux autres l'entendirent parler à sa mère.

« Maman, tu sais qui est Don Ricardo ? »

Ils devinèrent les yeux écarquillés d'effroi de la mère et perçurent des messes basses. Au moment où le moins patient des deux décida qu'ils avaient assez attendu, qu'il était temps d'enfoncer la porte et de traîner cet imbécile de force, la porte s'ouvrit et le jeune homme apparut sur le seuil, habillé de pied en cap.

« Pourquoi vous ne m'avez pas dit que vous étiez de la mafia ? »

Les deux sbires se regardèrent, effarés.

Comment osait-il prononcer ce mot à haute voix ? Seuls les flics, les scénaristes et les barmans, qui racontent n'importe quoi, se l'autorisaient. Eux, ils faisaient juste des affaires.

« On y va, reprit Alberto. Mais uniquement parce que ma mère m'a dit d'y aller. »

Don Ricardo prit place au bout de la table. Alberto s'assit à l'autre extrémité, à quatre mètres de lui.

« Merci de vous joindre à nous, commença Don Ricardo.

— On m'a clairement fait comprendre que je ne pouvais pas refuser, rétorqua Alberto en haussant les épaules.

— On est toujours libre de refuser. Le problème, ce sont les répercussions… C'est pour ça que les gens évitent en règle générale.

— Je pense qu'il y a erreur.

— L'erreur est un terme très général. Pouvez-vous préciser ?

— Je n'ai rien à faire ici.

— Ah bon ?

— Je n'ai rien à voir avec vos affaires.

— Alors, pourquoi êtes-vous là ?

— Parce que ma mère m'a dit de venir.

— C'est important de respecter ses parents.

— Tout à fait.

— Mon fils, Johnny, était très respectueux.

— Ah oui ?

— Il me baisait toujours la main, ne disait jamais de grossièretés en ma présence, ne ramenait jamais de filles à la maison, car il savait que je ne le supporterais pas. Il était profondément respectueux.

— Vous devez être très fier de lui. »

Don Ricardo agita le bras, comme pour chasser une mouche importune ou une nuée de mots insignifiants.

« C'était un crétin, qui réglait tout à la force des poings. Aucune élégance, aucune créativité. Il se mettait toujours dans des situations impossibles. Je ne compte plus les fois où je l'ai sorti du pétrin. Drogue, prostituées, tentatives de vol. Un jour, il a cambriolé un débit de boissons, avant d'aller tranquillement au McDo et d'abandonner son arme avec ses empreintes digitales sur la table, à côté d'un reste de frites. Un abruti fini. "Pourquoi tu ne mettrais pas des barreaux à ta fenêtre, comme ça le problème serait réglé", lui ai-je dit une fois. Mais bon, c'était mon fils.

— Oui.

— Enfin je présume qu'il était mon fils, malgré sa bêtise congénitale.

— Mais vous l'aimiez quand même, n'est-ce pas ?

— Naturellement. D'une certaine façon, en tout cas. Sa mort m'a brisé le cœur.

— Je suis désolé. Comment est-ce arrivé ?

— Ce crétin a essayé de braquer une banque. Remarquez, il l'avait bien choisie pour une fois, mais un petit malin a tenté de l'en empêcher et il s'est tiré dessus. »

Le regard froid de Don Ricardo finit par croiser celui d'Alberto, histoire de mettre les points sur les I.

« D'après ce que j'ai compris, c'est dû à un dysfonctionnement rarissime, allégua ce dernier.

— Oui, peut-être. Quoi qu'il en soit, je ne peux m'empêcher de penser que sans cet imbécile heureux qui a voulu jouer les héros…

— Je suis vraiment navré, répéta Alberto.

— J'en suis sûr.

— Mais je n'ai rien à voir là-dedans.

— Ce n'est pas mon avis. »

Alberto se tortillait sur sa chaise, mal à l'aise.

Don Ricardo ne bougeait pas.

« De mon point de vue, vous êtes responsable de la mort de mon fils.

— Je…

— Cela m'attriste. Je n'aime pas trop impliquer des étrangers dans mes affaires.

— Pardon ?

— Vous comprendrez que je ne peux pas faire comme si rien ne s'était passé.

— Que comptez-vous me faire ?

— À vous ? Rien, mon ami. Rien du tout. Mais vous m'avez volé mon fils, je vais donc vous prendre votre mère. »

Alberto sentit son cœur s'affoler.

— Je…

— Deux de mes hommes se trouvent chez elle en ce moment. Si je ne les appelle pas au cours des dix prochaines minutes, nous serons à égalité. C'est aussi simple que cela.

— Ce n'est pas juste.

— Mais la vie n'est pas juste, allégua Don Ricardo l'air contrit. À moins que l'on trouve un arrangement.

— Quel genre d'arrangement ?

— J'ai un ami. Un excellent ami... À tel point même qu'il est devenu mon meilleur ennemi. Quelqu'un dans ma position, jouissant d'un certain pouvoir, se voit forcément mettre des bâtons dans les roues. C'est comme le yin et yang, le noir et le blanc, Hansel et Gretel. On peut les appeler collègues ou adversaires... Bref, ce sont des gens puissants. Suffisamment pour qu'on puisse dîner ensemble et en découdre en même temps. Cela n'a rien de personnel ; c'est comme ça que les affaires fonctionnent. Avez-vous entendu parler de Don Gustavo ?

— Jamais.

— Bon, ce sont des choses qui arrivent. Don Gustavo est l'une des rares personnes susceptibles de nuire à mon business. Je ne manque de rien. Je dois admettre que j'ai la belle vie. Les affaires se portent bien. Mais elles pourraient se porter encore mieux. C'est la nature humaine, vous savez : nous en voulons toujours plus – ou plutôt, nous avons toujours *besoin* de plus. C'est la carotte qui nous fait avancer. Nous voulons toucher les étoiles, chatouiller le firmament. Nous aspirons à l'infini, que nous n'atteindrons jamais. Nous sommes perfectionnistes, sans doute. L'esprit humain aspire à l'infini, mon ami. Moi, par exemple, je rêve de la mort de Don Gustavo. Ce serait extrêmement bénéfique pour mes affaires.

— Bénéfique ?

— Oui, bénéfique. Cela me permettrait de développer certaines activités encore actuellement hors de ma portée. Pour développer mon business, Don Gustavo doit passer de vie à trépas. Seulement, vous comprendrez que je ne peux pas le tuer de mes propres mains. Ce serait trop dangereux. C'est une question d'honneur et de correction. Si l'on remontait jusqu'à moi, cela pourrait entraîner une guerre mondiale. Ce qui serait très fâcheux. Déshonorant même. Ces choses-là ne se font pas.

— Je comprends.

— J'en suis heureux. Parce que c'est là que vous entrez en scène. Quelqu'un qui n'a aucun lien avec la famille. Nous pouvons rendre ici une justice poétique. Johnny était un voleur et vous l'avez tué, à présent c'est vous qui serez le voleur, vous qui tuerez Don Gustavo. Vous allez vous introduire chez lui pour le tuer. Et vous maquillerez ce meurtre en un banal cambriolage qui aurait mal tourné. Vous pourrez d'ailleurs emporter tout ce que vous voudrez. Je vous fournirai un plan de la maison, bien entendu. Je connais les codes, ainsi que l'emplacement des postes de garde. Ce sera du gâteau. Et si, par hasard, vous vous faisiez pincer – bien sûr, nous espérons tous que cela n'arrivera pas – on ne pourra établir aucun lien avec moi. En échange, j'ordonnerai à mes hommes de ne pas causer d'accident tragique à votre mère. Ce sera Don Gustavo en échange de mon Johnny. »

Alberto haussa le sourcil droit, un tic qui remontait à sa plus tendre enfance.

« Vous voulez que je liquide quelqu'un pour vous, c'est bien ça ?

— C'est une manière plutôt crue de présenter les choses, mais disons que c'est assez juste.

— Et si je refuse, vous tuerez ma mère ?

— Vous avez parfaitement saisi.

— Ai-je le choix ?

— Certainement. Je vous le répète : « On est toujours libre de refuser. » Mais les conséquences risquent d'être fâcheuses, vous ne trouvez pas ? »

Alberto s'accorda le temps de la réflexion.

« Si. »

Don Ricardo insista pour que l'opération se déroule cette nuit-là.

Don Gustavo serait seul chez lui, c'était donc l'occasion rêvée. Don Ricardo voulait régler l'affaire sans délai. Alberto ne tarderait pas à découvrir que l'impatience était une caractéristique commune à beaucoup de ceux qui souhaitaient se débarrasser de quelqu'un qu'ils jugeaient gênant. On lui accorda une heure pour étudier les lieux, puis il se dirigea vers la villa de Don Gustavo. Avant de partir, Don Ricardo lui remit un bas identique à celui que Johnny portait le jour de sa mort.

« Voilà ce qui s'appelle une justice poétique, n'est-ce pas ? »

Alberto garda le silence, se demandant si s'abstenir de répondre à une question rhétorique serait retenu contre lui.

« Il a été nettoyé, bien sûr », précisa Don Ricardo.

À 2 h 00 du matin, Alberto Brown se retrouva dans la chambre du parrain de l'un des gangs les plus puissants du pays, le visage dissimulé sous un bas en nylon, un revolver à la main – et pas n'importe lequel, l'arme qui avait appartenu au fils du chef d'une autre organisation criminelle. Un vieil homme au teint blême était couché sur le lit devant lui, la respiration haletante. Alberto était censé l'abattre.

La suite était très simple. Il devait faire du bruit.

Cela réveillerait le vieillard qui se redresserait et se mettrait probablement à crier au voleur. Il était important qu'on croie à un cambriolage. Ensuite, Alberto l'abattrait.

Il considéra le vieux allongé dans son lit ; il avait l'impression d'étouffer. Il se sentait incapable de faire une chose pareille.

Il tendit la main et attrapa un vase posé sur une commode dans un angle de la pièce. De l'autre main, il pointa l'arme sur Don Gustavo. Il s'apprêtait à jeter le vase par terre, quand il entendit un drôle de bruit. Il vit le vieux remuer, puis émettre des sons étranges. Un long borborygme suivit, puis ses mains se crispèrent et, la bouche béante, il se mit à chercher désespérément de l'air.

Après quoi, le silence retomba.

Alberto tendit l'oreille, plus rien. Il remit le vase à sa place et s'approcha du lit sur la pointe des pieds. Il se pencha au-dessus du vieillard, puis plus près, encore plus près, et s'aperçut que Don Gustavo avait cessé de respirer.

Il posa les doigts sur le poignet de l'homme, chercha son pouls et remonta ensuite au creux de son cou. Il le secoua légèrement, puis un peu plus fort. Aucune réaction. Il s'en alla.

Don Ricardo était très impressionné et très satisfait.

« Comment vous y êtes-vous pris ? demanda-t-il. Tout le monde croit qu'il est mort d'un AVC pendant son sommeil. C'est incroyable. C'est l'exécution la plus propre que j'aie jamais vue. »

Alberto demanda la permission de se retirer.

« Vous ne comprenez pas ? s'obstina Don Ricardo. Vous êtes un trésor ! Un véritable trésor ! Vous possédez un véritable don. C'est incroyable.

— Je pense que nous sommes quittes maintenant, Don Ricardo.

— Bien sûr ! Bien sûr !

— Dans ce cas, j'aimerais m'en aller.

— Oui, soupira-t-il. Quel gâchis ! Vous pourriez être un virtuose, vous savez ? Vous pourriez faire fortune !

— Ça ne m'intéresse pas.

— Quel dommage !

— Bon, je m'en vais maintenant », conclut Alberto en tournant les talons.

Deux semaines plus tard, deux hommes se présentèrent chez lui. Cette fois, Don Ricardo l'informa qu'il avait une proposition à lui faire. Alberto lui répondit qu'il n'était pas intéressé.

Don Ricardo répliqua que ce n'était pas pour lui mais pour un ami.

Alberto répéta que ça ne l'intéressait pas.

Ricardo mentionna une somme.

Alberto resta campé sur ses positions.

Ricardo se lança dans un long discours, où il était question de développer son potentiel et de savoir saisir les opportunités lorsqu'elles se présentaient, citant même Thomas Alva Edison.

Alberto resta de marbre.

Ricardo lui fit savoir qu'il détenait le revolver avec ses empreintes. Revolver dont Johnny s'était au préalable servi pour tuer trois personnes.

Alberto garda le silence.

Ricardo ajouta qu'il serait dommage qu'il tombe entre les mains de la police.

Alberto ne cilla pas, et Don Ricardo fit de nouveau allusion à un dédommagement financier.

Trois jours plus tard, allongé dans la boue, Alberto pointait un fusil de précision à l'entrée d'un virage, sur la route que le comptable d'une modeste organisation criminelle devait emprunter en voiture. D'après le patron d'Alberto, l'homme s'apprêtait à faire des révélations à la police. Il fallait l'en empêcher à tout prix.

Alberto guettait une Toyota blanche. Le capot d'un véhicule blanc apparut au détour du chemin et, au moment précis où il s'apprêtait à presser la détente, un petit lapin traversa la route et s'immobilisa devant la voiture. Le conducteur, un végétarien fervent à l'âme tendre, fit une embardée pour éviter l'animal, il perdit le contrôle de son véhicule et percuta un grand chêne.

Le lapin traversa la route en sautillant.

Alberto ramassa son fusil et s'esquiva.

C'était le début d'une longue série.

Alberto plaça une bombe sous la voiture d'un chef d'entreprise. En sortant de chez lui, l'homme trébucha dans l'escalier et subit un traumatisme crânien. Alberto retira la bombe en vitesse et décampa.

L'officier de police qui projetait d'effectuer une descente le lendemain était dans le viseur d'Alberto quand le micro-ondes dans lequel il réchauffait son poulet explosa. Un minuscule os vint se planter dans son œil droit pour ressortir par l'arrière de son crâne.

Alberto Brown devint le tueur le plus célèbre de l'hémisphère nord sans avoir jamais fait de mal à une mouche. Avec le temps, il s'y était habitué. Il se bornait à tout préparer : installer l'arme, tendre le piège, organiser le coup et ses victimes décédaient sans qu'il lève le petit doigt. Ses employeurs étaient satisfaits, et lui-même dormait sur ses deux oreilles.

C'était un boulot épatant, qui n'exigeait aucune forme de violence.

Mais parfois, il se sentait seul. Alors il s'était acheté un hamster.

« Il est ici en ce moment même, déclara Pierre.

— Ici ? s'exclama Guy.

— Oui. Il doit supprimer un homme d'affaires. Le cas est un peu curieux, car il n'est pas de nature criminelle. Disons que c'est plutôt… personnel.

— Et en quoi cela vous concerne-t-il ?

— Qui s'est arrangé pour que toutes ces personnes décèdent pile au bon moment, à votre avis ?

— Vous voulez rire ?

— Absolument pas.

— Mais pourquoi ? Je ne comprends pas la logique.

— Dans une quinzaine d'années, Alberto jouera un rôle essentiel dans le démantèlement d'une organisation terroriste. Nous devons l'accompagner jusqu'à ce qu'il prenne la décision qui anéantira cette organisation.

— Est-ce la raison pour laquelle toutes ces personnes ont été tuées ?

— C'est là que ça devient intéressant. Les gens qu'Alberto était censé tuer devaient mourir de toute façon. Don Gustavo, le comptable… tous. La coïncidence dont on m'avait chargé consistait à commanditer les meurtres ou plus exactement à faire en sorte que les commanditaires souhaitent se débarrasser de ces personnes précisément au moment où elles allaient succomber.

— Ça m'a l'air tiré par les cheveux, cette histoire.

— Sans doute, mais j'ai besoin de ce genre de complication pour traiter le cas actuel.

— C'est-à-dire ?

— L'homme qu'il doit abattre n'est pas censé mourir.

— Donc, vous n'y êtes pour rien cette fois ?

— Non, cette fois, il s'agit d'un meurtre authentique.

— Alors, qu'est-ce qui est censé se passer maintenant ? »

Pierre prit un air attristé.

« Si nous ne voulons pas interrompre la série, nous allons devoir provoquer une coïncidence afin de supprimer l'homme au moment adéquat. J'ai abordé cette question avec la hiérarchie. Nous avons toutes les autorisations nécessaires.

— Vous voulez que je...

— Que vous conduisiez cet individu à un endroit précis, à un instant T.

— Et vous avez besoin de faire appel à moi pour une mission aussi basique ?

— Oui, c'est bien ça.

— Pourquoi vous ne vous en chargez pas vous-même ?

— C'est un peu compliqué à expliquer. Disons que je dois organiser un tas de choses en même temps.

— Mais pourquoi moi ? » insista Guy.

Pierre chassa un grain de poussière invisible de son pantalon en évitant son regard.

« Vous l'avez rencontré. Vous étiez son ami, à une époque. J'ai pensé que nous pourrions exploiter cette relation. »

Guy avala sa salive et se força à sourire.

« Qui est-ce ? demanda-t-il nonchalamment.

— Vous le connaissez sous le nom de Michael. »

Guy sentit un picotement désagréable au creux de sa nuque. Michael : le garçon grâce auquel il avait rencontré Cassandra.

15.

C'était un mardi.

Michael jouait au parc avec deux de ses petits soldats verts, à qui il avait attribué des caractéristiques qui n'avaient rien de militaires – comme la faculté de planer dans les airs ou d'enfouir la tête dans le sol pendant un temps indéterminé. Guy était assis sur le banc à côté de lui, bras et jambes croisés, plongé dans ses rêveries. Souvent, Michael n'exigeait rien de plus de la part de son ami imaginaire.

Les deux soldats se lancèrent à la poursuite l'un de l'autre. Guy aurait été bien incapable de dire qui pourchassait qui. Ce n'était pas d'une importance capitale, mais lorsque Michael se laissa prendre au jeu et s'éloigna en poussant des cris de guerre, Guy l'appela pour lui recommander de ne pas trop s'éloigner.

Un enfant qui s'éloigne oublie votre présence, ce qui signifie que vous n'existez plus.

Or Guy souhaitait s'attarder encore un peu. On n'avait pas eu recours à ses services depuis pas mal de temps, et le fait d'exister lui avait manqué, si l'on peut dire.

En outre, il voulait garder un œil sur le petit garçon et s'assurer qu'il ne traverserait pas la rue. Tel était du moins le prétexte qu'il avait avancé.

Une femme accompagnée d'une fillette entra dans son champ de vision.

Les longs cheveux blonds de la petite fille lui arrivaient presque à la taille. Elle portait des lunettes violettes à large monture, attachées par un cordon rouge derrière la nuque. La femme était grande, avait le port altier et une chevelure rousse tressée en couronne autour de la tête. Elle couvait sa petite protégée d'un regard débordant de tendresse.

Elles prirent place sur un banc situé en vis-à-vis, mais bien sûr, elles ne pouvaient pas le voir.

Il jeta de nouveau un regard à la jeune femme. Quelque chose dans son allure le troublait. Ce n'était pas courant de croiser des personnes qui donnaient l'impression de savoir exactement ce qu'elles faisaient, songea-t-il. D'ordinaire, on se déplaçait dans le seul but d'occuper l'espace, comme pour se convaincre que l'on pouvait changer les choses. On agitait les mains, on secouait la tête, on remuait nerveusement les jambes. Si les mouvements étaient capables de produire des sons, quel niveau de décibels aurait donc créé la plupart des gens, juste pour signaler leur présence ? Cette femme, elle, était tellement plus authentique – il n'y avait qu'à observer sa posture sur le banc, la façon dont elle inclinait la tête pour surveiller la petite fille, la manière dont sa robe rouge et blanche l'habillait sans dissimuler sa véritable identité. Pourquoi tout le monde n'était-il pas doté d'une si belle aisance naturelle ?

« Votre robe vous va très bien », dit-il.

Elle n'avait rien remarqué, bien entendu. Cela ne le dérangeait pas. Il aimait parler à des inconnus, leur raconter des histoires, partager ses points de vue avec eux, bien qu'ils ne soient pas des enfants doués d'imagination et qu'ils n'aient donc aucune chance de le voir ni de l'entendre.

« Je me doute que vous n'avez aucune idée de ma présence, poursuivit Guy, mais peut-être que par quelque mystérieux subterfuge, mes paroles vous parviendront d'une manière ou d'une autre, allez savoir. Ou peut-être pas. Cela n'a pas grande importance. Il est parfois nécessaire de parler à quelqu'un qui n'écoute pas, histoire de ne pas sombrer dans la folie. »

Accroupie par terre, la petite fille jouait avec deux poupées vêtues à la dernière mode. De temps à autre, elle les brandissait en déclarant quelque chose à la femme assise sur le banc. Cette dernière acquiesçait en souriant avant de répondre.

Guy aurait pu entendre ce qu'elles se disaient s'il l'avait voulu. Il était assez près. Mais à quoi bon ?

« Je m'appelle John, reprit-il. Pour l'instant, en tout cas. Dans une heure, je pourrais être François, puis Genghis Khan, et demain, Motke le peintre. C'est un peu déroutant, certes, mais ce sont les aléas du métier. Que suis-je, sinon le miroir des désirs d'autrui ? Mon nom, ma personnalité, mes envies – tout est destiné à le tirer de sa solitude. »

Il se pencha vers l'avant, réduisant la distance qui le séparait de la déesse qui, le nez en l'air, contemplait la cime des arbres.

« Vous ne pouvez pas comprendre, ajouta-t-il. Vous êtes trop centrée sur vous-même. J'envie les gens comme vous. En réalité, j'envie presque tout le monde. Vous vivez votre vie sans vous dissimuler derrière un rôle que quelqu'un aura écrit pour vous. Vous voyez ce gamin là-bas ? Dès qu'il s'approchera et se rappellera mon existence, je redeviendrai John à cent pour cent. Je ne pourrai plus discuter ou disons plutôt monologuer ainsi. Je lui serai voué corps et âme. Des tas de gens font la même chose que moi tous les jours. Leur existence est pire que la mienne. Car moi, au moins, je ne porte qu'un masque à la fois, puisque seul celui qui m'a imaginé est capable de me voir. Eux, en revanche, se dissimulent derrière les masques que leur tendent tous ceux qui les regardent, jusqu'à ce qu'ils finissent par devenir une seconde peau.

« Vous, vous n'êtes pas comme les autres. Je le vois. Vous êtes vous-même. Les gens comme vous sont si rares ! J'espère que vous mesurez la chance que vous avez d'être si différente. »

Il se leva, fourra ses mains dans ses poches et, les yeux baissés, il se rapprocha encore un peu.

« Et si belle, permettez-moi de vous le dire. En tout cas, si un jour la solitude vous pèse et que vous souhaitez imaginer quelqu'un aussi seul que vous, je serais heureux de vous offrir mes services et de faire votre connaissance. Ce n'est pas si terrible d'être issu de l'imagination de quelqu'un, vous savez. Vous pouvez faire ceci, par exemple. »

Il retira les mains de ses poches et les tendit devant lui.

« Tada ! » s'écria-t-il.

Il se mit à jongler avec trois petites boules de feu qui se matérialisèrent dans les airs.

« C'est très facile à apprendre, expliqua-t-il, sans détacher les yeux des boules. Le premier principe consiste à éviter de regarder ses mains. Il suffit de suivre la trajectoire des balles sans chercher à comprendre comment les rattraper. On peut également ajouter une quatrième balle – laquelle apparut comme par enchantement. Bien sûr, le feu est le privilège des amis imaginaires. Tout le reste, en revanche, relève de l'entraînement, enfin je suppose, car je ne me rappelle pas m'être jamais exercé. Mais de votre point de vue, cela relève sans doute d'une compétence acquise. »

Il continua de jongler jusqu'à sentir les larmes lui piquer les yeux, sans savoir si la cause en était les minces volutes de fumée s'élevant des boules de feu ou une autre raison obscure qui le rongeait. Les boules de feu se consumèrent et s'évaporèrent, et il resta là, les bras ballants.

« Et voilà », conclut-il, un peu honteux.

Il fallait vraiment être stupide pour parler tout seul, comme ça. Il releva la tête. La petite fille jouait toujours à la dînette sur la pelouse. La superbe jeune femme assise sur le banc le dévisageait. Pour de vrai.

Il se figea et plongea son regard dans le sien.

« Pourquoi ne dites-vous plus rien ? lui demanda-t-elle au moment où il s'apprêtait à repartir, convaincu qu'elle regardait dans sa direction par hasard. C'était si beau ! »

Quelques secondes s'écoulèrent avant qu'il ne recouvre l'usage de la parole. Michael était pratiquement hors de vue. Pense à moi, ne t'arrête pas maintenant, supplia Guy *in petto*.

« Vous… vous pouvez vraiment me voir ? »

Elle acquiesça en souriant.

« Comme vous, apparemment.

— C'est…

— Surprenant, compléta-t-elle. Je ne savais pas trop quoi répondre quand vous m'avez adressé la parole.

— Mais comment… ?

— Je m'appelle Cassandra et voici Natalie, l'enfant qui m'a inventée, ajouta-t-elle en désignant la fillette qui jouait à côté d'elle.

— Je… Si je m'attendais à ça…

— Moi non plus. Mais à l'évidence, nous pouvons nous voir, vous et moi. »

Le silence retomba quelques instants.

« Vous venez ici souvent, vous et votre petit bonhomme ? s'enquit Cassandra.

— Pas vraiment, Michael préfère jouer dans sa chambre.

— Et si vous changiez vos habitudes ? Natalie et lui pourraient jouer ensemble et nous en profiterions pour bavarder un peu.

— D'accord. Je vais essayer de le convaincre.

— Super ! » sourit-elle.

Il sentit un délicieux frisson lui parcourir l'échine.

Voilà dans quelles circonstances il avait rencontré Cassandra.

« À propos, je m'appelle John.

— Je sais. Vous me l'avez déjà dit.

— Oui », parvint-il à répliquer avant de disparaître, au moment où il sortit de l'esprit de Michael.

16.

Allongée sur son lit, Emily contemplait le rectangle de lumière qui filtrait par la fenêtre et gagnait lentement le plafond.

Qu'est-ce qui lui prenait de traîner au lit les yeux grands ouverts ? Était-ce sa manière de montrer qu'elle broyait du noir ?

Et maintenant qu'allait-elle faire au juste ? Se soûler ? Enchaîner les cigarettes debout sur le balcon en contemplant les toits de la ville l'air morose ? Où se trouve la frontière entre nos actions impulsées par une force intérieure et celles qui ne sont qu'un rituel censé nous aider à définir nos émotions ?

Combien de personnes ne peuvent s'empêcher de pleurer à un mariage, crier de frustration, rire à gorge déployée, la tête renversée en arrière, ou saisir le visage de leur partenaire pour l'embrasser à pleine bouche parce que quelque chose les incite à le faire et combien n'agissent ainsi que pour la galerie ?

Emily tourna la tête et consulta le réveil posé sur la table de chevet. Si de telles pensées l'agitaient, cela signifiait que le pire était passé. Elle n'avait pas d'excuses.

« Allez, debout ! »

Elle se débarbouilla et faillit sourire en repensant à la scène de la veille. Ses larmes cathartiques, en comprenant qu'il n'éprouvait aucun désir pour elle et n'en éprouverait jamais, et puis les jambes en coton, l'auto-apitoiement, la chute sur le trottoir avant de s'effondrer sur son lit, tout habillée, avec la certitude de ne plus rien avoir à attendre du lendemain.

Curieux, songea-t-elle, la propension que nous avons à monter en épingle un simple détail pour en faire le moteur de notre existence. La vitesse avec laquelle nous changeons d'opinion est encore plus singulière.

Elle s'appuya au lavabo, la gorge serrée, les yeux embués de larmes. Elle déglutit avec peine et prit une profonde inspiration. Oui, cette sensation d'oppression était bien réelle.

Rien ne s'était déroulé comme prévu. Elle n'aurait jamais envisagé une telle éventualité. Celle de renoncer à Guy pour de bon. Et pourtant, c'était bien de cela qu'il était question. Elle pénétrait en territoire inconnu, où la couleur de l'air n'était plus tout à fait la même, ni la vitesse de la lumière. Son cœur battait à un rythme inconnu. Guy ne lui appartenait plus.

Non, les choses n'auraient pas dû se passer ainsi.

Elle s'attendait à ce que tout fonctionne comme sur des roulettes.

Pas seulement hier soir, mais en général. La vie était censée s'écouler autrement, n'est-ce pas ?

Comment expliquer cette sensation d'oppression ? L'idée de lâcher prise, ou le fait d'avoir dû modifier ses plans, elle qui était habituée à contrôler chaque aspect de sa vie ?

Réflexion faite, fumer une cigarette en contemplant les toits de la ville n'était pas une si mauvaise idée. Elle s'observa dans la glace. Elle eut l'envie soudaine d'attraper un seau de peinture noire et d'en badigeonner les murs de la pièce voisine. Elle aurait voulu gommer sa tentative pathétique de les réunir, tout effacer, jusqu'à la capacité de rêver.

Se laver le visage n'était pas suffisant. Elle avait besoin de se nettoyer de la tête aux pieds.

En sortant de la douche, drapée dans une serviette et d'attaque pour affronter la journée, elle avisa l'enveloppe glissée sous la porte.

Sans réfléchir, elle fit volte-face et regagna sa chambre pour s'habiller et s'accorder quelques minutes supplémentaires avant de retourner dans la vraie vie où l'attendaient de multiples tâches à accomplir.

L'enveloppe ne pouvait signifier qu'une chose : son comptable s'était enfin mis à écrire des poèmes.

C'était quand même curieux ; elle n'avait rien fait de particulier, ces dernières vingt-quatre heures. À moins que l'une de ses actions antérieures n'ait fini par porter ses fruits ?

Il existait une technique de coïncidences où des événements infimes produits à des fréquences variables ne menaient pas forcément au changement. Ils créaient un processus souterrain et continu, générant un impact presque imperceptible.

Ce genre de coïncidence était considéré comme de meilleure qualité, plus élégant et davantage adapté au niveau trois. Eric ne cachait pas sa fierté quand il parvenait à en provoquer une. « Indétectable », disait-il, comme si elle avait été exécutée sur une ligne de téléphone privée et sécurisée. Un client aurait eu le plus grand mal à comprendre de quelle façon des dizaines, voire des centaines, d'événements mis bout à bout avaient progressivement chamboulé sa vie.

Non, décidément, ce n'était pas son style. Pas encore, en tout cas.

Elle devrait peut-être prendre le temps d'analyser tout ce qu'elle avait entrepris afin de comprendre comment exploiter au mieux cette technique à l'avenir.

Elle s'évertua à chasser de son esprit la coïncidence pathétique de la veille.

Les diagrammes noircissaient toujours les murs autour d'elle, des cercles, des lignes, de courtes listes recensant des distributeurs vidéo, des alpinistes, des biscuits chinois... Elle détourna le regard. C'était comme ça : une coïncidence sur laquelle elle avait trimé pendant des mois s'était soldée par une tentative de séduction ratée, et celle à laquelle elle ne croyait plus s'était réalisée à son insu.

Il était grand temps d'ouvrir l'enveloppe.

Assise sur son lit, elle en sortit le contenu qu'elle disposa autour d'elle. Une nouvelle mission, voilà qui l'aiderait à reprendre pied, c'était exactement ce dont elle avait besoin. Elle se noierait dans le travail pour chasser de son esprit les moments et les lieux qui lui rappelleraient trop Guy.

Cette fois, il s'agissait apparemment d'une simple synchronisation.

Quelqu'un allait subir un infarctus. Elle devait faire en sorte qu'un médecin se trouve à proximité. Rien de compliqué. On aurait dit un entraînement. Sauf qu'il y avait les restrictions d'usage. L'homme aurait une crise cardiaque en avion ; la destination n'avait aucune importance, était-il précisé. Le médecin devait se trouver sur le même vol. Bien entendu, ni l'un ni l'autre n'avait prévu de voyage dans un avenir proche, et encore moins au moment précis où l'incident se produirait.

Emily devait donc se débrouiller pour leur réserver un vol. Et, cerise sur le gâteau, le médecin avait une phobie de l'avion. Est-ce qu'elle pourrait faire appel à un autre médecin ? Emily connaissait la réponse avant de tourner la page. Bien sûr que non.

Ce serait trop facile.

Mais pourquoi dans un avion ?

Eric avancerait sans doute que c'était pour l'effet dramatique, ajoutant que le but de cette coïncidence n'était pas de sauver la vie du malade. Il existe des conséquences, et des conséquences, des altérations dans la conscience, aimait-il à répéter. Cette mise en scène était destinée à un troisième larron que cette tentative de réanimation ne manquerait pas de bouleverser. Voilà ce qu'Eric aurait avancé sans aucun élément tangible, soit dit en passant.

Il avait une opinion sur tout. À quoi bon se casser la tête pour qu'une connaissance, que vous n'avez pas revue depuis quinze ans, entre dans un restaurant au moment même où vous venez de parler d'elle ? Et plus généralement, pourquoi provoquer des coïncidences qui ne seraient pas suivies d'effet, ou tout juste capables d'éveiller une impression bizarre ? Il leur avait exposé ses théories un soir pendant leur formation, après cinq vodkas.

« Supposons, avait-il commencé avec des moulinets de bras un peu outranciers, que tous les habitants de la terre s'alignent à la queue leu leu, un peu comme s'ils se tenaient sur l'échelle horizontale d'une carte. À l'extrême gauche, tout là-bas, nous avons ceux qui voient des coïncidences partout. Pour eux, rien n'a de sens. Inutile donc d'en chercher un ni de se poser des questions existentielles. La vie découle d'un jet de dés cosmiques que personne n'a réellement lancés, et c'est très bien ainsi. À l'autre extrémité, il y a ceux qui sont persuadés qu'il y a une raison à tout, je dis bien à tout. Rien n'arriverait par hasard, y compris les flatulences qui me perturbent en ce moment, par exemple.

« Les personnes qui se situent à ces deux extrémités sont les plus heureuses. Et savez-vous pourquoi ? Parce qu'elles ne se demandent pas pourquoi, justement. Jamais. À quoi bon, puisque, à leurs yeux, il n'existe pas de réponse, ou alors, une réponse prédéterminée, sur laquelle ils n'ont aucune prise. Or ces gens-là représentent à peine un millième de la population globale. Les autres oscillent entre les deux extrêmes. Ils vont et viennent. Ils croient avoir choisi leur camp pourtant, de temps en temps, ils ne peuvent s'empêcher de se mettre à douter, sans que jamais ne leur vienne à l'esprit qu'ils ne seront heureux que s'ils arrêtent enfin de se poser la question.

« Voilà pourquoi il existe des coïncidences insignifiantes. Si l'on tombe dessus, on avance le long de l'échelle. D'un côté ou de l'autre. Ce mouvement peut être horripilant, un peu comme des ongles crissant sur un tableau noir ou, au contraire, aussi agréable que la caresse d'un enfant. C'est pour cette raison que nous provoquons ces coïncidences. Afin d'obliger les gens à aller et venir sur l'échelle, n'importe quelle échelle, c'est ce qu'on appelle la vie. C'est comme ça. L'essentiel est de bouger. Et maintenant, passez-moi une olive dans le bol, là. Le noyau va atterrir sur la queue-de-cheval de la fille de l'autre côté du bar, vous allez voir. »

Emily était plongée dans ses calculs. C'était la première fois qu'on lui confiait une mission avec deux épicentres, deux clients, dont l'objectif n'était pas une rencontre amoureuse. Elle allait devoir baliser deux pistes de coïncidences parallèles afin de provoquer des changements de conscience chez ses deux clients. Un rendez-vous d'affaires ou une réunion familiale pour l'un, et peut-être un congrès prestigieux pour l'autre. Sans oublier la phobie du médecin.

Elle étala les maigres brochures sur le lit. L'une d'elles exposait la situation, une deuxième fournissait des détails sur le « patient », une troisième sur le médecin, les instructions relatives aux coïncidences possibles (rien de particulier, ils avaient le droit de s'installer dans la même section de l'avion, mais, pour une raison obscure, pas de porter la même marque de chaussures), des renseignements sur le vol prévu…

Son cœur manqua un battement en remarquant une autre feuille dans l'enveloppe. Ce n'était pourtant pas la première fois qu'elle la voyait. Toutefois, le temps d'une fraction de seconde, l'idée lui sembla cohérente et pertinente.

Dans chaque enveloppe se trouvait une lettre de démission comportant les coordonnées du faiseur de coïncidences, des informations générales concernant les motifs de son renoncement et un espace réservé à la signature. Une issue possible à tout moment.

D'ordinaire, elle ne prenait même pas la peine de sortir l'imprimé de l'enveloppe. Personne ne s'y risquait d'ailleurs. Faiseuse de coïncidences – voilà ce qu'elle était à présent –, ce n'était pas le genre de profession dont on démissionnait. Et comme nul ne savait ce qui arrivait après avoir remis sa démission, ce n'était pas très encourageant non plus. Seuls deux collègues avaient déclaré forfait de leur plein gré. Emily ignorait ce qu'il était advenu d'eux. De son point de vue, ce n'était pas une option envisageable.

Jusqu'à maintenant, songea-t-elle soudain. Elle loucha sur le formulaire posé au bord du lit et prit conscience que l'idée de démissionner lui trottait dans la tête depuis un bout de temps. Au point de la troubler à présent.

Elle repoussa le papier du bout du pied et le fit tomber du lit.

Elle avait un infarctus à planifier.

À quelques rues de là, un quidam arpentait le trottoir.

C'était l'un de ses nombreux talents : se fondre dans le paysage.

Il en avait compris depuis longtemps l'utilité. Dans un monde où chacun se démenait pour se démarquer des autres, il fallait avoir un don hors du commun pour se mêler à la foule ni vu ni connu. D'autant plus qu'il n'était pas un type ordinaire pour deux sous. Et qu'il ne raffolait pas de la chose. Il aimait être le centre du monde, le sommet de la pyramide, le clou de la soirée.

C'était un personnage haut en couleur ; du moins le pensait-il.

C'est pourquoi il s'avérait encore plus malaisé de raser les murs. Il y avait tellement de choses extraordinaires à accomplir sur terre !

Pour l'heure, sous une apparence des plus insignifiantes, il marchait dans la rue sans attirer l'attention.

Si l'on demandait à un passant : « Avez-vous vu passer un grand type par là tout à l'heure ? », il répondrait probablement avec un haussement d'épaules : « Non. Je ne sais pas de qui vous parlez. »

Et si cette même personne ajoutait : « Auriez-vous vu un gars adossé au poteau, là-bas, pendant une heure, comme s'il attendait quelque chose ou quelqu'un ? », il lui rétorquerait : « Je n'ai pas de temps à perdre avec des types adossés à un poteau. » Et si elle insistait : « Mais il est resté là pendant une heure au moins, les yeux fixés sur cette fenêtre », il s'agacerait sans doute : « Soyez sympa, laissez-moi tranquille, d'accord ? Je n'ai rien remarqué du tout. »

Adopter une apparence banale revenait presque à se rendre invisible.

Il était toujours planté au coin de la rue. Avec la patience d'un glacier millénaire, il s'adossa au poteau et lorgna vers la fenêtre d'Emily. Il n'aurait pas à attendre bien longtemps.

Il avait également le sens du timing.

Le rectangle de lumière avait presque atteint le mur opposé.

Emily ne pouvait s'en empêcher, elle jetait toutes les cinq minutes un coup d'œil à la feuille étalée sur le sol. Un petit triangle de papier, bien plus tentateur qu'elle ne l'aurait pensé. Il continuait à la toiser d'un air goguenard. Elle aurait dû le jeter à la poubelle.

Au fond, pourquoi pas ? se dit-elle. Elle se reprit et s'efforça de se concentrer sur sa prochaine mission. Peine perdue. À l'instar d'un néophyte participant à une séance de méditation, elle s'avouait incapable de contrôler ses flux de pensées. Elle était obnubilée par le formulaire de démission abandonné au pied du lit. Elle avait l'impression de ne pas être à sa place. Elle avait la conviction que c'était l'occasion de changer de vie.

Elle ne cessait de se répéter qu'elle n'avait plus aucune raison de rester. *Qu'est-ce que tu veux au juste ? Continuer à provoquer des coïncidences pour de parfaits inconnus, tandis que l'amour de ta vie court après quelque chose qu'il se refuse à trouver en toi ? Combien de temps encore pourras-tu supporter d'être écartelée de la sorte ? De savoir et de ne rien dire ? De danser pieds nus sur le fil du rasoir en souriant comme si de rien n'était ?*

Et voilà qu'une opportunité se présentait.

Elle se redressa sur son lit, le regard dans le vague. Elle pourrait faire encore mieux : rebattre les cartes. Elle n'avait plus rien à gagner ici, alors pourquoi ne pas se rendre là où elle n'avait rien à perdre ?

Soudain, elle s'aperçut qu'elle pleurait.

Comment était-ce possible ? Elle se prit le visage entre les mains, comme une gamine avant une audition de piano.

Elle n'en pouvait plus. Elle était excédée par ces calculs à n'en plus finir, cette course-poursuite perpétuelle, cette émotion qui lui consumait le cœur.

Elle en avait assez, plus qu'assez même.

Elle était en droit d'admettre qu'elle était épuisée, non ? Qu'elle ne croyait plus aux fins heureuses, à l'assurance que « tout finirait par s'arranger » ?

Pas vrai ?

Elle voulait tourner la page, repartir de zéro. Elle était même prête à faire marche arrière. Peut-être était-ce ce qui se passait quand on signait la lettre de démission ?

Peut-être que l'on oubliait tout ? Peut-être qu'on recommençait de zéro ? Allez savoir !

Elle devait se montrer forte et optimiste, bien entendu. Pour l'heure, elle voulait juste être différente. Radicalement différente.

Elle avait le choix : soit s'acharner au travail, et sortir grâce à une bonne dose d'autopersuasion du fond de ce trou aux murs balafrés par une longue et épuisante ascension, soit parapher d'une simple signature… Inutile de nier qu'elle préférait le chemin le plus court.

Il marcha jusqu'au bout de la rue et revint sur ses pas.

Il ne pouvait pas rester éternellement sous sa fenêtre. Il allait finir par se faire remarquer.

D'ailleurs, il n'aurait pas à patienter plus longtemps, il le savait.

Il huma l'air, guettant le bon moment.

Il rêvait d'un hamburger.

Encore un peu de patience.

Emily s'installa à la table de la cuisine pour rédiger la lettre de sa vie.

Quitte à partir, autant laisser au moins une brève explication.

Ses larmes avaient séché tandis qu'elle noircissait la feuille vierge, ligne après ligne. Quand elle eut fini, elle la saisit d'une main tremblante pour se relire. Elle devait se dépêcher avant de changer d'avis. Avant de sentir un regain d'optimisme. Lorsqu'on est un peu déprimé, on a toujours peur que l'espoir ne nous prenne au dépourvu, et que tout ce découragement ne serve finalement à rien. Elle plia les feuillets et les glissa dans une grande enveloppe blanche.

Dès qu'elle l'eut cachetée, elle sentit une vive chaleur au creux de sa paume. Avant qu'elle ne comprenne ce qui se passait, la lettre s'embrasa et lui échappa des mains. La page fut réduite en cendres avant même de toucher le sol.

Elle savait que cela arriverait, pas vrai ? Certains secrets ne pouvaient être révélés ; ils défiaient les règles, le monde devait les étouffer. La boucle ne serait jamais bouclée. Une bonne raison de plus de tirer sa révérence.

Confortée dans son choix, elle se précipita dans sa chambre pour ramasser et remplir le formulaire de démission.

Elle était spontanée, n'est-ce pas ?

Elle agissait sous l'impulsion du moment, une décision hâtive, irresponsable ; c'était merveilleux ! Elle était spontanée, et donc authentique. Elle était vivante.

Elle compléta le formulaire en vitesse. Elle maîtrisait à nouveau ses pensées. Elle n'avait plus qu'une idée en tête : en finir sans regarder en arrière. Il lui restait une fraction de seconde pour se raviser avant de signer au bas de la page, elle ne la saisit pas et apposa son nom sans hésiter.

Son heure était venue. Il était temps d'intervenir. Telle la minuterie du four annonçant que le gâteau était cuit.

Il devait être minutieux. Il palpa le morceau de fil de fer dans sa poche avant de se diriger vers l'immeuble de la fille.

Il avait aussi une prédisposition pour crocheter les serrures. À moins qu'il n'ait acquis cette compétence à force d'entraînement.

Au moment où Emily leva le stylo de la feuille, le sentiment d'urgence avait disparu.

Elle se renversa mollement en arrière, tandis que la pression se relâchait et que la page s'évaporait lentement sous ses yeux. Elle prit une profonde inspiration, puis une autre, l'effroi se lisait dans ses yeux.

Qu'avait-elle fait, au nom du ciel ?

Elle tenta de se lever du canapé, mais ses jambes ne la portaient plus.

Maintenant qu'elle avait cédé à cette pulsion d'autodestruction, maintenant qu'elle n'était officiellement plus une faiseuse de coïncidences, elle avait une vue d'ensemble de la situation. Comment avait-elle pu prendre la décision la plus capitale de sa vie avec une telle légèreté ?

Sa respiration devenait laborieuse. À croire que l'air était plus épais. Ce n'était pas vraiment ce qu'elle voulait, songea-t-elle ; ce n'était pas elle. « Mission annulée ! Mission annulée ! » hurlait le commandant désespéré aux pilotes qui ne l'écoutaient plus.

Elle aurait tout donné pour effacer sa signature, mais la feuille avait disparu et plus rien ne subsistait de la faiseuse de coïncidences, hormis cette vue d'ensemble et cette faculté à discerner tous les faisceaux qui convergeaient vers ce point-là, au bord du gouffre. Non, non, non, ce n'était pas possible.

Un léger cliquetis lui fit lever les yeux. La porte s'ouvrit et en apercevant la silhouette qui se profilait sur le seuil, un sourire contrit aux lèvres, elle se rappela la question qui l'obsédait les premiers jours du stage et qu'elle n'avait jamais osé poser.

Avant que son corps sans vie ne s'affaisse sur le canapé, avant de fermer les yeux et de rendre son dernier souffle, elle se demanda si tout cela serait arrivé si elle avait posé la question : « Y a-t-il des faiseurs de coïncidences pour les faiseurs de coïncidences ? »

(EXTRAIT)

MANUEL D'EXERCICES

LIBRE CHOIX, LIMITES ET RÈGLES GÉNÉRALES

TROISIÈME PARTIE (HORIZONS HUMAINS)

Dans son essai *L'Insertion du non-choix*, Muriel Fabrik recense six erreurs fondamentales le plus souvent commises par une personne confrontée à un choix. Pendant des années, sa méthode a été la norme adoptée par les faiseurs de coïncidences cherchant à cartographier les faux pas éventuels de leurs « clients ».

L'abstention. L'erreur la plus courante, selon Fabrik, est de s'abstenir de choisir. Dans ce cas, le « client » n'ose pas prendre de risques et se refuse à saisir les occasions qui se présentent à lui, préférant laisser la « réalité » décider à sa place. Cette erreur découle du fait que tout choix implique dans le même temps de renoncer à quelque chose. « Le client qui s'abstient » privilégie ce renoncement et opte pour la passivité. Décider de ne rien faire, explique Fabrik, relève d'un choix, mais d'un mauvais choix. [Pour en savoir plus sur le problème de la non-intervention, se reporter au livre de Cohen : *Pourquoi se compliquer la vie ? ou Comment provoquer des coïncidences pour des clients flegmatiques.*]

La peur. Fabrik soutient, par ailleurs, que le bon choix est en général celui qui nous fait le plus peur.

Non parce qu'il est fatalement le plus dangereux, mais parce qu'il requiert un plus grand courage. La plupart des clients adoptent un processus de délibération complexe au terme duquel ils finissent par pencher pour l'option qu'ils auraient choisie dès le départ – à savoir l'option la moins effrayante, ou la plus familière, celle qui n'implique pas de changement drastique dans les croyances ni les modes de pensée.

L'aveuglement. Certains clients ont conscience que le bon choix est aussi le plus inquiétant. Pour éviter de s'y confronter, ils imaginent un système complexe dit de « l'aveuglement » qui les incite à la fois à redouter le mauvais choix et à le faire. (Il se traduit généralement par la décision de ne rien faire ; *cf.* premier paragraphe. Dans la littérature spécialisée, cette erreur est également appelée « Courage mal placé » ou CMP.)

Le regret. Le client ne cesse de tergiverser, de remettre ses choix en question, si bien qu'aucune option ne remplit plus son objectif et que toutes deviennent erronées. L'une des premières règles de la méthode de Michaëlson *Coïncidences d'or* découle de cette erreur : « Ne laissez pas le client se raviser, plus particulièrement s'il s'agit d'un crétin de niveau B ou plus. »

Les options superfétatoires. Nombre de clients essaient d'explorer le plus large éventail de choix afin de s'assurer qu'ils « choisissent » en connaissance de cause. Les faiseurs de coïncidences tombent également dans le piège. En vérité, passé un certain seuil, Fabrik soutient qu'une multiplicité de possibles nuit à notre capacité à effectuer le bon choix, et augmente significativement la probabilité de commettre l'une des quatre erreurs mentionnées ci-dessus.

L'originalité. Les clients souffrant d'un déficit de confiance et craignant d'être influencés ont tendance à envisager telle ou telle alternative uniquement parce qu'elle leur paraît originale ou exceptionnelle. Les données recueillies par Fabrik indiquent que plus de quatre-vingts pour cent des choix effectués dans cette perspective entrent en réalité dans la catégorie « banale, stupide et désastreuse ».

Avant de provoquer une coïncidence, rappelez-vous que, si un faiseur de coïncidences n'a pas le droit d'influer sur le libre arbitre de son client, il a en revanche toute liberté de prévenir d'éventuelles erreurs ou encore de recourir à des choix erronés standards afin d'orienter la coïncidence dans la bonne direction.

17.

Michael se trouvait dans son bureau au trente-cinquième étage. La vaste pièce était meublée en chêne massif, les murs ornés d'œuvres de peintres hollandais du milieu du XVIIe siècle. Enfoncé dans son fauteuil, il parcourait le même paragraphe d'un document pour la troisième fois. Peine perdue.

Il y avait des jours comme ça.

Ils s'étaient succédé un peu trop depuis l'hiver dernier. Il oublia le document et se leva pour contempler la ville par la grande baie vitrée derrière lui.

Il avait essayé de lutter contre ces jours-là. Il s'était évertué à comprendre ce qui le rendait si mal à l'aise, pourquoi il était incapable de se concentrer. Ce rêve récurrent, la nuit ? Sa femme qui lui tournait le dos dans le lit, quand il se levait le matin pour aller au travail ? Une poussette croisée sur le chemin du bureau ?

S'il parvenait à mettre le doigt sur ce qui l'avait perturbé ce jour-là, il parviendrait peut-être à dissiper son trouble et à redevenir l'homme d'affaires dynamique, efficace et charismatique qu'il était.

Au fil du temps, il avait fini par se résigner au fait qu'il connaîtrait encore de nombreux jours comme celui-ci.

Des jours où il se lèverait le matin, un trou béant dans le cœur. Ce même trou noir qui avait englouti la silhouette fantomatique de celle que fut autrefois sa femme, l'optimisme qu'ils partageaient le matin, quand ils s'éveillaient ensemble.

Un coup discret à la porte le ramena à la réalité. C'était sa secrétaire.

« Michael ? » dit-elle.

Il endossa de nouveau le rôle du patron souriant.

« Oui, Vicky ? »

Il encourageait ses secrétaires, comme d'ailleurs tous ses employés, à l'appeler par son prénom.

« J'ai des papiers à vous faire signer.

— Je vous en prie. »

Il consulta distraitement les documents du parapheur qu'elle lui remit.

Feignant la plus grande attention, il signa le premier feuillet avant de passer au suivant. L'attirance qu'il ressentait pour cette femme était plus forte que jamais. Son parfum capiteux lui montait à la tête. Il était pleinement conscient de leurs corps qui se frôlaient, son épaule droite à elle toute proche de son épaule gauche à lui, ses longs cheveux blonds – oh merveille, elle avait choisi, aujourd'hui, de ne pas les attacher –, ses yeux verts, ses lèvres, ses seins qui tendaient son chemisier...

La maîtrise dont il se targuait risquait fort de voler en éclats, jusqu'où pouvait-on supporter la solitude ?

Il passa au document suivant, le dernier. La respiration de la jeune femme s'accéléra. Il n'était à l'évidence pas le seul à être troublé.

Il pourrait se déplacer légèrement afin d'effleurer son bras, ou poser la main au creux de ses reins. Ce geste n'aurait rien de vulgaire. Ce serait fantastique, il le savait.

Cette femme...

Il se sentait si seul.

Il suffirait d'un simple geste pour la faire sienne. Il l'avait deviné depuis longtemps à la façon dont elle se mouvait en sa présence, aux regards qu'elle lui lançait. Il donnerait n'importe quoi pour...

Quand il lui tendit le parapheur, leurs doigts se frôlèrent.

« Est-ce tout ? demanda-t-il.

— Oui. »

Ils se faisaient face. Ils étaient tout près l'un de l'autre. Trop près pour que ce soit une simple coïncidence. Il plongea son regard dans le sien et elle ne cilla pas. C'était à lui de faire le premier pas. Il n'aurait qu'à se pencher et...

Quatre secondes s'écoulèrent. Quatre longues secondes les yeux dans les yeux...

« Parfait », fit-il avec une indifférence affectée.

Elle joua le jeu.

« Très bien, merci », ajouta-t-elle en quittant la pièce.

Il respira à fond, épuisé par les efforts qu'il venait de fournir pour faire le bon choix. C'était définitivement un jour sans.

* * *

Guy observa la secrétaire quitter le bureau de son client, le rouge aux joues.

L'idée qu'elle ne puisse pas le voir le mettait mal à l'aise. Il se sentait comme un voyeur de la pire espèce. Depuis qu'il avait cessé d'être un ami imaginaire, il avait oublié ce que signifiait le fait d'être invisible. L'intensité de sa réaction le surprit.

Pierre lui avait clairement signifié ce qu'il aurait à accomplir. Un peu comme une mission commando. Entrer, dégainer, partir.

Il n'était qu'un minuscule rouage dans le système complexe des coïncidences que Pierre avait élaboré dans le but de faire passer Michael de vie à trépas le jour J, à savoir dans une poignée d'heures.

« Serez-vous là à mon retour ? lui avait-il demandé.

— Non, avait-il répondu. J'ai deux ou trois choses urgentes à régler. À tout à l'heure. »

Il se tenait seul à la porte du bureau de celui qui fut jadis le petit Michael. Dire que parmi tous les enfants du monde, c'était tombé sur lui.

Quand le vin est tiré, il faut le boire.

Il s'efforça de se remémorer le personnage qu'il avait incarné pour lui, autrefois. La couleur de son costume, la nuance de ses yeux. Il respira un bon coup et, comme il l'avait fait des années plus tôt, il traversa la porte close.

* * *

Michael savait à quoi il devait ces jours-là.

Mika et lui se comportaient désormais comme des colocataires et non plus comme mari et femme. Pire encore, comme des colocataires contraints de vivre sous le même toit jusqu'à l'expiration du bail.

L'amour de sa vie ne lui adressait pratiquement plus la parole. Depuis l'accident, elle errait tel un fantôme. Elle pratiquait le Pilate dans la journée, regardait la télévision le soir, lui tournait le dos pour pleurer en silence la nuit.

Le deuil se muait parfois en routine.

Il était encore un tout jeune entrepreneur ambitieux lorsqu'il l'avait rencontrée ; en ce temps-là, il assistait à des conférences par intérêt et pas simplement pour la galerie. À l'époque, il fourmillait d'idées, il ne s'était pas encore endormi sur ses lauriers.

Un ami commun (il avait alors de véritables amis) lui avait présenté une jeune femme aux yeux rieurs, et ils s'étaient donné du bon temps.

Et, deux semaines à peine après leur premier rendez-vous, il avait compris qu'elle était la femme de sa vie. D'ordinaire, il trouvait ce genre de phrases ridicules, pourtant il ne voyait pas d'autre moyen de l'exprimer.

Ils se trouvaient chez elle, occupés à organiser leur soirée, quand ils découvrirent qu'ils partageaient le même secret : ils étaient las de fréquenter les mêmes lieux branchés, les mêmes personnes, las de passer ce que tout le monde appelait « du bon temps ». Après avoir écumé tous les cafés, restaurants, boîtes de nuit et théâtres de la ville, ils n'aspiraient qu'à une chose : se retrouver en tête à tête.

Michael était certain que leur aventure allait mourir de sa belle mort. Il n'avait connu jusqu'ici que des relations frivoles, faites de légèreté et de mots d'esprit sur fond de divertissement social. S'ils n'avaient pas l'intention de sortir s'amuser, à quoi rimerait leur relation ? Il attirait ses conquêtes en leur faisant miroiter des moments de partage, de rires, d'exaltation, et toutes sortes de plaisirs délicieux – mais pas question de sincérité. La règle première d'une relation était de ne jamais y faire allusion. L'essentiel était d'éviter le pire des écueils, la médiocrité, et de privilégier l'exaltation ou la surprise, de fuir les silences, la routine, la pluie et le beau temps.

Aussi, après qu'ils eurent établi qu'ils n'avaient pas envie de sortir, il redoutait qu'un silence pesant ne s'installe et que le train-train quotidien n'anéantisse l'intimité plaisante et excitante qui s'était tissée entre eux.

Ils s'étaient installés au salon, entourés de piles de vieux livres et de vinyles que Michael remarquait pour la première fois. Et dans le silence, que venait seulement troubler le voisin qui poussait la chansonnette de l'autre côté de la cloison, il découvrit un autre genre de relation, ils respiraient à l'unisson. Il n'était plus seulement question de frivolité ou d'amusement. Mais de quelque chose de plus lent, de moins exigeant, de dense et enjôleur. Le véritable amour, c'est être capable d'être ensemble sans redouter le silence.

Mika était allée chercher quelques livres dans la bibliothèque, puis elle s'était assise sur le canapé et l'avait invité d'un signe à la rejoindre.

« Viens là, ça va te plaire », lui avait-elle promis en ouvrant le volume aux pages écornées.

Elle avait passé la nuit à lire de sa voix douce et mélodieuse. Il avait perçu le silence entre les mots. Aux premières lueurs de l'aube, il savait qu'ils ne se quitteraient plus.

Dès lors, une ou deux fois par semaine, ils se faisaient la lecture mutuellement, la nuit.

Il lui lisait Gaiman et Safran Foer, elle lui lisait Hugo et Camus ; il la distrayait avec Pratchett, elle le berçait avec Hemingway ; il la caressait avec Coben, et elle le surprenait avec Twain.

Ils étaient tous conviés : les thrillers, les drames, simples ou obscurs. Sans oublier Dr Seuss. Tous participaient au dialogue amoureux qu'ils avaient inventé à leur usage exclusif durant leurs longues nuits de lecture, loin des yeux du monde.

Son univers bascula le 3 décembre au matin.

Michael considérait ce jour comme le moment charnière de son existence, le point culminant de la courbe de Gauss : la vie jusque-là n'avait cessé de croître, elle allait dès lors entamer sa désintégration.

Mika et lui étaient mariés depuis environ deux ans.

Ce matin-là, sa femme, sa muse était montée en voiture, prête à commencer sa nouvelle journée de professeur de mathématiques. Elle avait mis le contact et enclenché par ce léger mouvement du poignet le compte à rebours de la fin de leur amour.

La seule femme capable de le faire mourir de rire sans complexe démarra, un CD d'Ella Fitzgerald en fond sonore. La climatisation réglée au plus bas, sur le mode ventilation. Celle avec qui il avait décidé de mettre des enfants au monde chantonnait, elle chantonnait sans cesse, en jetant de temps à autre un coup d'œil dans le rétroviseur. Quand il reçut l'appel, ce matin-là, il ne mesura pas l'ampleur du fossé qui allait se creuser entre eux après que la seule et unique femme de sa vie eut regardé dans le rétroviseur un peu trop longtemps et écrasé un petit garçon âgé de trois ans.

Il n'avait jamais vraiment compris ce qui s'était passé.

Comment un enfant de trois ans s'était-il retrouvé au milieu de la rue sans que personne ne le remarque ? Et pourquoi ? Et où étaient ses pauvres parents irresponsables ?

Telle une chandelle que l'on aurait mouchée, Mika s'était éteinte ce jour-là.

À son retour à la maison, avant même l'interminable procès, les nuits blanches, les larmes intarissables et la haine de soi, il fut incapable de trouver la brèche dans sa nouvelle armure, d'étouffer les cris par lesquels elle s'efforçait de lui expliquer qu'elle ne voulait pas, non, qu'elle n'attendait plus rien de la vie, parce qu'elle ne le méritait pas, elle ne le méritait pas, non elle ne le méritait pas, le premier psy, le deuxième psy, le troisième psy, le conseiller matrimonial, les cachets, les nausées chaque fois qu'elle montait en voiture, le journal intime qu'elle noircissait de sa petite écriture serrée, comme sous l'emprise de la folie, puis les larmes chaudes et désespérées, derrière la maison, une nuit, par un froid vif et cinglant, le dos glacial qu'elle s'obstinait à lui présenter, les brèves et violentes disputes pour gratter là où cela faisait mal, son exécration pour tout ce qu'elle avait accompli auparavant et pour le bel optimisme qu'elle affichait autrefois – avant que tout cela n'arrive, dès son retour à la maison, ce soir-là, il avait senti un épais voile noir lui enserrer le cœur, l'asphyxier.

Il avait tenté toutes sortes de stratagèmes.

L'emmener quelques jours en vacances, dans l'espoir de pouvoir enfin parler de ce qui s'était passé. Elle se mettrait à pleurer, il la réconforterait, la serrerait dans ses bras, ils parleraient encore un peu, puis d'autre chose, ils feraient une petite promenade le lendemain matin, il lui raconterait des bêtises pour lui changer les idées, et ils entameraient un lent et beau processus de retour à la vie.

Lui chercher querelle, délibérément, pour ensuite pouvoir lui demander pardon à genoux. Elle le gratifierait de son regard plein de sagesse, elle s'accrocherait à lui et lui avouerait à quel point elle avait besoin de lui. Alors il la réconforterait et lui donnerait envie de s'en sortir à coups de baisers et rien d'autre.

L'éviter des journées entières, pour qu'elle finisse par lui téléphoner et le supplier de lui parler. Il craquerait, tous deux se mettraient à pleurer au bout du fil, il lui rappellerait les silences oubliés et il la convaincrait qu'il était possible de revenir en arrière, qu'elle était digne d'être aimée comme il l'aimait.

Toutes ces élucubrations n'avaient aucun sens.

Ils passèrent trois jours silencieux dans une cabane où les petites disputes avaient pris des proportions monstrueuses, il lui avait jeté à la tête des mots qui, involontairement, lui déchiraient l'âme un peu plus. Elle ne l'avait jamais appelé pour lui dire qu'elle en était digne.

Jamais il n'avait envisagé qu'il finirait par capituler. Jamais il n'avait pensé qu'il resterait une heure de plus au bureau tous les soirs, redoutant de rentrer à la maison, dans la tranchée qu'elle creusait autour de lui.

Jamais il n'aurait cru se trouver dans une situation aussi insensée sur le plan professionnel, et moralement répréhensible qui plus est, dans le seul but de se sentir vivant, et de céder brièvement à l'envie de s'autodétruire, car pourquoi serait-elle la seule à devenir folle ? Et si, le 3 décembre, quelqu'un lui avait dit qu'il se sentirait un jour si seul, frustré et ulcéré qu'il en viendrait à envisager une liaison avec sa secrétaire, le poncif le plus éculé du genre, il l'aurait viré sur-le-champ pour son insolence, sa bêtise et, à l'évidence, pour ébriété sur son lieu de travail.

Il en était là et la prochaine fois, il ne résisterait pas, il le savait.

« Et merde ! s'écria-t-il en frottant ses yeux rougis avant de s'abîmer de nouveau dans la contemplation de la ville.

— Oui, je vois ce que tu veux dire », déclara une voix dans son dos.

Il se retourna et considéra la silhouette perchée sur son bureau qui l'observait, l'air amusé. C'était décidément une mauvaise journée, se dit-il quand il l'eut reconnue.

Avant que Michael ne devienne cet homme d'affaires en vue, avant même qu'il n'ait assez d'argent pour acquérir l'assurance qui lui manquait, il n'était qu'un gamin imperméable à la dynamique des relations humaines en vigueur chez les moins de dix ans.

Il errait, solitaire, dans la cour de récréation en se demandant comment les autres faisaient pour communiquer avec un tel naturel. Il se renfermait sur lui-même chaque fois qu'il devait engager la conversation, participer à un jeu collectif ou s'exprimer en classe. Il se demandait sans cesse ce qu'on pensait de lui, certain qu'on le jugeait, que chacune de ses paroles était décortiquée.

Il était de ceux qui préféraient s'abstenir par peur de l'échec et envisageaient les relations sociales comme un risque insensé.

Il avait fallu attendre qu'il présente devant la classe un exposé catastrophique sur la vie des baleines pour qu'il éprouve enfin l'immense excitation de se montrer en public. Comme si les digues avaient brusquement cédé avant d'être aussitôt reconstruites. Une semaine plus tard, il avait disputé un match de football dans la cour de l'école, marqué un but, et fait son entrée dans le monde. Ce n'était pas plus compliqué que ça.

Avant cela, il possédait ses petits soldats, le square du quartier où il observait des insectes et effectuait quelques expériences scientifiques peu ragoûtantes sur la nature placide qui l'entourait, et puis il avait aussi John le Moyen.

John le Moyen était un ami qu'il s'était inventé.

N'étant pas aussi grand que son oncle, il ne pouvait pas être John le Grand. Mais n'étant pas aussi petit que Sasha, le garçon le plus chétif de la classe, il ne pouvait pas non plus être John le Petit. Il serait donc John le Moyen. Au début, John le Moyen lui tenait compagnie surtout l'hiver, quand il ne pouvait pas se rendre au square. Ils s'enfermaient dans sa chambre pendant des heures. Michael lui parlait souvent de l'école et de ce qu'il n'avait pas fait ce jour-là, et John formulait des réponses avisées, du moins en apparence. Ses propos confortaient Michael dans ses décisions tout en lui ouvrant d'autres perspectives. Couché dans son lit, il essayait de comprendre le sens de ses paroles. Parfois, il le matérialisait pour lui poser la question. Alors John avançait de nouvelles explications susceptibles d'être interprétées de différentes façons.

Le plus souvent, ils jouaient aux petits soldats ensemble, parfois Michael exposait à son ami sa vision des choses, d'autres fois il s'amusait dans son coin et la présence de John à ses côtés l'aidait à se sentir moins seul.

Plus tard, lorsque la météo le permettait, ils allaient se promener au parc. Michael se mettait à courir partout et se livrait à un examen méticuleux de la vie secrète des insectes, appelant John de temps à autre pour lui montrer ses découvertes. Souriant, son ami acquiesçait d'un hochement de tête et venait parfois jeter un coup d'œil, mais le plus souvent il s'asseyait sur un banc et le surveillait de loin, ne voulant pas prendre le risque de salir son beau costume dans l'herbe, alléguait-il.

« Tu n'as pas toujours besoin de choisir, déclarait-il de temps à autre. Parfois, il suffit de ressentir les choses, de se laisser porter par le courant et tu verras que la décision s'imposera d'elle-même. Il faut vivre l'instant présent sans penser au futur. »

Le sens de ces paroles lui échappait totalement, c'est le moins qu'on puisse dire. Michael était plus à l'aise avec des sentences comme : « Les plus grandes choses ne se sont pas réalisées grâce à la sagesse, au courage ou au talent des uns ou des autres, mais grâce à la force de la volonté. »

Et puis il s'était passé un fait étrange le jour où la maman de Michael lui avait défendu de sortir pour une raison quelconque. Il jouait aux petits soldats quand John s'était planté devant la fenêtre. À un moment donné, Michael s'était demandé ce qu'il fabriquait là, figé comme une statue, au point qu'il s'était senti obligé de lui demander si tout allait bien.

« Plus tard, on te racontera un tas d'histoires à propos de l'amour, avait répondu John. N'en crois rien. L'amour ne fait pas *boum*, rien à voir avec une explosion, un feu d'artifice dans le ciel ou un avion déployant une grande bannière. Il pénètre par capillarité sous la peau sans qu'on ne remarque rien. On éprouve comme une bouffée de chaleur et, un beau jour, on se réveille pour découvrir que quelqu'un s'est lové sous notre peau.

— Est-ce que ça veut dire que c'est bien ou pas ? » avait insisté Michael.

Voilà comment il était, John le Moyen. Quoique, en général, ses propos fussent moins abscons, heureusement. Et puis, il avait disparu un jour, après le premier but marqué par Michael.

Et voilà que John, vêtu de son éternel costume qui n'avait plus l'air aussi magnifique, juché sur le bureau, jambes croisées, le gratifiait de son sourire énigmatique.

Michael pivota vers la fenêtre, convaincu qu'il avait la berlue.

« Je suis là pour une bonne raison ! lança John. Tu as encore besoin de moi, on dirait. »

Je n'ai pas l'intention de lui répondre, songea Michael. Était-il au bord de la crise de nerfs ? Les amis imaginaires que vous créiez vers huit ou neuf ans étaient-ils censés revenir vous hanter à l'âge adulte ? Le moment était-il venu de prendre des calmants ?

« Non, tu n'es pas fou, enchaîna John. tu as simplement besoin de parler à quelqu'un. C'était déjà le cas quand tu me convoquais, autrefois.

— Je n'ai aucun besoin de te parler. »

John alla se poster à son tour devant la fenêtre et s'absorba dans la contemplation du panorama.

« Tiens, on dirait que tu as recouvré l'usage de la parole, on progresse, dit-il. Alors, que se passe-t-il, Michael ? Nous avons fait du chemin dans la vie, à ce que je vois.

— Rien ne se passe.

— Tu n'as pas l'air dans ton assiette.

— Je suis en train de parler à un ami imaginaire sorti tout droit de mon enfance avec une coupe en brosse et un costume bon marché. Il y a de quoi être perturbé, non ?

— Mais non. Un tas de gens le font tout le temps.

— Ce n'est pas vrai.

— Peut-être pas avec moi, je l'admets, mais les gens monologuent sans arrêt. Certains sans faire de bruit, d'autres à haute voix. Il n'y a pas d'âge pour ça. Ceux qui ont besoin d'aide se tournent souvent vers eux-mêmes. Et ils sont plus nombreux que tu ne le crois.

— Je n'ai pas besoin d'aide.

— En es-tu sûr ? »

Michael ne répondit pas. On apercevait le flot continu des voitures miniatures dans la rue, en contrebas.

« Tu n'es pas en colère, ni désespéré, ni même vraiment seul, reprit John. Tu te consumes de désir, voilà tout. »

Il s'interrompit, le temps que Michael digère ses paroles.

« Tu regrettes la femme que tu as connue autrefois et qui n'est plus là aujourd'hui quand tu rentres à la maison. Tu crains qu'elle ne soit partie pour de bon et, en même temps, tu es incapable de l'abandonner parce que, quelque part, tu espères toujours son retour.

— N'importe quoi !

— Seulement, poursuivit John, tu essaies chaque fois de la ramener de force. Tu penses devoir ressusciter votre ancien amour, ton ancienne Mika. Seulement cela ne marche pas comme ça. Ce sera une nouvelle Mika. Merveilleuse, elle aussi, mais une autre. Un nouvel amour ne surgit pas de nulle part du jour au lendemain. Il prend son temps, une étape après l'autre, goutte à goutte.

— Je me sens incapable de tout recommencer de zéro. J'ai passé l'âge.

— Bien sûr que tu le peux. Tu le dois même. Tu vas reconstruire un monde familier. Tu as besoin de calme et de patience, c'est tout.

— Je suis fatigué. C'est trop tard pour nous deux, John.

— Absolument pas.

— Bien sûr que si !

— L'amour est un sentiment très difficile à mesurer, reprit John après une pause. D'une part, il arrive très rarement et, quand il nous tombe dessus, c'est comme un coup de massue, à tel point que nous ne savons plus où nous en sommes : l'envie, le besoin, l'amour, tous nos repères sont brouillés. On ne peut pas tout calculer dans la vie, c'est vrai. Le désir, en revanche, est une émotion beaucoup plus évidente. En fonction de la quantité de désir, on peut mesurer à quel point l'être aimé nous manque. Tu as beaucoup de chance, Michael. Tu éprouves du désir et tu as encore une occasion de retrouver l'amour. Pour la plupart des gens, c'est trop tard. Alors que toi, tu pourrais remonter la pente à condition de t'en donner les moyens, bien sûr. Tant qu'elle n'est pas morte, Michael, tu peux découvrir comment l'aimer à nouveau, comment être aimé. Dans ton cas, il n'est pas "trop tard". Rien n'est perdu, je t'assure. »

Quand Michael se tourna vers lui, John n'était plus là.

18.

Alberto Brown avait décidé de liquider sa cible à la sortie du cinéma.

C'était un de ces films d'action comique comme il les aimait. Juste assez farfelu pour se laisser regarder avec plaisir. Il l'avait déjà vu deux fois. Il avait environ trois heures devant lui avant que son homme ne sorte du bâtiment. Il tournerait à gauche et parcourrait exactement vingt-cinq mètres jusqu'à l'entrée du garage. Alberto disposerait de vingt-cinq mètres pour le tuer. Il se demandait de quelle façon cela surviendrait.

Pour autant qu'il puisse en juger, il n'y avait pas de travaux en cours dans l'immeuble. Aussi l'idée d'un marteau dégringolant du vingtième étage semblait-elle peu probable. Autre scénario écarté, celui d'un conducteur qui perdrait le contrôle de son véhicule et grimperait sur le trottoir : il y avait des plots en béton tout le long pour éviter ce genre d'accident justement. En outre, sa cible paraissait très en forme, peu de chance qu'il s'agisse d'une crise cardiaque. Peut-être une agression qui tournerait mal ?

Il possédait un petit carnet jaune dans lequel il avait consigné toutes les causes de décès de ses cibles. Des accidents singuliers aux attaques foudroyantes, il avait apparemment tout vu. Il s'était efforcé d'établir une sorte de schéma, en vain. Impossible que tout cela se produise par hasard ou alors il était tout simplement chanceux, ou tout le contraire. Ou les deux.

Il découvrirait bientôt comment tout cela s'opérerait. Très bientôt même. Le film commençait. S'il se rendait à son poste surplombant la rue immédiatement après la fin de la séance, il aurait une heure d'avance. Ce laps de temps lui semblait raisonnable.

Il acheta un billet.

* * *

John se regardait dans le miroir des toilettes, au fond d'un couloir, à l'étage. Les traits doux d'un banal créateur de coïncidences se substituèrent lentement au visage long et dur créé par Michael.

Ses yeux étaient humides. Quelques battements de paupières de plus et il risquait de se mettre à pleurer.

Avait-il gobé cette histoire ? Est-ce que l'on avalait les bobards de son ami imaginaire, simplement parce qu'on lui faisait une confiance aveugle ?

À l'époque, Cassandra soutenait cette hypothèse. La foi et l'amour allaient de pair, répétait-elle à l'envi comme une ritournelle.

Les yeux fermés, elle lui avait demandé :

« Es-tu prêt ?

— Oui. »

Elle lui tournait le dos, mais quand elle avait ajouté : « Tu es sûr ? », il avait deviné qu'elle souriait.

« Mais oui. Je ne comprends pas comment tu fais. Je ne crois pas pouvoir y arriver, pas même avec toi.

— La foi et l'amour vont de pair, je te l'ai dit. Aime-moi et aie confiance en moi marchent main dans la main tout au long de l'histoire. »

Il avait tendu nerveusement les bras devant lui.

« C'est intéressant, avait-elle poursuivi. Une minute avant, je n'avais personne sur qui compter.

— Laisse-toi aller en arrière, avait-il dit. Je te rattrape.

— Je n'ai jamais eu l'occasion de faire confiance à quiconque. Ce sont les autres qui placent leur confiance en moi d'habitude. Ce sont eux qui ont besoin de moi, pas le contraire. Et soudain, je prends conscience que je dois me fier à quelqu'un, qu'il ne me fera pas de mal.

— Euh… je pense que tu raisonnes de travers. Il s'agit de confiance, pas de souffrance. Je ne te ferai jamais de mal. Il faut positiver, d'accord ?

— Oui, oui, je sais. Mais c'est bien ce qui donne tout son sens à la notion de confiance, non ? Que tu puisses également me faire du mal ?

— Oui… oui… peut-être. »

Elle avait éclaté de rire.

« C'est tout simplement merveilleux.

— Merveilleux ?

— Pas étonnant que les gens se prêtent à cet exercice. On ne peut pas se lier à quelqu'un qui ne peut pas nous blesser. C'est la beauté de la chose. De ma vie, je n'ai jamais permis à quiconque d'avoir une telle emprise sur moi. Je me sens… vraiment…

— Vraiment quoi ?

— Humaine. »

Elle avait écarté les bras et s'était laissée tomber en arrière.

Il s'aspergea le visage, laissant l'eau fraîche le ramener à la réalité, comme après un long sommeil. Le miroir lui renvoya le reflet d'un homme désorienté, des gouttelettes perlaient à son menton.

Il tenta d'analyser ses sentiments. C'était comme essayer d'attraper un poisson qui vous glisse entre les doigts.

Peut-être est-ce ce que l'on éprouve après une infidélité ?

L'infidélité envers quelqu'un qui compte sur vous pour le soutenir dans les moments difficiles, pour trouver les mots.. Tandis que, en fait, vous noyez vos intentions méprisables sous de belles paroles. Quelqu'un qui croyait que vous l'épauleriez, et c'était peut-être le cas autrefois, alors que désormais vous profitez de la confiance aveugle qu'il vous accorde pour entraîner le monde dans la direction que *vous* souhaitez. À son insu.

Une fraction de seconde, Guy ressentit comme un soulagement.

Soulagement parce que cela aurait pu être pire. Soulagement d'avoir accompli cette mission abjecte sans avoir été forcé de tenir des propos auxquels il n'adhérait pas, tels que « le pouvoir du changement ». Parce qu'il croyait vraiment au désir comme mètre étalon de l'amour. Il n'était pas trop tard pour pratiquer la générosité comme thérapie, estimait-il. Non que cela fasse une différence. Cet enfant, enfin celui qui fut autrefois un enfant, ne serait plus de ce monde d'ici la fin de la journée, il n'aurait pas le temps de faire bon usage de tout cela. Mais lui, John, n'avait pas totalement menti. Il ne l'avait pas totalement trahi. Il lui avait témoigné son amitié pour la dernière fois.

Et peut-être éprouvait-il aussi une pointe d'allégresse au fond de lui.

Parce qu'il avait donné quelque chose de lui-même. Véritablement.

Il était au service des autres depuis si longtemps ! Il se soumettait à leurs souhaits sans jamais exprimer les siens. Il provoquait des coïncidences sans jamais prendre position.

Il avait réussi à réconforter quelqu'un et, chose à peine croyable, à l'aider en partageant avec lui ses propres idées, ses convictions personnelles.

Pour la première fois, il s'observa dans la glace sans avoir l'impression de contempler le reflet d'un autre.

Si seulement il était aussi facile de s'appliquer à soi-même ses propres conseils !

Cette fois, il n'avait pas eu à jouer les miroirs complaisants.

Pas même pour Pierre.

Il avait considéré trop de choses comme allant de soi. Il irait trouver Pierre pour le convaincre que Michael ne devait pas mourir aujourd'hui.

Une émotion nouvelle vibrait en lui. Peut-être était-ce le sens des responsabilités. Qui lui manquait depuis longtemps.

Il se sentait revivre, comme avec Cassandra.

19.

« Voler, dit-elle.

— C'est tout ? Vous avez simplement envie de voler ? »

Cassandra haussa les épaules d'un air d'excuse.

« Pour commencer. On verra après.

— Ah bon ? Si vous aviez le pouvoir de vous imaginer comme bon vous semble, vous vous borneriez à voler ?

— M'imaginer comme bon me semble ? répéta-t-elle en riant. Je me contenterais de me créer moi-même. Si vous saviez combien de personnages j'ai incarnés depuis que je fais ce métier ! Tous plus merveilleux et formidables les uns que les autres, croyez-moi. Personne ne m'imagine moche ou stupide. Natalie, par exemple, a fait du beau travail. J'adore les cheveux dont elle m'a gratifiée. Sauf que ce ne sont pas les miens. Bien sûr, c'est amusant d'être une aristocrate pleine de morgue et d'assurance, telle qu'elle me voit. Mais maintenant que vous êtes là, j'aimerais redevenir moi-même. Donc oui, si je le pouvais, c'est exactement ce que je ferais. Je m'imaginerais telle que je suis et non sous les traits de quelqu'un d'autre. Mais j'aimerais aussi voler. Très haut. Je dériverais dans le vent pour fuir les critiques et les médisances.

— Je reconnais que cela semble tentant.

— Et vous ? Comment vous vous verriez, si vous aviez carte blanche ?

— Euh... à dire vrai, je n'ai pas d'idée précise.

— Il y a une minute, vous vous êtes moqué de moi parce que...

— Je sais, je sais. Seulement...

— Et vous vous plaignez de toujours faire ce que les autres attendent de vous. Vous ne cessez de répéter que vous préféreriez agir par vous-même et pour vous-même. »

Il se gratta la tête, l'air gêné.

« C'est vrai.

— Alors, qu'est-ce que vous aimeriez faire ?

— Je... je ne sais pas... Où est Michael ? demanda-t-il en jetant un coup d'œil à la ronde.

— Pardon ? »

Il se leva et promena un regard inquiet autour de lui.

« Michael, où est Michael ?

— Il est parti.

— Non, impossible. Il ne doit pas être bien loin. La preuve, je suis toujours là.

— Non. Je l'ai vu. Il a ramassé ses petits soldats et il est rentré chez lui.

— Alors il m'observe sûrement par la fenêtre.

— Je ne crois pas. »

John leva les yeux. La fenêtre de Michael était fermée.

« Dans ce cas, il doit être dans sa chambre en train d'imaginer que je suis au square, raisonna-t-il.

— Difficile à croire.

— Alors comment se fait-il que je sois encore là ? »

Cassandra enroula ses bras autour d'elle et regarda ailleurs, l'air gêné.

« Peut-être que... je veux dire... que c'est moi qui vous imagine ici. »

Il se retourna vers elle, ébahi.

« Vous ?

— Oui.

— J'ignorais que c'était possible…

— Moi aussi. Mais en le regardant partir, j'ai eu peur que vous disparaissiez à votre tour. Alors, j'ai imaginé que vous étiez toujours assis là, à côté de moi. »

John ne savait plus quoi dire. Elle interpréta son silence comme un reproche.

« Mais je ne vous ai pas forcé à faire quoi que ce soit, se défendit-elle. J'ai simplement imaginé votre présence, pas vos faits et gestes. Je n'ai pensé qu'à vous. C'est la vérité. Je vous assure. »

Il retourna s'asseoir sur le banc à côté d'elle.

« D'accord. Je vous remercie. »

Le silence retomba entre eux.

« Vous n'êtes pas fâché, n'est-ce pas ? s'inquiéta Cassandra au bout de quelques minutes.

— Pas le moins du monde. »

Le soleil avait commencé sa lente descente vers l'horizon.

Un chien solitaire passa devant eux, trottant après une odeur inconnue.

« Je ne savais pas que nous pouvions nous imaginer mutuellement, objecta John.

— Et pourquoi pas ? fit Cassandra en triturant la dentelle de son col, hésitant à poursuivre sa pensée.

— Oui ? » l'encouragea-t-il.

Elle se pencha vers Natalie, occupée à jouer à leurs pieds.

« Natalie chérie. Il se fait tard. Tu devrais peut-être rentrer.

— D'accord. Tu viens avec moi ? »

Cassandra lui sourit.

« Non. Je vais rester encore un petit moment, tu veux bien ? On se retrouve ici demain ? »

La petite se releva et essuya machinalement ses genoux maculés de terre.

« D'accord. Au revoir, Cassie.

— Au revoir, ma chérie. Imaginez-moi, reprit Cassandra, une fois la fillette partie.

— Je ne...

— Imaginez-moi. Gardez-moi ici avec vous.

— Mais comment ? »

Ses contours devenaient flous, elle commençait à s'estomper.

« S'il vous plaît. Je ne veux pas que le temps soit une limite. Imaginez-moi. »

Il sentit son cœur s'affoler dans sa poitrine et ferma les yeux.

L'imaginer ? Qu'est-ce que cela signifiait au juste ?

Qui était-elle ? Qu'était-elle exactement ?

« Je ne veux pas vous enfermer dans une image figée, murmura-t-il.

— Gardez-moi auprès de vous. Vous ne voulez pas que je reste ici, à vos côtés ? »

Il la sentait déjà très loin.

« Bien sûr que si. »

Il ne s'agissait pas de son apparence, ni de son odeur ou de son contact physique. Tout cela n'était que des détails. Autre chose, il devait y avoir autre chose. Il se rappela le plaisir que lui procurait sa présence...

Et il l'imagina.

Tous deux étaient assis sur le banc.

Le ciel au-dessus de leurs têtes était strié de rouge et de pourpre.

Sa Cassandra se trouvait près de lui, des larmes perlaient au coin de ses yeux souriants.

« Aucun fait et geste, affirma-t-il. Seulement votre présence. Comme vous l'avez mentionné tout à l'heure. Je me suis borné à vous imaginer ici et maintenant. Libre à vous de faire ce que bon vous semble. »

Elle hocha la tête. Ses longs cheveux voletaient autour de son visage. Elle éclata de rire.

« Qu'y a-t-il ?

— Vous imaginez que mes cheveux volent ? Pourtant, il n'y a pas le moindre souffle de vent…

— Eh bien… c'est ma première tentative. Je manque d'expérience.

— Moi aussi. Pourtant je ne vous imagine pas rasé de près, ni avec les yeux d'une couleur différente.

— Qu'est-ce qui ne va pas avec la couleur de mes yeux ? »

Elle rit.

« Rien. Ils sont parfaits.

— Ce n'est pas logique, dit-il, perplexe. J'imagine que vous imaginez que je vous imagine, et ainsi de suite.

— C'est la quadrature du cercle. Il faudra vous y faire.

— Mais ce n'est pas logique.

— Qu'est-ce que la logique a à voir avec l'amour ?

— Avec quoi ? s'exclama-t-il, interloqué.

— Aurais-je prononcé un mot tabou ? C'est la même chose pour tout le monde, n'est-ce pas ? Un cercle fermé… »

Ils s'imaginaient mutuellement, veillant à ne pas dépasser les bornes.

Ils formaient vraiment un cercle très fermé, pensa-t-il. Si la planète disparaissait un jour, si les créatures qui la peuplaient cessaient d'imaginer et si la réalité, la vraie, l'authentique s'altérait, se désintégrait, se dissolvait et s'abîmait dans le néant, tous deux survivraient cramponnés l'un à l'autre.

« Vous voulez voler ? suggéra-t-il.

— Oui.

— Voulez-vous que je vous fabrique des ailes ?

— Non, je voudrais juste planer dans les airs. »

Elle se mit à glisser dans le ciel et il s'empressa de l'imiter.

« Ne vous éloignez pas ! » recommanda-t-elle.

Ils s'élevaient toujours plus haut, flottant côte à côte, leurs regards soudés l'un à l'autre.

« N'arrêtez surtout pas, dit-il. Ne m'abandonnez pas.

— Ne vous inquiétez pas. »

Ils survolèrent les cimes des arbres, encore plus haut, là où nulle ombre n'obscurcissait les couleurs du couchant.

« Attention à ne pas me lâcher vous non plus, murmura Cassandra.

— Jamais de la vie. »

(EXTRAIT)

PERSONNAGES CLÉS DANS LE DÉVELOPPEMENT DE LA PROFESSION DES FAISEURS DE COÏNCIDENCES

Lecture obligatoire : H. J. Baum

Pour beaucoup, Hubert Jerome Baum est le plus grand faiseur de coïncidences de tous les temps.

Au début de sa carrière, Baum était un tisseur de rêves certifié. Il reçut trois distinctions pour son originalité et son professionnalisme dans le domaine de la fabrique des rêves. Bien qu'il fût l'un des plus jeunes experts en la matière, on trouve dans les archives de son département pas moins de cinquante-cinq références à des rêves relevant d'un niveau particulièrement élevé de complexité et de perfection, et au moins cent soixante-dix citations de rêves ayant produit un effet positif sur la vie des rêveurs.

Environ deux ans avant de cesser son activité, Baum remporta le prestigieux prix Doson pour « l'usage des rêves à des fins de guérison des traumatismes » ; il devint le plus jeune faiseur de rêves à avoir jamais obtenu cette récompense.

Après quoi, il entra au département spécial de la production d'associations, dont il démissionna quelques années plus tard. Dans l'une des biographies qui lui sont consacrées, *Baum : pousser le premier domino*, il explique qu'il ressentait l'impérieux besoin de s'engager dans une activité moins sédentaire.

Lorsque Baum entreprit sa carrière de faiseur de coïncidences, la discipline en était encore à ses balbutiements. À cette époque, les meilleurs d'entre eux ne dépassaient pas les coïncidences de niveau trois, et même dans ces cas-là il ne s'agissait que de « cliché-dropping » ou de « coïncidences bruyantes » qui paraissaient le fruit du hasard tant elles semblaient improbables.

Profitant de sa grande expérience dans la fabrication des rêves et grâce aux connaissances acquises au département de la production d'associations, Baum explora une nouvelle approche, plus complexe et consciencieuse de la fabrique de coïncidences. À ses yeux, les coïncidences représentaient une sorte de « tissage » ; Baum élabora un certain nombre de phases organisationnelles qui changèrent la pratique professionnelle des faiseurs de coïncidences.

Tout au long de sa carrière – il est toujours actif, selon certaines sources – Baum fut l'auteur des coïncidences les plus complexes et impressionnantes de l'histoire, telles que les boîtes de moisissures dans le laboratoire d'Alexander Fleming, la découverte de la pénicilline, de l'électromagnétisme, des rayons X et de la brève accalmie au milieu de la tempête qui avait permis le débarquement en Normandie. En outre, il fut l'instigateur de nombre de coïncidences historiques hautement sophistiquées dont la plupart sont encore classées confidentielles et dont certaines ne seront sans doute jamais révélées.

Baum est réputé pour être passé maître dans deux domaines fondamentaux que sont l'utilisation de la météo et/ou les changements liés à la météo (nécessitant des recherches approfondies et un haut niveau de précision), ainsi que le recours aux identités multiples. Parmi les déguisements et fausses identités qu'il affectionnait particulièrement, citons un conducteur de train très grand doté d'un accent indéterminé, un vieux jardinier et une coiffeuse bien en chair prénommée Clarisse.

Baum apparaissait rarement en public sous sa véritable identité. On a récemment signalé sa présence à la cérémonie de remise des diplômes d'une promotion de faiseurs de coïncidences en Espagne. On ignore son lieu de résidence actuel et s'il est toujours actif dans la fabrique des coïncidences.

20.

Pierre se repassa mentalement les moindres détails de la journée.

La moitié du plan avait été exécutée. Il allait bientôt se rendre à l'arrêt de bus où éclaterait une altercation qui devrait le faire sortir de ses gonds.

Il avait toujours le plus grand mal à se fâcher. Auparavant, il devait se rappeler d'attraper le battement de cœur et de le placer au bon endroit.

Pour l'heure, il ne ressemblait plus à Pierre, naturellement, mais à un nain chauve à la démarche saccadée, la barbe en sueur.

Au cours des trois derniers mois, il s'était à dessein montré peu loquace dans les locaux de la radio. Et au bout d'un certain temps, on ne lui avait plus guère prêté attention, on l'ignorait, comme une salissure sur le pare-brise, trop insignifiante même pour laver la voiture. On ne s'étonnait plus de sa présence, même si l'on n'avait aucune idée de son identité.

La quantité d'attention portée à un individu est inversement proportionnelle au nombre de personnes présentes dans une zone donnée, semble-t-il. La radio était assez vaste et les couloirs suffisamment longs pour que le niveau d'attention qu'il exerçait ne dépasse pas la ligne rouge qu'il s'était fixée : le niveau exact où il ne viendrait à personne l'idée de lui parler, mais où chacun aurait l'impression de le connaître.

Il quitta la radio sans se presser.

On ne l'avait pas remarqué, comme d'habitude. Sur la table, à l'extérieur de ce que, pour une raison ou une autre, on appelait encore la « discothèque », trônaient des piles de disques disposés selon l'ordre de programmation du jour.

Ni l'hôtesse chargée de l'accueil, ni le responsable de la discothèque, ni même l'animateur qui se promenait avec un joint éteint, histoire d'avoir l'air cool, ne se trouvaient sur les lieux quand il s'approcha pour échanger les deux bacs de disques.

C'était simple comme bonjour. Le présentateur penserait se conformer à la programmation musicale et, le temps qu'il s'aperçoive de son erreur, il serait déjà trop tard pour faire machine arrière. Il bredouillerait de vagues excuses, la faute à un petit problème technique, et finirait par lancer le morceau sélectionné par Pierre.

Parfois, même sans allumer un joint, on était lent à la détente.

C'était le premier cours de la formation des faiseurs de coïncidences : « Manipulation par la musique ».

La base, pour ainsi dire.

Il sourit.

21.

Emily s'assit sur un banc, au milieu du quai peint en blanc, pour attendre le train.

Du moins, c'était l'impression que cela donnait.

On aurait vraiment dit un quai de gare, à ce détail près que tout y était blanc. Les rails en contrebas ne laissaient aucune place au doute. Apparemment, elle attendait un train. Comme le laissait aussi supposer la valise à ses pieds. Valise qu'elle ne se rappelait pas avoir préparée.

Elle n'avait pas souvenir non plus de s'être rendue à la gare. L'instant d'avant, elle était dans son salon, où elle signait sa lettre de démission, bien vivante, et voilà qu'à présent elle se retrouvait dans une gare, visiblement morte.

Curieusement, elle sentait l'air frais emplir ses narines et ses poumons, elle sentait la pression de son corps sur le banc et elle avait même un peu faim. Pourtant elle était bien morte, c'était évident. Et à vrai dire plutôt stressant. Elle avait beau n'avoir aucune idée de ce qui l'attendait, elle avait le sentiment que le pire était derrière elle et qu'elle n'avait rien à craindre de l'avenir. Étonnant.

Elle scruta du regard les alentours, s'efforçant de se repérer dans l'espace. Le quai s'étendait à perte de vue à droite comme à gauche. D'une blancheur immaculée et sans aucun siège, à l'exception du sien. Devant elle, un escalier, sous lequel on distinguait deux voies ferrées de couleur sombre. Derrière, l'herbe blanche ondulait dans la brise légère jusqu'à l'horizon. De petits arbres, blancs eux aussi, ondoyaient dans le lointain.

À droite, un peu en retrait, elle remarqua un haut pilier en pierre surmonté d'un haut-parleur. Le train n'allait probablement pas tarder à arriver. Elle se décala légèrement vers la gauche et aperçut derrière le poteau un petit guichet. Blanc lui aussi et percé d'une fenêtre. Au-dessus se trouvait un panneau portant l'inscription : « Information » en lettres gris pâle.

Information ?

Il y avait un point information ici ?

Elle se leva, luttant contre le vieux réflexe hérité d'une vie antérieure d'emporter sa valise avec elle. Ici, personne n'essaierait de la lui voler. Et quand bien même, quelle importance ?

Elle s'approcha à pas lents, dans l'expectative. Derrière le guichet se tenait une femme menue, vêtue d'un chemisier en coton bleu vif. Les rides du sourire creusaient son visage et le coin de ses yeux, tandis que ses cheveux noirs, coupés court, balayaient le creux de son cou. Une illustration parfaite du terme « amical » pour les dictionnaires.

Elle la regardait en souriant.

« Impression quand on voit ce panneau ? questionna-t-elle. Huit lettres, la troisième est un *r*. »

Emily la dévisagea, déconcertée.

« Pardon ? »

La femme lui tendit un papier. C'était une grille de mots croisés à moitié remplie.

« Huit lettres, répéta-t-elle. Ce n'est pas “insolite”, car la première n'est pas un *i*.

— Surprise, dit Emily.

— C'est ça ! exulta l'inconnue en griffonnant quelque chose sur la feuille. Ça résout en même temps le 3 horizontal grâce au *e* final.

— C'est quoi le 3 horizontal ?

— Envisager dans sa globalité. Onze lettres.

— Et quelle est la réponse ? s'enquit Emily après réflexion.

— Entièrement.

— Entièrement ? »

La femme plissa le front.

« Mais oui. Ça marche. J'ai déjà un *i* grâce au 6 vertical.

— Qu'est-ce que c'est ? »

La femme étudia la grille.

« Le nom de la jeune femme qui attend à la gare, répondit-elle. Emily, c'est ça ?

— Oui.

— Eh bien, nous avons la solution, conclut la femme en repliant la grille. Alors, en quoi puis-je vous être utile ? enchaîna-t-elle.

— Euh... rien de précis. Je veux dire... j'aurais besoin d'un renseignement, mais je ne sais pas comment le formuler.

— Voulez-vous que je pose les questions à votre place ?

— Non, je...

— Ça ne me dérange pas du tout. Vous pourriez commencer par “Est-ce que je suis morte ?” par exemple.

— Je... je suis... je suis morte ?

— Bien sûr ! jubila la femme. Enfin, pas tout à fait. C'est une sorte de mort. Vous posez des questions très pertinentes en tout cas. Et que penseriez-vous de : “Quand le train arrivera-t-il ?” à présent ?

— Je n'avais pas songé à vous le demander, je...

— Eh bien, allez-y : « Quand le... »

— Quand le…
— ... train arrivera-t-il ?
— Quand arrivera le train ? »
La femme agita la main.
« Au moment où vous le désirerez. Maintenant c'est à vous, allez-y.
— Que vouliez-vous dire tout à l'heure par : *pas tout à fait* ?
— Oh, excellente question !
— Je vous remercie.
— Vous faites des progrès.
— Merci.
— …
— ...
— ...
— Alors, la réponse ?
— Ah, oui, j'allais oublier ! Vous n'êtes pas tout à fait morte pour la bonne raison que seuls les humains meurent. Or vous, comment dire, vous n'êtes pas vraiment humaine. Enfin peut-être l'étiez-vous, mais vous aviez un statut un peu particulier.
— J'étais faiseuse de coïncidences.
— Ah ! Et maintenant, vous êtes en route vers de nouvelles aventures. C'est un genre de salle d'attente.
— Une salle d'attente ?
— Oui, quelque chose comme ça.
— On dirait plutôt un quai de gare, non ? »
La femme haussa les épaules.
« Comment voulez-vous que je le sache ? C'est votre manière de voir les choses. Chacun la sienne.
— Et vous... ?
— Moi ?
— Est-ce que je vous imagine ?
— Non, j'existe bel et bien, mais c'est vous qui m'avez donné cette apparence. Entre parenthèses, j'aime bien ma coupe de cheveux, merci.

— Je vous en prie.

— Au fait, pourquoi avez-vous forcé sur le blanc ?

— Aucune idée. Il y a encore une minute, je ne savais même pas que j'avais créé tout ceci.

— C'est plutôt beau, vous savez. Nickel.

— Merci.

— Pas de quoi. »

Emily inspecta les lieux à nouveau, en quête d'indices.

« Et que va-t-il se passer maintenant ? demanda-t-elle.

— Vous allez patienter ici, c'est la règle pour les faiseurs de coïncidences. Et lorsque vous serez prête, le train arrivera pour vous conduire à votre prochaine destination.

— Qui est ?

— La vie. La vraie. Le meilleur job qui soit. Stable, bien rempli, avec tous les avantages. Le libre arbitre, les sentiments contradictoires, la mémoire, l'oubli, le succès, la déception, etc.

— Et je... je serai un simple humain ?

— Une simple humaine, je dirais.

— Avec des parents ?

— Deux, pour être précise.

— Dans le monde réel, classique ?

— Absolument, ma chère. »

Emily respira à fond, le temps de digérer l'information.

« Vous comprenez, reprit la guichetière, vous êtes morte en tant que faiseuse de coïncidences, mais vous n'êtes pas encore ressuscitée en tant que personne. Par conséquent, on pourrait conclure que vous êtes décédée, ce qui n'est pas tout à fait exact. Or j'ai l'interdiction formelle de vous livrer des renseignements erronés ou imprécis.

— Est-ce toujours le cas quand on signe une lettre de démission ?

— C'est le cas pour les faiseurs de coïncidences qui démissionnent. De leur propre chef, sur demande ou contre leur gré.

— Contre leur gré ?

— On peut mourir autrement qu'en signant un formulaire, vous savez.

— Et quand je serai humaine, je me rappellerai avoir été une faiseuse de coïncidences ?

— Seigneur ! C'est à cela que sert la valise. »

Emily loucha vers la valise rouge au pied de son siège.

« La valise ?

— Elle renferme vos souvenirs. On la placera dans le compartiment à bagages quand vous monterez dans le train.

— Et...

— Et elle sera égarée, bien entendu. C'est le sort des valises. Elles ne sont pas censées arriver à bon port avec les passagers. Dans le cas contraire, il s'agirait d'un accident. C'est comme ça que ça marche, ici en tout cas. »

Emily retourna s'asseoir. Curieusement, le banc lui parut plus loin. Elle attrapa la valise et la posa sur ses genoux. Elle était plus légère qu'elle se l'était figurée. Elle pressa les deux serrures à la fois, perçut un double « clic » et sentit le couvercle vibrer sous ses doigts. Elle contempla la rangée d'arbres à l'horizon avant de se résoudre à l'ouvrir.

Elle reconnut sa première coïncidence.

Le baiser qu'elle ne pourrait jamais oublier, même si elle aurait aimé se le rappeler plus précisément encore. Ce souvenir était un peu écorné à force de se l'être repassé si souvent en rêve. Et le jour où il s'était mis à pleuvoir pendant le cours sur « L'histoire de la fabrique des coïncidences à l'ère moderne ». Elle mourait d'envie de sortir respirer l'odeur de la pluie.

Et voilà qu'elle la retrouvait mêlée à la saveur de la glace vanille-citron. Et toutes les tasses de café qu'elle avait bues, dans l'ordre, du plus insipide au plus corsé qui l'avait empêchée de dormir jusqu'à 4 h 00 du matin.

Et ses rêves. Repliés, légèrement humides, comme si elle n'était pas tout à fait réveillée, empilés les uns au-dessus des autres, les pires cauchemars en bas, enfouis dans l'obscurité de la valise, les merveilleux et les plus loufoques en haut de la pile.

Comment une si petite valise pouvait-elle contenir tant de souvenirs ? C'était incroyable ! La sensation de l'herbe sous ses pieds, le goût amer de l'échec, ses chaussures préférées, le nom de leur serveuse attitrée au café où Guy, Eric et elle avaient leurs habitudes, ses chagrins cuisants, ses approximations, ses succès, ses visions juste avant de s'endormir (qu'elle était certaine d'avoir déjà oubliées au petit matin), les vingt règles que le général leur avait ordonné d'apprendre par cœur, le beau regard pensif de Guy, le grésillement des néons, la panique qui l'avait envahie après avoir signé sa démission.

Il y avait aussi la lettre d'adieu qu'elle avait rédigée à l'attention de Guy et qui s'était embrasée. Elle n'avait pas brûlé en vérité, elle était là, dans la grande enveloppe blanche où elle l'avait glissée.

Après deux ou trois brèves inspirations, elle s'en empara et referma la valise avant de retourner au guichet d'information.

La préposée pointait sur elle son stylo, les yeux rivés sur la grille de mots croisés posée devant elle.

« Comment vous sentez-vous maintenant ? l'interrogea-t-elle. En cinq lettres.

— Prête, répondit Emily.

— Euh... possible. Je vais vérifier si cela correspond au 14 horizontal. Oui ? poursuivit-elle en relevant la tête. En quoi puis-je vous aider, ma chère ?

— Est-ce que les faiseurs de coïncidences qui reviennent... euh... à la vie passent obligatoirement par ici ? demanda Emily d'une voix tremblante.

— Je pense que oui. Ce n'est pas si fréquent. D'une part, vous n'êtes pas si nombreux que ça et de l'autre vous n'êtes pas si pressés de mourir, mais bon an mal an, vous atterrissez tous ici, oui.

— Pourriez-vous me rendre un service ? »

La petite femme esquissa un léger sourire.

« Pourquoi suis-je là, à votre avis ?

— Auriez-vous l'amabilité de remettre ceci à quelqu'un ? » dit Emily en lui tendant l'enveloppe.

L'employée s'en empara et l'examina. Emily était certaine qu'elle n'ignorait rien de son contenu.

« Vous avez trouvé le moyen de contourner le règlement à ce que je vois ?

— En quelque sorte. Je souhaiterais que vous la confiiez à un voyageur quand il débarquera ici. Il est grand et...

— Je sais à qui vous faites allusion.

— Ah oui ?

— Bien sûr, vous voulez parler du 14 horizontal, expliqua la petite femme souriante. “Ce jeune homme.” Cela correspond parfaitement à votre “prête” de tout à l'heure

On entendit le sifflement du train qui approchait.

Le sourire de l'employée s'élargit.

« Et ça, c'est le signe que vous êtes fin prête maintenant. »

22.

Il y avait foule dans le hall de l'immeuble. Guy s'installa sur l'une des banquettes latérales et regarda la marée de costumes sombres aller et venir entre la réception et l'ascenseur.

Il se sentait incapable de rejoindre Pierre au lieu de rendez-vous. Un coup d'œil à la grande horloge sur le mur d'en face lui indiqua qu'il n'avait plus de temps à perdre... Seulement il était si las.

Se métamorphoser était épuisant, mais ce n'était pas tout. Quelque chose au plus profond de lui l'empêchait d'aller à l'encontre de ses principes.

Et s'il essayait de convaincre Pierre ? Mais comment ? Sur la base de quels arguments ? Quelle autre solution pourrait-il lui proposer ?

Aucun des cadres qui se hâtaient dans le hall ne prêtait attention au jeune homme mélancolique, vautré sur son siège. Pourquoi l'auraient-ils fait d'ailleurs ?

Éveillerait-il davantage leur curiosité s'il se dirigeait vers les portes à tambour, ou était-il si insignifiant et inconsistant que même les détecteurs ne prendraient pas la peine de se déclencher devant lui ?

Et s'il restait assis sur cette banquette jusqu'à la tombée de la nuit, forçant Pierre à accourir pour démêler la situation et comprendre ce qu'il lui avait pris de contrecarrer ses plans ? Nul doute que cela mettrait fin à sa carrière. Eh bien, soit.

Il débordait d'énergie au cours de sa première mission. Ou même avant, lors de son examen final. Se frayer un chemin dans la jungle, les yeux fixés droit devant, les muscles endoloris, bien décidé à mettre la main sur son client avant le lever de la lune. Rien de plus facile, du moment qu'on ne se préoccupait pas des conséquences.

Il ne la sentait pas non plus, cette mission, et aujourd'hui encore il ne comprenait pas très bien quel rôle il avait joué, mais au moins, il était parvenu à se convaincre de son importance.

Or à présent que c'était vraiment crucial, il se sentait complètement amorphe. Une loque.

Il se traîna vers l'issue de secours et poussa le battant.

* * *

Guy avait entrebâillé la porte avec circonspection. Il s'était hâté de l'ouvrir en grand en entendant le général grincher : « Qu'est-ce que vous ne comprenez pas quand on vous dit d'entrer ? »

Assis derrière son bureau en bois, ce dernier haussait les sourcils d'un air interrogateur. Devant lui se trouvaient un grand dossier marron, une feuille de papier imprimée en petits caractères et un chien en peluche qui dodelinait de la tête. Guy s'était demandé si le général lui tapotait le museau avant de faire entrer ses visiteurs.

« Approchez, avait commandé le général en joignant le geste à la parole. Asseyez-vous. »

La pièce était spartiate.

Les rayons du soleil filtrant par la fenêtre dessinaient un carré lumineux sur le bureau, dépouillé et lisse, à toute heure de la journée. Dans un coin trônait un grand globe qui servait à n'en pas douter de bar et, dans l'angle opposé, se dressait un portemanteau sur lequel on n'avait probablement jamais rien accroché. À droite se trouvait une grande bibliothèque munie de portes vitrées. Elle contenait un seul livre à la couverture jaunâtre et un petit pot de fleur d'où jaillissait une feuille unique. Guy n'aurait su dire si elle était vraie ou artificielle.

Il n'y avait aucune photo de famille, ni ordinateur bien sûr, pas même un calendrier.

Un gadget antistress occupait un angle de la table, à bonne distance du chien à la tête articulée. Des « boules cinétiques », croyait savoir Guy. Un balancier composé de cinq billes d'acier brillant, suspendue chacune par des fils de nylon, attendant que, pour tromper son ennui, le maître des lieux soulève l'une d'entre elles et initie un mouvement de va-et-vient régulier.

Guy patientait sur sa chaise.

Le général avait saisi un morceau de papier en fredonnant.

« Alors, comment c'était ?

— Je... enfin, bien, je pense. Ce n'est pas le cas ?

— À vous de me le dire.

— Oui, oui. C'était très bien.

— Qu'est-ce qui était très bien ?

— La formation.

— La formation ?

— C'est bien ce que vous m'avez demandé, non ? »

Le général s'était renversé dans son siège sans le quitter des yeux.

« Vous savez ce que j'aime chez vous ?

— Oui, enfin non.

— Ce parfait équilibre entre votre besoin de recevoir l'approbation des autres et votre aptitude à fournir le minimum d'effort pour y parvenir.

— Je ne comprends pas.

— Normal, vous n'êtes pas censé piger ce que je dis. Pas pour le moment, en tout cas.

— Euh... bon, d'accord. »

Le général continuait à se balancer sur sa chaise sans le lâcher des yeux.

« Et mes notes ? » avait demandé Guy.

Face au silence du général, plongé dans ses réflexions, Guy avait pris son mal en patience.

« Fais gaffe, l'avaient prévenu Eric et Emily avant qu'il n'entre dans le bureau du général. Il est de bonne humeur, aujourd'hui. »

Le général avait soudain émergé de sa torpeur et louché sur la feuille posée devant lui.

« Ah oui, vos notes. Nul en histoire, moyen en théorie de la manipulation humaine, excellent en analyse technique des coïncidences, etc. Ne vous inquiétez pas. Il est parfaitement grotesque, en effet, que vous ignoriez les dates clés de l'histoire de la fabrique des coïncidences, mais vous n'êtes pas parvenu si haut pour échouer à l'examen théorique. Nous savons sélectionner nos stagiaires. Je suis également certain que vous réussirez l'examen pratique haut la main. Comme vos deux camarades, d'ailleurs.

— Je suis ravi de l'apprendre », avait déclaré Guy.

Le général s'était levé et arpentait la pièce, les mains fourrées dans ses poches.

« Il y a deux sortes de faiseurs de coïncidences, avait-il décrété. Ceux qui prennent leur vie en main et ceux qui la laissent décider pour eux : les actifs et les passifs.

— Je vous demande pardon ? avait dit Guy, décontenancé.

— Le faiseur de coïncidences actif peut s'avérer brillant et dangereux à la fois. Il comprend qu'il contrôle le monde et sait comment le manipuler. Il se plaît à se considérer comme un créateur ou un artiste. Votre ami Eric est de ceux-là. C'est parfois exaspérant. Durant le stage, ce petit salaud a décroché au moins trois rancards grâce à des coïncidences illicites, et il aurait également gagné au loto si je n'étais pas intervenu. Je l'aurais viré s'il n'était pas si doué. C'est le risque avec les faiseurs de coïncidences actifs.

« Vous, en revanche, vous êtes tellement passif que c'en est un régal pour les yeux. Vous ne vous considérez pas comme un artiste, non, plutôt comme un gratte-papier. Vous êtes tellement habitué à vous laisser ballotter par la vie que le concept de coïncidence vous semble couler de source. Vous feriez le bonheur de n'importe quel donneur d'ordres. Vous réagissez au quart de tour dès que vous recevez votre enveloppe et ainsi de suite. C'est fabuleux et, en même temps, un brin tristounet. »

Guy ne l'écoutait plus. Emily l'avait averti que le général chercherait à le déstabiliser d'une manière subtile et sans doute abusive avant de lui confier la dernière mission de la session. « Il m'a bassinée pendant un quart d'heure en affirmant que mon soi-disant manque d'assurance était une qualité qui aiguiserait ma tendance au perfectionnisme, lui avait-elle raconté, très remontée. Encore un peu et j'aurais claqué la porte de son bureau. Ou je lui aurais flanqué un coup de pied bien senti dans le genou. »

Pour l'heure, il était difficile de ne pas lui prêter attention.

« Si vous voulez progresser dans la profession, avait poursuivi le général, le visage maintenant tout près du sien, si vous avez envie de devenir autre chose qu'un coursier des événements, il faudra essayer de vous abstenir. Ce sera peut-être moins confortable que ce à quoi vous êtes habitué, mais plus gratifiant. Pigé ?

— Pigé », avait répondu Guy, en s'efforçant de résister à l'envie de rejeter la tête en arrière.

Le général s'était décidé à lui remettre le dossier contenant sa mission finale. Il s'était dirigé vers le globe terrestre à l'autre bout de la pièce et avait examiné les continents, comme s'il les découvrait pour la première fois.

Guy s'était mis à parcourir le dossier.

« Il est stipulé ici que je dois...

— Oui.

— Mais c'est...

— En effet.

— Tout ça pour forcer un papillon à battre des ailes une fois ?

— Voilà ce qui arrive quand on néglige d'étudier l'histoire, avait commenté le général avec un petit rire. Ne sous-estimez pas cette mission. Elle n'est pas si simple qu'elle en a l'air.

— Je comprends que cela puisse être un peu complexe, mais...

— Ces papillons sont des têtes de pioche. Dans le passé, ils ignoraient leur importance, mais aujourd'hui, ils savent précisément ce qu'ils valent, et c'est assez coton de les inciter à battre de l'aile s'ils s'y refusent. En trouver un ne représente aucune difficulté particulière. C'est ensuite que ça se corse. Et nous n'avons pas encore abordé la question du timing.

— C'est cela, ma dernière mission ? Me rendre au Brésil, crapahuter dans la forêt vierge, mettre la main sur un papillon et le forcer à battre des ailes une seule fois ? C'est d'un convenu !

— Pas des ailes. Une seule. Lisez mieux.

— Eric, lui, doit provoquer la réunion de trois personnes censées bâtir une nouvelle ville. Emily va aider un Tchèque à inventer un jeu de cartes...

— Quant à vous, votre mission est d'intérioriser et d'exécuter. Vous n'êtes pas obligé d'accomplir un exploit aussi spectaculaire que d'aller sur la Lune. Les actes d'apparence anodins ne sont pas moins importants.

— Je pense que...

— Je crois que nous en avons fini », avait tranché le général.

Il avait lancé une bille qui avait décrit une trajectoire circulaire. De l'autre côté, deux autres billes s'étaient mises en mouvement.

« Ça paraît impossible, avait hasardé Guy en désignant le pendule incontrôlable.

— C'est le principe de tout ce que nous faisons ici, imbécile. Filez vous occuper de votre papillon. C'est à prendre au premier degré. »

Guy avait ramassé le dossier et s'était levé, fasciné par les billes. L'une d'un côté et deux de l'autre.

« Parfois, cela fonctionne de cette façon, avait ajouté le général.

— Je comprends.

— Vous ne comprenez rien, mais ça viendra. »

23.

« On dirait qu'un bus vous est passé dessus. »

Guy considéra Pierre.

« Ça pourrait aller mieux, admit-il.

— Je sais que cette mission vous perturbe, mais on ne fait pas toujours ce qu'on veut.

— Je trouve cela profondément injuste, et en plus, je ne m'en sens pas capable. »

Ils se trouvaient à un arrêt d'autobus isolé et tout déglingué. Guy se laissa tomber sur l'un des sièges démantibulés, le dos voûté, les coudes sur les genoux. Pierre lui faisait face, les bras croisés.

« Écoutez, dit-il, c'est un jeu d'enfant. Je ne vais pas vous débiter des salades du genre : on ne fait pas d'omelette sans casser des œufs... »

Il fit un pas de côté pour surveiller la route au-delà du virage.

« C'est très simple. Michael, que vous aimez apparemment beaucoup, doit mourir pour que la série de meurtres commis par Alberto Brown ne soit pas interrompue. Grâce à la notoriété qu'il va acquérir au cours des quatre prochaines années, Alberto pourra intégrer l'une des plus puissantes familles de la mafia américaine. Le crédit dont il jouira lui permettra, cinq ans plus tard, de devenir le parrain du clan et d'opérer une fusion avec trois autres familles pour créer le plus puissant cartel du crime de ces deux derniers siècles. Il sera alors appelé à nouer des liens et à traiter avec une nébuleuse de petites organisations terroristes. Et ultérieurement, quand la situation sera propice, je ferai en sorte qu'il démantèle le cartel et inflige un coup fatal aux cellules terroristes qui y seront associées, ce qui assurera au moins trente ans de paix dans le monde. »

Il tourna légèrement la tête vers Guy.

« La mort d'un seul homme pourrait avoir des retombées bénéfiques pendant près de trente ans, résuma-t-il. Et en plus, vous ne serez pas impliqué directement.

— Pierre...

— Il n'y a pas de Pierre qui tienne. J'ai un tas de choses à régler et des dispositions à prendre. Je vous ai mâché le travail. Le chauffeur est épuisé, tracassé et pas concentré pour un sou. Vous monterez dans le bus et vous vous assiérez devant, près de lui. Vous attendrez d'arriver au lieu dit et, au moment propice, vous lui adresserez la parole. Il tournera la tête une fraction de seconde et écrasera notre client.

— Ce n'est pas notre client.

— De notre point de vue, cette coïncidence tourne autour de lui et donc, techniquement parlant...

— Ce n'est pas notre client ! » hurla Guy.

Un silence pesant retomba.

« Vous avez haussé la voix en ma présence, observa Pierre d'un ton glacial.

— C'est *mon* client, répliqua Guy sans se démonter.

— Vous avez haussé la voix ?

— C'est moi qui ai veillé à combler sa solitude. C'est moi qui ai joué avec lui et qui ai réussi à le convaincre qu'il pouvait réaliser ses rêves. C'est moi qui l'ai protégé, quand il courait partout comme un petit fou. C'est moi qui ai dû lui expliquer que les amis vont et viennent, même si je doutais qu'il en ait un jour. Et c'est moi qui devrais le supprimer aujourd'hui ?

— Vous avez haussé le ton en ma présence, espèce d'avorton », répéta Pierre.

Guy releva la tête.

« Il doit y avoir une autre solution. Et je me demande si vous ne cherchez pas à l'écarter délibérément. »

Pierre le toisa de toute sa hauteur.

« Écoutez-moi bien, martela-t-il, les yeux brillants de colère. À l'heure où vous perdiez votre temps à organiser la rencontre de deux étudiants écervelés dans un couloir, je mettais au monde des présidents. Et tandis que vous vous échiniez à faire passer une chanson pop ridicule à la radio pour encourager une amourette pathétique, j'enfantais ceux qui assassineraient les présidents, auxquels j'avais donné le jour.

« Vous êtes un moins-que-rien, un zéro, un fonctionnaire de bas étage qui a la fâcheuse tendance à parler pour ne rien dire. Vous vous croyez capable de changer le cours des choses et de l'histoire, mais tout ce que vous savez faire, c'est vous livrer à des bouffonneries existentielles totalement insignifiantes. Et tourner en rond en attendant votre satanée enveloppe. Vous avez réussi à obliger je ne sais qui à entreprendre un voyage initiatique en Australie, et du coup vous pensez avoir une vue d'ensemble de la situation. Dire que vous n'êtes même pas fichu de dessiner le schéma de votre vie sur le mur de votre salon.

« Regardez-vous. On dirait un domino qui attend la chute. C'est à cela que se résume votre influence sur le monde. Vous êtes une cible immobile. En dehors d'un sauvetage héroïque, y a-t-il une chose, une seule, que vous ayez accomplie de votre propre initiative ?

Guy s'efforçait de garder son calme. Il baissa les yeux, luttant pour réprimer sa colère.

« J'ai aimé », déclara-t-il enfin.

Pierre faillit s'étrangler d'indignation.

« Vous avez aimé ? *Vous avez aimé ?* Votre amie imaginaire ? Depuis quand imaginer est-il synonyme d'aimer ? L'amour exige un changement, des efforts. Ce n'est pas une friandise que l'on reçoit pour bonne conduite. C'est difficile. Sans doute ce qu'il y a de plus difficile au monde. Vous êtes-vous vraiment démené pour votre amie ? Vous avez jeté votre dévolu sur quelqu'un, vous l'avez inondé de douceur jusqu'à vous convaincre que vous étiez amoureux. L'amour n'est pas fait pour les fainéants. »

Pierre fulminait, incapable de s'arrêter.

« Bon sang, je savais que je misais sur le mauvais cheval. J'en étais sûr. C'était un geste charitable de ma part de vous confier cette mission. J'aurais pu organiser le coup dans un parc désert, vous ne croyez pas ? Ou provoquer une chute d'ascenseur ? Vous pensez réellement que j'avais besoin de vous, déguisé en ami imaginaire, pour l'inciter à quitter l'immeuble et traverser la rue au bon moment ? Un minable qui provoque des accidents avortés et se rengorge d'être un faiseur de coïncidences ? Mais vous vous prenez pour qui ? Vous vous complaisez dans la même routine depuis trop longtemps, vous réfléchissez pendant des heures avant de déclencher un petit mal de ventre chez une fillette de cinq ans. Oui, oui, je sais tout à votre sujet. J'ai étudié votre CV. Cette mission était censée vous faire progresser, vous obliger à prendre une décision audacieuse. Croyez-vous vraiment qu'on puisse changer le monde avec des fleurs ? Non, mon cher. Les fleurs n'ont jamais rien changé. Les lances, peut-être. Les fusils, sûrement. Les bombes aussi, et elles continueront à le faire, c'est moi qui vous le dis. Mais pas les fleurs. Et si vous voulez faire bouger les lignes et accomplir de grandes choses, il faudrait d'abord éviter de tomber dans la sensiblerie et le pathos.

— J'aime modifier les petites choses, répliqua Guy.

— Alors, restez dans votre zone de confort. Organisez des rendez-vous galants qui se solderont par des divorces au bout de cinq ans. Aidez les gens à comprendre leurs "rêves" pour découvrir dix ans après qu'ils n'ont aucun moyen de les réaliser et qu'ils ont tout plaqué pour rien. Couvrez les murs de schémas jusqu'à la fin des temps. Et un jour, aigri et frustré, vous collerez votre démission. Comme votre amie. »

Guy le dévisagea, interloqué.

« Quoi ?

— Emily, précisa Pierre avec un sourire satisfait. Elle non plus n'était pas de taille, apparemment. »

Guy blêmit.

Emily avait signé sa lettre de démission ! Qu'est-ce qui lui était passé par la tête ?

Il tâcha de se concentrer, mais la voix méprisante de Pierre l'empêchait de réfléchir.

« Elle a sans doute pris conscience qu'elle jouait les larbins depuis trop longtemps. Qu'elle récoltait les miettes des faiseurs de coïncidences expérimentés. À moins qu'elle n'en ait eu tout simplement assez. C'est ce qui arrive quand on se croit insignifiant. »

Pierre se retourna pour surveiller la route. Un point se profilait à l'horizon.

« Ah, voilà l'autobus. Vous pouvez encore prouver que vous avez des couilles et ressentir ce que ça fait de participer à un événement majeur. Ou ne rien faire du tout, vous féliciter de votre sens moral et vous contenter d'être aussi inutile qu'une peau de banane sur un trottoir. Sur laquelle on peut glisser et tomber, vous savez. »

Guy entendit le vrombissement du moteur qui approchait.

Pierre n'avait pas bougé, les yeux fixés sur la chaussée. Guy n'avait toujours pas quitté son siège bancal.

« Comment osez-vous ? proféra-t-il.

— Pardon ?

— Quand au juste avez-vous basculé ? dit Guy en haussant la voix pour couvrir le bruit du moteur. Votre orgueil vous fait perdre le sens des réalités. Qui êtes-vous pour décider de la vie et de la mort d'autrui, juste parce que cela vous arrange ?

— Écoutez...

— Non, c'est vous qui allez m'écouter ! brailla Guy. Vous engendrez des présidents et fomentez des révolutions et vous seriez incapable de régler ce problème sans mort inutile ? Je n'en crois pas un mot. Bien sûr que vous en êtes capable ! Et même davantage. Mais ce ne serait pas assez sensationnel à vos yeux, n'est-ce pas ? Cela ne vous procurerait pas le frisson tant convoité, ni cette illusion de toute-puissance, le sentiment d'être quelqu'un ! Ces morceaux de réalité que je transforme, moi, monsieur, ce sont les vies des gens. L'auriez-vous oublié ? Pour vous, c'est juste un jeu destiné à accumuler des points !

— Calmez-vous. Ce n'est pas ce que je voulais dire quand j'ai parlé “d'avoir des couilles”, répondit Pierre sèchement.

— Fermez-la ! Je préfère rester « minable et insignifiant » pour l'éternité plutôt que perdre mon âme en concevant les choses comme vous. C'est *vous* qui choisissez la façon de provoquer vos coïncidences. Elles ne se produisent pas par hasard. Et maintenant, c'est *moi* qui décide, et *je* décide qu'il est hors de question de provoquer la mort de qui que ce soit.

— Calmez-vous !

— La ferme ! Toute mon existence, j'ai obéi aux ordres. J'ai passé ma vie à me démener pour préparer, planifier, orchestrer des coïncidences. En tant qu'ami imaginaire, j'étais passif parce que c'était mon rôle. On m'interdisait d'exprimer mon opinion ni de faire quoi que ce soit susceptible de contrarier les sentiments d'autrui. Et quand je me suis enfin rebellé, j'ai été puni par des années d'inexistence.

« Et puis j'ai cru pouvoir agir, changer les choses, les orienter dans ce qui me semblait être la bonne direction. Au lieu de quoi, je suis devenu asservi aux enveloppes, intégré au système, parce que c'était confortable, agréable, et que j'avais l'impression d'être à ma place. Depuis ma première mission, je mets un point d'honneur à m'acquitter au mieux des tâches qui me sont confiées. J'avançais en terrain connu pour vous ressembler et j'étais si fasciné par la satisfaction narcissique du devoir accompli que j'en suis venu à ignorer la gravité des conséquences. Mais tout ça c'est fini. »

Le car n'était plus qu'à une quarantaine de mètres de l'arrêt. L'air poisseux était saturé de gasoil.

« Je ne monte pas, déclara Guy. Débrouillez-vous.

— Bien sûr que vous allez monter. Il n'y a pas d'autre solution. Avec tout le respect que je vous dois après votre discours enflammé, nous avons une mission à accomplir.

— Et avec tout le respect que je vous dois, après le discours enflammé que vous m'avez servi, contra Guy, vous pouvez aller vous faire voir. »

Le bus s'arrêta à leur hauteur.

La porte s'ouvrit.

« Deux choses, mon vieux, dit Pierre en se hissant sur le marchepied. Primo, je vais m'en charger, mais sachez que vous ne provoquerez plus jamais de coïncidences impliquant des êtres humains. Dorénavant, vous vous cantonnerez aux rencontres de reptiles et d'insectes jusqu'à la fin de vos jours, j'y veillerai personnellement.

« Et secundo, malgré toutes les inepties que vous m'avez balancées concernant votre sainte horreur de la passivité, vous devriez peut-être réfléchir au fait que votre petite rébellion se résume une fois de plus à ne rien faire. Pas très actif tout ça, si vous voulez mon avis. Comme toujours, vous choisissez la facilité. »

La porte se referma dans un courant d'air. Le bus s'éloigna.

Guy resta prostré environ une minute. La poussière dansait autour de lui dans les rayons du soleil. Soudain, il sauta sur ses pieds et prit ses jambes à son cou.

24.

Il aurait pu mieux gérer la situation, pensa-t-il.

Le paysage défilait à toute vitesse par les fenêtres du bus.

Pourquoi s'était-il emporté de la sorte ? Il aurait dû s'en tenir à son plan et s'abstenir d'improviser. Mais bon, ce n'était pas un drame. Il n'avait pas franchi les limites qu'il s'était fixées. Son plan fonctionnerait.

Il regrettait néanmoins ses propos. Guy ne méritait pas les horreurs qu'il lui avait balancées. Au fond, c'était un type bien.

Oui, il s'était un peu emballé.

L'autobus entra dans la ville. Le dénouement était proche.

Et cette histoire d'organiser les naissances des présidents ? N'importe quoi ! Les gens choisissent de devenir présidents après leur naissance, pas avant. Quatrième règle du libre arbitre. C'était même une épreuve de l'examen. Si Guy s'en apercevait, cela risquait de tout ficher par terre. Après toutes ces années, il lui arrivait encore parfois de faire des erreurs de débutant. Les « naissances des présidents » ? Non mais franchement !

Il fallait espérer qu'il n'y aurait plus d'obstacles et que ses calculs se révéleraient corrects.

Après tout, ce n'était qu'un petit contretemps et ce sentiment de dégoût était totalement superflu.

Voici le carrefour.

Le bus allait tourner à droite d'une minute à l'autre.

Dire qu'il ne se doutait encore de rien. Et à un moment précis, il se pencherait légèrement en avant et...

« Hé ! Vous vous arrêtez au prochain arrêt ? »

Le conducteur tourna la tête.

« Pardon ? »

Il ne regardait pas le chauffeur, mais la silhouette qui venait de surgir devant le bus. Il la vit agiter les bras. Leurs regards se croisèrent une fraction de seconde avant l'accident.

Mission accomplie, ne put-il s'empêcher de penser.

Circulaire adressée aux étudiants inscrits au cours de fabrique des coïncidences afin d'encourager l'esprit d'initiative

À l'ensemble de la promotion

Vous n'êtes pas sans savoir que, dans un mois environ, vous aurez achevé votre cursus théorique et entamerez vos travaux pratiques de fin d'études.

Veuillez prendre note !!!

Au fil des années, une regrettable pratique a vu le jour : les nouveaux diplômés ont imaginé ce qu'ils appellent : Les « coïncidences » de fin d'études (CDFE).

Les conséquences d'une coïncidence « drôle », « cool » ou « astucieuse » réalisée sans supervision ni approbation préalable peuvent s'avérer extrêmement graves* !!!

Les coïncidences illicites, aussi divertissantes soient-elles, sont par conséquent strictement interdites !!!

Un étudiant qui conçoit une CDFE risque d'être disqualifié et renvoyé ! Tenez-le-vous pour dit !!!

Nous vous souhaitons d'achever votre cycle d'études sereinement et en toute sécurité !

---

* Des coïncidences apparemment inoffensives, telles que deux actrices hollywoodiennes portant la même robe lors d'une cérémonie, des incidents improbables survenus au cours d'une émission télévisée en direct, la réunion au café de personnes souffrant de diarrhée, pourraient entraîner des répercussions désastreuses. Toute coïncidence irresponsable est susceptible de donner du fil à retordre aux néophytes qui devront œuvrer d'arrache-pied pour contrebalancer les effets cumulés.

25.

Il faisait frais quand Alberto pénétra dans la chambre.

Il veillait toujours à brancher le climatiseur avant de sortir. Il aimait trouver une pièce agréable à son retour. Mais pour l'heure, c'était le cadet de ses soucis.

Il ne s'allongea pas sur le lit, les yeux perdus dans le vague, il ne s'installa pas davantage sur le balcon pour déguster un whisky avec de la glace. Non, il entreprit d'emballer ses affaires, sans trop savoir s'il était content ou terrifié. Un tueur à gages n'étant par définition jamais terrifié, la première hypothèse s'avérait sans doute la bonne.

Il avait vu sa cible sortir de l'immeuble. Un homme de haute stature, vêtu d'un costume bleu foncé, marchant d'un pas décidé, les mains dans les poches. Une nouvelle cible. Rien de plus. Seulement trois surprises de taille l'attendaient.

Primo, l'homme avait pivoté, était descendu du trottoir et avait traversé la chaussée.

Il escomptait le voir se diriger vers le parking. Or, pour la première fois de sa vie, Alberto avait pris conscience que les cibles avaient leur propre libre arbitre et que rien ne les empêchait de traverser la rue, si le cœur leur en disait.

Il suivait l'homme au costume à travers son viseur, essayant d'évaluer le moment opportun pour tirer avant qu'il n'atteigne le trottoir d'en face et ne sorte de son champ de vision.

Secundo, l'homme avait fait halte sans motif apparent au beau milieu de la chaussée. On aurait dit qu'il s'apprêtait à rebrousser chemin. Alberto n'avait aucune idée de ce qui pouvait lui passer par la tête pour rester planté là de la sorte, les bras ballants. Au bout d'un moment, il avait saisi.

Il s'agirait cette fois d'un accident. Excellent, s'était-il dit. Le tout n'avait duré qu'une seconde et demie. Sa cible avait hésité un instant, puis, après avoir jeté un coup d'œil derrière elle, s'était arrêtée de nouveau. Alberto en avait profité pour réajuster son viseur et, le temps de deux respirations, passer en mode de tir simple, presser la détente et...

C'est alors que s'était produite la troisième surprise.

Tertio donc, il y avait eu le crissement des pneus d'un taxi blanc qui freinait, le chauffeur furieux avait passé la tête par la fenêtre et s'était mis à invectiver l'homme au costume. Celui-ci avait levé les mains dans un geste d'excuse avant de regagner le trottoir où il serait bientôt hors de portée d'Alberto.

Alberto, le doigt toujours sur la détente, avait l'impression d'étouffer.

Rien. Il ne s'était rien passé. C'était pourtant le moment, il le savait. Il avait ressenti ce frisson, cette volonté sans faille, cette confiance ; sa respiration était saccadée, comme toujours en pareilles circonstances.

Le moment était venu et il ne s'était rien produit.

S'il ne se ressaisissait pas au plus vite pour liquider sa cible dans les deux secondes et demie, l'occasion serait définitivement manquée.

La scène semblait se dérouler au ralenti.

La cible qui avançait sans se presser de l'autre côté de la rue, en contrebas.

Lui qui la suivait à travers son viseur.

Alberto savait qu'il allait devoir tuer quelqu'un pour de vrai. L'homme ne mourrait pas spontanément. Il lui faudrait l'abattre.

La cible était dans sa ligne de mire. Le doigt sur la détente. Le cerveau qui envoie l'ordre à son doigt, l'influx nerveux se propageant au creux de sa nuque, bifurquant à droite, le long des omoplates, franchissant l'épaule, glissant comme du goudron sur son bras avant d'atteindre le doigt, et alors, alors...

Alors le doigt s'était rebiffé, et avait refusé d'exécuter l'ordre.

La cible était à présent hors de portée.

À l'évidence, Alberto Brown était incapable de tuer qui que ce soit.

Assis dans l'avion, alors que la piste défilait par le hublot près de lui, il ne se sentait ni content ni terrifié, mais infiniment soulagé. Il avait passé un test grandeur nature. À la suite duquel le tueur le plus flegmatique et efficace de l'hémisphère nord était devenu un homme ordinaire avec un hamster. Un anonyme.

Un homme qui devrait se cacher, changer d'identité et serait probablement incapable de rester longtemps au même endroit ; un homme qui avait abandonné un fusil chargé sur le toit d'un immeuble, un homme à tel point frustré, effrayé et heureux qu'il s'était procuré un billet d'avion pour la première destination affichée sur le tableau des départs.

Juste un homme.

* * *

Michael referma la porte sans bruit, même s'il savait qu'elle ne dormait sans doute pas.

Il était tard. Il n'était pas rentré directement du bureau.

Après avoir traversé la rue pour se rendre dans une boutique, il avait eu une drôle d'impression, totalement inédite. Il faisait frais et, en sortant du magasin, il avait eu la sensation de respirer pour la première fois, comme un nouveau-né. Très étrange. À croire qu'il venait de se rappeler de respirer, un peu comme s'il revenait du royaume des morts. Il avait toisé le petit sac qu'il transportait en se demandant, presque à voix haute, comment il avait pu croire que cela changerait quelque chose.

Il avait posé sa mallette contre la porte et ses clés sur le guéridon, dans l'entrée. Il avait levé une main vers son cou pour desserrer sa cravate, puis avait suspendu son geste, se souvenant qu'il l'avait déjà fait un peu plus tôt, tandis qu'il errait en ville, plongé dans ses pensées. Il avait déambulé des heures en se demandant à quoi tout cela rimait et pourquoi il était persuadé que cette tentative réussirait, là où toutes les autres avaient échoué.

Il s'était rendu à la cuisine, où une lumière était restée allumée, pour se servir un verre d'eau. Puis il avait ôté en vitesse ses chaussures et savouré avec délice la fraîcheur du carrelage à travers ses chaussettes. Debout, il avait bu à petites gorgées, s'interrompant toutes les deux secondes pour reprendre son souffle. Il était surexcité, s'était-il dit stupéfait.

Dire que, moins d'une heure plus tôt, il croyait encore que c'était peine perdue. De retour au parking d'entreprise après ses pérégrinations, son sac avait semblé peser une tonne au bout de son bras, comme s'il débordait de toutes ses frustrations accumulées. Il l'avait balancé dans le coffre de sa voiture avec un profond dégoût, se reprochant sa naïveté et maudissant John et la terre entière de lui avoir donné de faux espoirs.

Sur le chemin du retour, il s'était senti redevenir lui-même. Le sentiment d'oppression, désormais une seconde nature chez lui, était revenu en force. Voilà à quoi se résumait sa vie désormais, autant se résigner. Le livre dans le coffre était une nouvelle preuve d'amour, une énième tentative désespérée qu'il allait étouffer dans l'œuf. Une perte de temps. Pour tous les deux.

Il avait été coincé dans les incontournables bouchons du soir, assis dans l'habitacle climatisé qui exhalait une odeur familière.

À la radio, le présentateur avait bredouillé une vague excuse à propos d'une « petite erreur de programmation... » avant de diffuser la chanson suivante.

Michael termina son verre qu'il abandonna dans l'évier.

On avait dû le prendre pour un fou, songea-t-il avec un sourire. Et à juste titre d'ailleurs.

Comment faire autrement en voyant ce grand escogriffe en costume sombre descendre en larmes de son véhicule et se mettre à danser au milieu des voitures arrêtées pare-chocs contre pare-chocs au son de l'autoradio ? Que pouvaient-ils entendre de cette mélodie qui agissait sur lui à la manière d'un cheval de Troie émotionnel ? Qui aurait pu comprendre ou déchiffrer son regard quand elle avait glissé le CD dans la chaîne hifi ? « Tu vas danser avec moi maintenant, et ne t'avise pas de dire non ! »

Après tout, le spectacle se résumait à un homme virevoltant comme un imbécile au milieu de la chaussée, au rythme des accords tonitruants qui s'échappaient des haut-parleurs de sa voiture. Non, personne n'aurait pu comprendre.

Pas un conducteur n'avait klaxonné, ni baissé sa vitre pour l'injurier. Ou peut-être que si, après tout, comment savoir, il n'était plus lui-même, il était comme en transe. Il avait dansé à corps perdu et toutes les couches dont il s'était drapé, ces dernières années, s'étaient désintégrées, effeuillées. Les yeux clos, il avait battu des mains en cadence, incapable de former la moindre pensée cohérente. À la fin de la chanson, il avait cessé de s'agiter, était remonté en voiture, avait claqué la portière, éteint la radio, refoulant les « Mais c'est impossible de... »

Au terme de son trajet, une fois son rythme cardiaque apaisé, le livre dans le coffre était de nouveau apparu comme une possible solution, réaliste. Il n'avait pas essuyé ses larmes, préférant les laisser sécher sur son visage et former un dépôt salé, une cicatrice sur sa joue, en souvenir de la bataille gagnée dans la guerre qu'il avait livrée pour sauver son âme.

Il monta lentement l'escalier et entra sans bruit dans la chambre.

Elle était couchée, le dos tourné.

Il n'attendait rien, n'espérait rien.

Il n'était pas là pour la guérir, la changer ni la sauver.

C'était lui qui avait besoin de changer. Il devait travailler sur lui-même.

Il l'avait compris aux premières notes de la chanson.

Il s'assit sur le lit, adossé au mur, le livre à la main.

« Tu ne l'as pas lu ? » se rappelait-il lui avoir demandé.

Elle avait haussé les épaules.

« Je plaide coupable. Je me suis toujours promis de le faire, mais je n'en ai jamais eu l'occasion.

— On le lira un jour, d'accord ?

— Absolument. »

Elle dormait peut-être, ou peut-être pas.

Elle écouterait peut-être, ou peut-être pas.

Aucune importance. Il n'escomptait aucun miracle. Il avait opté pour la stratégie du « un pas après l'autre ». Il ouvrit le livre et commença à lire à haute voix :

« Voici maintenant Winnie l'ourson qui dégringole l'escalier sur la tête, boum, boum, boum, derrière Jean-Christophe. »

Il continuerait jusqu'à la fin, jusqu'à ce qu'il sombre dans le sommeil.

Il entendit le rythme de sa respiration se modifier légèrement ; elle l'écoutait, il le savait.

Arrivé à la dernière page, les premiers rayons du soleil filtraient dans la pièce, transformant les grains de poussière en un lent ballet de minuscules étoiles. Il posa le livre sur sa table de chevet et s'accorda une ou deux heures de sommeil. Des mois plus tard, il se rappellerait qu'à ce moment précis, bien qu'elle eût rapidement sombré dans le sommeil, son visage pâle était tourné vers lui.

26.

Les cent premiers mètres, il était ivre de colère. Il parcourut les cent mètres suivants en proie à un sentiment d'urgence et de panique. À présent, il se hâtait simplement d'accomplir ce qui lui semblait juste.

Guy fonça dans les rues à rapides enjambées, sa poitrine se gonflant et se dégonflant comme un soufflet de forge.

Il connaissait l'itinéraire par cœur, inutile de dessiner un schéma sur le mur. C'était comme s'il embrassait mentalement la ville dans sa globalité, la circulation fluide ou bloquée qui dessinait des motifs complexes, les passants qui se pressaient sur les trottoirs, la manière dont la ville respirait. Comme si on avait réglé l'objectif de sorte que l'univers devienne clair et net.

Il connaissait les lieux comme sa poche depuis longtemps. Et à présent, il découvrait qu'il pouvait effectuer tous les calculs de tête. Nul besoin d'un cahier, d'un mur, rien du tout. Il savait à quel moment précis il croiserait un piéton et quelle serait sa destination. Il se représentait le trajet du bus, la fréquence des arrêts et sa vitesse quand il heurterait le corps vacillant de Michael. Il avait dépassé le simple niveau deux. Il était omniscient, embrassait l'horizon tout entier du regard.

Et il en faisait partie, il représentait enfin un terme de l'équation.

Il avait été un observateur extérieur depuis trop longtemps.

Un observateur qui intervenait, circulait, examinait, contrôlait, mesurait et bougeait les choses d'un centimètre vers la droite ou d'un demi-centimètre vers la gauche, mais qui restait néanmoins un observateur. Un petit soldat discipliné déplaçant des montagnes grâce à un levier qu'il n'avait jamais installé.

Pareil à une tasse de café qui tombe d'une table, il était un simple instrument, ne regardant ni à droite ni à gauche, redoutant d'exprimer son opinion. Il était terrifié à l'idée de freiner, de se garer sur le bas-côté de la route et de se demander : « Et si... ? »

Il arrêterait le bus. Il provoquerait une nouvelle coïncidence par ses propres moyens. Merveilleuse, parfaite. Il ne jouerait pas le rôle de boucher, mais celui de chirurgien. Durant tout ce temps où il s'était cru faiseur de coïncidences, il n'avait été qu'un simple maillon de la chaîne.

La colère le submergea en revoyant le regard méprisant de Pierre lorsqu'il était monté dans le bus. Ce salaud n'avait pourtant pas tort quand il lui avait reproché son penchant pour la passivité. Et lorsqu'il intervenait, c'était toujours parce que quelqu'un lui dictait sa conduite. Si ses actes insufflaient de l'énergie autour de lui, il demeurait quant à lui passif.

Désormais, il allait agir à sa façon.

Il n'avait pas grand-chose à perdre.

Cela lui était déjà arrivé par le passé. Une fois seulement.

Il était alors l'ami imaginaire d'un prisonnier désespéré en cellule d'isolement, exiguë et étouffante. Il s'installait à ses côtés dans le cachot sombre et silencieux. Il fredonnait parfois un air, le regardait dévorer sa gamelle infecte ou s'étendre dans un coin, grelottant de froid, prostré dans son vomi, s'efforçant de garder la raison. De temps à autre, une souris apparaissait et reniflait l'air nauséabond avant de s'éclipser. Guy sentait que le prisonnier l'ignorait et accordait toute son attention et son affection au petit rongeur. On entendait parfois le bruit lointain d'un klaxon ou le cri rauque d'un oiseau. C'était suffisant pour que le prisonnier se détourne de lui et s'accroche à ces rares incursions de l'extérieur.

« Je crois qu'il pète les plombs, avait-il confié à Cassandra lors de leur dernière conversation. Il va se résigner, à mon avis.

— Comment le sais-tu ?

— Il ne me demande plus de chanter pour lui ; il ne me convoque que par habitude. En fait, il n'a pas vraiment envie que je sois là. C'est à peine s'il tolère ma présence. »

Lorsque le prisonnier l'avait convoqué la fois suivante, il avait découpé le drap qui recouvrait son matelas souillé et préparé un solide nœud coulant. Guy l'avait surpris debout sur les W.-C. dans un coin du cachot, le nœud autour du cou.

« Je suis à bout, avait déclaré le prisonnier. Je vais la rejoindre. Au moins là-bas, avec elle, je ne serai plus seul. »

Guy était censé répliquer : « Allez-y, elle vous attend. »

C'était ce que l'autre se figurait, en tout cas.

Guy avait lu la surprise dans les yeux du prisonnier quand il était intervenu.

Il ne disposait que de quelques instants pour le faire changer d'avis avant que le prisonnier ne se convainque qu'il était fou et qu'il ne l'efface de son esprit. Guy avait saisi le drap et avait fait coulisser la tête du prisonnier hors du nœud coulant.

« Il y a encore plein de choses qui valent la peine d'être vécues », lui avait-il soufflé à l'oreille une fraction de seconde avant que l'homme ne le fasse disparaître en l'effaçant de son esprit.

Il ne se rappelait ni procès ni blâme, seulement d'avoir cessé d'exister pendant des années. Il ignorait combien de temps au juste.

Il avait ensuite repris son rôle d'ami imaginaire, mais le garçonnet qui l'avait inventé à l'époque où il avait rencontré Cassandra au square avait grandi. Il avait disparu sans pouvoir l'avertir. Il préférait ne pas penser à elle, assise jour après jour en compagnie de sa petite protégée à l'attendre, comprenant peu à peu qu'il ne reviendrait plus. Il refusait l'éventualité d'avoir été remplacé par un autre.

Pour la première fois de sa vie, il avait osé agir de son propre chef. C'était quand même extraordinaire qu'un faiseur de coïncidences ne puisse être autre chose qu'un instrument !

Il tourna rapidement vers la droite.

Il était de retour.

En personne. Lui et non pas son clone physique ou professionnel. Voilà. Il était revenu au point de départ.

Il arrêterait le bus après le virage, juste avant qu'il ne heurte Michael. Il chamboulerait la minutieuse horlogerie de Pierre et provoquerait une coïncidence qui renverrait Alberto dans ses pénates, sans mort inutile. Il y parviendrait.

Il se figura mentalement à quel endroit le bus devait se trouver. Il connaissait par cœur les itinéraires des lignes de la ville et savait que celui-ci effectuerait un trajet un peu plus long que celui qu'il venait de parcourir.

En débouchant dans la rue, il dut se rendre à l'évidence, l'effort l'avait épuisé. Il s'élança au-devant du bus, qui surgit au moment précis où il l'avait prévu, il agita les bras et tenta de crier « Stop ! », mais il était si essoufflé que l'air lui manqua et que les mots s'étranglèrent dans sa gorge.

Le bus ne ralentit pas. Un coup d'œil au chauffeur lui apprit que ce dernier ne regardait pas la route, mais un voyageur qui venait de lui poser une question.

Il fut tétanisé de peur en le reconnaissant. L'homme ne regardait pas le conducteur ; non, il avait les yeux rivés sur Guy, tandis que le bus lancé à pleine vitesse lui fonçait dessus.

27

Le panneau électronique affichait les départs imminents.

Trois vols étaient prévus dans les prochaines minutes, mais en dépit de ses efforts, Guy était incapable de déchiffrer les destinations indiquées en lettres lumineuses.

Il s'installa sur un banc métallique au centre de l'aéroport. Il y avait foule, un brouhaha incessant, du moins c'était son impression. En son for intérieur, pourtant, quelque chose lui disait que ce n'était qu'un trompe-l'œil ; en réalité, il était seul.

Jamais il n'aurait cru trouver une boutique de duty free au jour de sa mort.

À l'autre bout du terminal, en face de lui, il avisa une rangée de comptoirs d'enregistrement. Un seul était ouvert, derrière lequel se trouvait un agent replet dont le crâne chauve luisait sous les néons. Il mâchonnait un crayon, absorbé dans ce qui paraissait être une grille de mots croisés. Des ombres s'agitaient autour de Guy, transportant ce qui semblait être des valises, mais personne ne s'était encore approché du comptoir.

Guy s'examina sous toutes les coutures. Non, il n'avait apparemment rien de cassé. Son corps démantibulé gisait peut-être encore là-bas, au beau milieu de la chaussée. Étrangement, cela ne lui faisait ni chaud ni froid.

Et pourquoi un aéroport, d'ailleurs ?

Lui qui croyait qu'après la mort ses interrogations existentielles seraient résolues une bonne fois pour toutes... La vie était décidément pleine de surprises. Et la mort aussi. Une petite valise marron se trouvait à ses pieds. Il la ramassa, la soupesa, surpris de constater que son poids variait ; elle était tantôt lourde, tantôt légère. Il la hissa sur ses genoux et l'ouvrit.

Elle contenait toute sa vie.

Elle était pleine à craquer. Il y enfonça le bras jusqu'à l'épaule. Voilà qui défiait les lois de la physique, songea-t-il, mais quelle importance... Il fouilla dans le tas et en retira plusieurs objets, des lettres, des photos, qu'il examina en vitesse.

Le visage du premier enfant qui l'avait imaginé, la saveur du cheesecake, sa pâtisserie préférée, la première fois qu'il s'était endormi, quand il avait découvert qu'il en avait la possibilité, le rire bref et crispant d'Eric, le craquement des feuilles sous ses pieds, la douleur aiguë d'un froissement musculaire, le reflet de John le Moyen dans le miroir, Cassandra éclatant de rire.

Il fourragea au fond de la valise. Toute son existence y était contenue, sa dernière heure probablement aussi.

Il finit par la dénicher dans un coin, dissimulée sous son jogging matinal. Un souvenir circulaire, étincelant. Il le brandit en l'air pour l'observer à la lumière.

L'hiver, des bourrasques de neige, le froid pénétrant ; il se tenait au bord d'une falaise aride, terrifiante, quelque part dans un désert de glace. On n'y voyait pas à un mètre. Il avait les doigts gourds et les pieds gelés dans ses chaussures trempées. Il apercevait des silhouettes sombres qui grondaient : une meute de loups les encerclait. La falaise se mettait à osciller. Cassandra se trouvait tout près de lui, mais il la distinguait à peine.

« D'accord, on y va », disait-elle.

Ils s'étaient imaginé l'un l'autre, ce jour-là, pour se retrouver au square. Il orienta le souvenir vers la lumière pour mieux le discerner.

« C'est vrai ce qu'on dit : on se sent à sa place partout en bonne compagnie. »

Il examinait les moments qui avaient constitué sa vie, quand, soudain, il eut une impression étrange. Il regarda autour de lui. Il était seul. Un grand silence régnait désormais dans l'aéroport désert. La seule chose douée de vie était la tête de l'agent au sol, à l'autre extrémité du hall. Guy remit pêle-mêle tous ses souvenirs dans la valise avant de la refermer. Il était temps d'aller voir de quoi il retournait.

« Un instant », déclara l'employé lorsque Guy se campa devant lui, la valise coincée entre ses jambes.

L'homme le dévisagea sans cesser de mâchouiller son crayon.

« Vous pourriez peut-être m'aider, dit-il. Que dois-je vous donner ? En neuf lettres. Ça commence par un *e*.

— Pardon ? » fit Guy.

L'autre se gratta la tête.

« Je suis censé vous donner quelque chose, précisa-t-il. Seulement je suis incapable de me rappeler les faits avant qu'ils ne se produisent. La planification programmée ne fonctionne pas très bien lorsqu'on est désincarné. Pas facile de penser plus loin que "maintenant".

— Vous êtes désincarné ?

— Évidemment. Vous ne croyez quand même pas que la mort se joue dans un aéroport, non ? Je suis le fruit de votre imagination. »

Guy lui jeta un regard oblique.

« Ah bon ?

— Oui. Tout le monde a la même réaction que vous. Et chaque fois, je dois me lancer dans des explications.

— C'est la première fois que je meurs, j'en ai bien peur. Et vous ne m'avez d'ailleurs toujours rien expliqué.

— Non, pas à vous, mais à ceux qui passent par ici. D'autant que vous n'êtes pas vraiment mort.

— Comment ça ?

— En théorie, vous n'êtes pas mort, du moins jusqu'à ce que vous montiez dans l'avion.

— Cette procédure s'applique à tout le monde ?

— Vu comme ça, ça n'a pas l'air terrible, dit l'employé. Enveloppe, ajouta-t-il.

— Pardon ?

— Neuf lettres, qui commence par un *e*. Enveloppe. Je me rappelle maintenant, conclut l'autre en lui présentant une grande enveloppe blanche. Je dois vous la donner maintenant, paraît-il. »

Guy s'en empara.

« Est-ce le mode d'emploi de la mort ou quelque chose du genre ?

— Non, non. On l'a laissée pour vous, il y a quelque temps.

— Pour moi ? » dit Guy, surpris.

L'agent sourit, le crayon toujours fiché au coin des lèvres.

« Oui. Vous pouvez vous installer là-bas pour la lire, si vous le souhaitez. Ensuite, nous prendrons votre valise et nous vous conduirons à bord de l'avion.

— Ma valise...

— Vos souvenirs.

— Je l'emporte avec moi ?

— Pas tout à fait. Vous devez me la déposer.

— Et après ?

— Après, nous la perdrons.

— C'est vrai ?

— Oui.

— Exprès ?

— Bien sûr que non ! Elle sera perdue par erreur. Ce sont des choses qui arrivent. Cela fait partie du jeu.

— Quel jeu ?

— Recommencer à vivre.

— J'ai cru comprendre que je mourrais une fois dans l'avion, répliqua Guy, dérouté.

— Oui, mais vous finirez bien par débarquer, poursuivit l'homme, comme s'il énonçait une évidence.

— Et... ?

— En embarquant dans l'avion, vous mettrez un terme à votre vie de faiseur de coïncidences, et lorsque vous en descendrez, vous renaîtrez en tant qu'être humain.

— En tant qu'être humain ? répéta Guy avec fébrilité.

— C'est ça.

— Vous voulez dire une personne réelle, un humain, un mortel, un client de faiseur de coïncidences, tout cela à la fois ?

— Oui, oui, confirma l'homme patiemment.

— Est-ce que tous les faiseurs de coïncidences doivent transiter par cet aéroport avant de renaître en tant qu'êtres humains ?

— Ça devient un peu trop technique pour moi, objecta l'employé en se grattant le dos. En général, je me contente de répondre par oui ou par non.

— Et donc ?

— Non, tous les faiseurs de coïncidences ne transitent pas par un aéroport. Car c'est l'idée que *vous* vous en faites. Et oui, la prochaine étape après la fabrique des coïncidences est de devenir une personne réelle, ordinaire.

— Et ensuite ?

— Ne poussez pas le bouchon trop loin. En d'autres termes, je n'en ai aucune idée.

— OK, dit Guy, empli d'espoir. Donc, je n'ai qu'à apporter ma valise et monter dans l'avion.

— La lettre... Vous devriez la lire d'abord.

— Je peux le faire dans l'avion.

— Ah, non ! Vous n'emportez rien à bord. Il faudra la mettre dans la valise avec le reste de vos souvenirs afin qu'elle se perde elle aussi.

— Je viens de la recevoir. Ce n'est pas exactement un souvenir.

— Du point de vue de la procédure, si. Allez vous asseoir là-bas pour la lire tranquillement, insista l'homme avec un geste de la main. De toute façon, l'avion ne décollera pas sans vous, ne vous en faites pas.

— Très bien.

— "Un goût dans la bouche" en quatre lettres. Si par hasard vous avez une idée... »

Guy retourna s'asseoir.

Curieusement, il ressentait un grand calme intérieur, une sérénité totale. Un être humain. Voilà qui lui allait très bien. Il renoncerait volontiers à sa collection de souvenirs pour cela.

Il allait prendre connaissance des nouvelles instructions contenues dans l'enveloppe, il s'organiserait, peut-être même aurait-il le temps de boire quelque chose (s'il était capable d'imaginer un aéroport, il pouvait aussi créer un distributeur de soda) avant de basculer dans sa nouvelle existence. La troisième. Visiblement, il s'améliorait et, cette fois, il ferait les bons choix.

Aucun timbre ni adresse ne figurait sur l'enveloppe. Seulement son nom, rédigé en tout petits caractères.

Il l'ouvrit et en sortit plusieurs feuillets, étonné de reconnaître l'écriture. Il sentit son cœur se serrer à mesure qu'il lisait.

28.

Cher Guy,

Par où commencer ?

Apparemment, il existe deux sortes d'individus dans le monde. Ceux qui se contentent de vivre le moment présent : lorsqu'ils rencontrent l'amour, ils l'accueillent avec plaisir, mais ils pourraient aussi bien s'en passer.

Et les autres qui, comme moi, passent leur vie à attendre que l'heureux élu franchisse le seuil de la porte. Le moindre geste prend une signification particulière. Un coup de sonnette, un inconnu croisé dans la rue, un serveur souriant – autant de signes, autant d'options qu'il faut prendre en compte. Un jour peut-être, qui sait, quelqu'un viendra et entrera exactement dans l'orifice de notre cœur, à l'instar d'un enfant qui emboîte une forme géométrique dans le trou adapté.

Dès notre première rencontre dans le parc, au début de la formation, des détails m'ont mis la puce à l'oreille, notamment quand tu as mentionné avoir été un ami imaginaire. Après avoir mené ma petite enquête pendant environ deux semaines, les choses ont pris tout leur sens. Les récits de ton passé, les expressions que tu employais, tout collait. La première fois que tu as évoqué Cassandra, il n'y a plus eu de doute possible : un cylindre dans un trou circulaire.

Sauf que je ne pouvais pas me dévoiler.

Je me suis longtemps demandé à quel moment précis j'ai compris que je t'aimais. Quel est le moment charnière avant lequel quelqu'un vous plaît et après lequel il devient le centre de votre univers ?

C'est comme saisir l'instant où l'on s'endort. Couché dans son lit, on lutte contre le sommeil, mais pas trop non plus, pour capter l'instant où l'on franchit la frontière avant de découvrir, trop tard, que l'on se trouve déjà de l'autre côté du miroir.

Je ne sais pas pourquoi c'est arrivé, ni quand précisément.

Seulement, je suis sûre désormais que cela ne marchera pas. Je sais que tu es coincé devant ma porte et que tu n'entreras jamais. Une haie d'épines invisible nous sépare, elle se dresse entre mes sentiments pour toi et ton amour imaginaire, empêchant certaines choses de se produire. J'aurais dû m'en douter.

Je raconte n'importe quoi, je sais. Reprenons depuis le début.

Mon premier souvenir : j'étais assise sur un canapé en compagnie d'une fillette de huit ans aux yeux verts. J'avais à l'époque un nom différent, une autre apparence, mais j'étais déjà moi-même. La tête nichée au creux de mon épaule, elle souhaitait que je lui caresse les cheveux. Ce que je n'ai cessé de faire pendant des jours et des jours.

J'ai continué même quand ils se sont mis à tomber, puis j'ai caressé son crâne chauve et, quand elle a guéri, j'ai caressé ses jolis poils drus qui repoussaient. Et sitôt qu'elle n'a plus eu besoin de moi, je suis sortie de sa vie.

Tu connais...

Eh oui, j'étais une amie imaginaire, moi aussi.

J'ai adoré chaque instant, au début.

Il y a apparemment une grande différence entre les amis fictifs masculins et féminins. On exige de nous, les femmes, davantage de tendresse, de générosité et de compréhension. J'adorais cette façon subtile de donner, la manière dont je pouvais guérir des blessures invisibles.

Au début, je me contentais d'accompagner des garçons et des filles, exactement comme toi. Je leur insufflais du courage, je les soutenais, je trouvais les mots justes. A succédé ensuite une phase un peu différente qui m'a déconcertée.

Au fil des ans, je me suis retrouvée de plus en plus souvent confrontée à des adolescents, de jeunes adultes et des moins jeunes. Ils ne désiraient pas seulement que je leur caresse la tête, non, ils en voulaient plus. Certains recherchaient un peu de chaleur humaine, d'autres un sentiment de pouvoir, d'autres encore de la tendresse, quelques-uns des trucs tordus qu'ils n'arrivaient pas à obtenir dans la vie réelle et pour lesquels ils m'invitaient à la place.

Le temps passant, je me suis sentie de plus en plus exploitée. Je serrais dans mes bras les enfants qui cherchaient une amie, et je me consolais avec des ados qui aimaient pour la première fois, tout en espérant dépasser bientôt le stade du fantasme.

Au départ, j'avais de grandes ambitions. Mobiliser toutes mes forces et mon énergie afin de changer, de soutenir, d'assister ceux qui en avaient besoin. Avec le temps, j'ai compris que je ne comptais pas vraiment pour la majorité d'entre eux. Ils désiraient simplement que j'incarne la poupée en plastique qu'ils avaient inventée, le masque qu'ils plaquaient sur mon visage.

Sois gentille et laisse-nous t'imaginer comme ça nous chante.

Personne n'essayait de me voir telle que j'étais. Je n'ai jamais su pourquoi. Je n'étais pas assez bien pour eux, sans doute ?

Quand on vous renvoie sans cesse cette image, on finit par comprendre que le monde fonctionne sur le mode du « j'en veux toujours davantage », et non du « je me contente de ce dont j'ai besoin ». Ce que j'avais à offrir, personne n'en voulait.

Même les hommes les plus doux et les plus solitaires du monde me considéraient uniquement comme un moyen de se réaliser. La plupart d'entre eux ne me donnaient même pas de nom. Ils se contentaient de me prêter l'apparence d'une top-modèle vue dans un magazine. Certains me baptisaient de prénoms ringards tirés de films qu'ils avaient vus. Seuls les enfants me laissaient parfois me présenter et m'appelaient par mon prénom.

Dans ce cas, j'adoptais Cassandra.

Ces hommes-là ne m'ont jamais aimée.

Pour l'essentiel, cela se résumait à de la luxure, sans doute. À du désir, assurément. À un besoin, à coup sûr. Peut-on aimer quelqu'un qui dit et fait tout ce que vous lui dictez, qui devance vos pensées les plus secrètes ? Je n'étais qu'un prolongement d'eux-mêmes. Quelle sorte d'amour est-ce là ? L'amour découle de la friction entre deux personnes. Telles des allumettes que l'on frotte l'une contre l'autre, un patin qui raie la glace, des étoiles filantes qui s'enflamment au contact de l'air ; nous avons besoin de points de friction pour qu'il se passe quelque chose dans nos vies.

J'ai essayé de contourner les règles. De trouver les failles qui me permettraient de combler le néant de ma vie, de jouer les amies imaginaires plutôt que les poupées au regard vide. J'ai étudié les statuts qui régissent le monde des amis imaginaires. J'ai découvert, entre autres, qu'il était permis dans certaines circonstances d'agir selon notre propre volonté, à condition de ne pas être en totale contradiction avec celle de notre inspirateur. Je pouvais, par exemple, interrompre une « rencontre » si j'en avais envie, sans attendre le bon vouloir de l'autre. Et après ?

Je n'en éprouvais pas moins les pires difficultés à dire « non » et à disparaître. Je suis comme ça.

J'ai découvert des clauses apparemment mineures, dont l'une stipulait qu'un ami imaginaire était autorisé à soumettre une demande pour devenir l'« ami permanent » d'un seul individu. Seulement, je ne voyais pas de qui.

Et puis je t'ai rencontré.

Un ami imaginaire qui étincelait comme un diamant sous un tas de guenilles.

Il y avait quoi, une chance sur un million ?

Après ton départ, je me souviens, je suis restée là, tremblante, pendant un bon quart d'heure avec ma chère petite Natalie qui pensait à moi par intermittence.

Quelqu'un avec qui échanger, sur qui m'appuyer, qui me comprendrait, à qui me confier, qui appartiendrait au même cercle et partagerait la même langue. Même dans mes rêves les plus fous, je n'aurais jamais imaginé une chose pareille.

Manifestement, tu étais bien plus qu'un ami.

Comment est-ce arrivé ? Pourquoi cette attirance ? Je n'en ai aucune idée.

Ton côté vulnérable quand tu haussais un sourcil avant d'émettre une opinion hasardeuse. Tes jugements à l'emporte-pièce alors que tu cherchais par tous les moyens à te faire aimer ; ton odeur virile, à la fois subtile et discrète ; la manière dont tu t'adressais à ton petit ami imaginaire ; ta manie de trouver une explication à tout et n'importe quoi.

Tes rares sourires, un peu réservés, mais toujours saisissants.

Et ton rire.

La façon dont tout ton corps s'animait quand tu te moquais d'une de mes remarques, comme si tu te mettais enfin à vivre, comme si jusque-là il ne s'était agi que d'une répétition générale. Un léger sursaut involontaire qui se muait en une toux embarrassée, puis en une tentative désespérée de garder ton sérieux avant de laisser libre cours au tonnerre qui se déchaînait en toi ; tu te transformais alors en gamin espiègle. J'adore ton rire.

C'est tout simplement cela qui m'a séduite.

Et c'est sans doute ainsi que tu as trouvé le chemin de mon cœur.

Quelqu'un avait fait un pas de côté pour me mettre en confiance et me prouver qu'il était mon allié. « Venez, me disait-il, je vous ai fait une petite place ici, venez telle que vous êtes. » J'avais soudain perdu mes repères, je n'étais plus en territoire connu. Finis l'emballage plastique, le masque chatoyant.

Chaque fois que nous nous retrouvions, j'étais certaine que ce serait la dernière.

La petite qui me convoquait, Natalie, ne me parlait plus guère, et notre amitié semblait toucher à sa fin. Si tu savais comme je me suis évertuée à la convaincre de retourner au square le lendemain ou le surlendemain.

Et chaque fois que nous nous installions sur le banc et que je découvrais que tu étais là, j'étais comme paralysée. Je n'aurais jamais cru possible de passer ainsi d'un extrême à l'autre, de l'allégresse à la timidité, et pourtant si. Quelle folie !

Quand nous nous sommes mis à nous imaginer l'un l'autre, ça a été une révélation. J'étais éperdument amoureuse.

C'était si simple ! Et, alors que nous étions en train de bavarder sur ce banc et que tu as brusquement disparu dans un éclat de rire pour répondre à un appel, j'ai compris que tu étais l'homme de ma vie. J'ai alors fait une demande qui a été acceptée. À partir de ce jour, Natalie est sortie de ma vie et tu l'as remplacée. Toi seul.

Je n'ai jamais été si sûre de moi que lorsque j'ai demandé à devenir ton « amie imaginaire permanente ». Lorsqu'on croit avoir rencontré l'âme-sœur, non seulement on accepte l'autre tel qu'il est, mais en plus, on s'efforce de changer pour lui.

La renaissance. Les jours heureux. Une explosion de joie lorsque tu décidais de m'imaginer assise à tes côtés ; tu ne m'utilisais pas, tu ne me dictais pas ce que je devais dire ou faire, tu ne m'imposais rien à part d'être moi-même, attendant de voir comment je me matérialiserais devant toi. Combien d'amis imaginaires peuvent se targuer d'avoir bénéficié d'une telle liberté ?

Seulement, le bonheur a été de courte durée. Le jour où tu as enfreint les règles, tu as disparu de ma vie. Chacun de nous attendait l'autre dans un état de non-être. Personne ne t'imaginait plus, idem pour moi. Le temps s'était arrêté. Et à ton retour, l'idée que j'aie pu t'attendre ne t'a même pas effleuré l'esprit. Ton imagination s'était tarie. Tu avais renoncé. Si vite ! Mon petit tire-au-flanc à moi.

Je l'ai compris aujourd'hui, après avoir mis bout à bout les bribes de ta vie. En me retrouvant tout à coup sur ce banc – mon rôle d'amie imaginaire ayant pris fin –, je savais seulement que l'on m'avait confié de nouvelles fonctions.

Imagine ce que j'ai éprouvé. Et au moment où je croyais avoir tout perdu et devoir tourner une nouvelle page, j'ai rencontré quelqu'un qui affirmait avoir été un ami imaginaire lui aussi.

J'aurais voulu t'avouer la vérité, mais j'en étais incapable. Les mots se bloquaient dans ma gorge, et j'ignorais pourquoi.

Plus tard, les choses ont commencé à faire sens. La foudre a frappé deux fois au même endroit. Tu étais celui dont j'étais follement éprise. La coïncidence de ma vie s'est produite le premier jour de la formation, et j'étais impuissante face à elle.

Comme tu étais le seul autorisé à m'imaginer, il m'était défendu de te révéler ma véritable identité. Dire que tu n'avais que « Cassandra » à la bouche et que moi, j'étais obligée d'éluder tes questions concernant mon passé. C'était tellement frustrant.

Tomber de nouveau amoureuse et être une nouvelle fois déçue.

J'ai effectué des recherches. J'ai envoyé une demande officielle pour solliciter l'autorisation de te révéler qui j'étais.

J'ai déposé trois requêtes. Je remplissais des formulaires interminables, la nuit, pour expliquer que cela n'était pas logique. Le général me transmettait les réponses dans de petites enveloppes blanches.

« Je suis désolé », disait-il.

Ce sont les seules fois où je l'ai vu exprimer une émotion.

Ils ont refusé, bien entendu. Officiellement, j'étais le fruit de ton imagination, mais la réciproque n'était pas vraie.

Alors j'ai essayé d'autres moyens. J'étais certaine que cela fonctionnerait. Nous étions liés autrefois. Tu m'avais aimée. Tu pourrais retomber amoureux, non ?

Après tout, nous avions établi une relation de confiance.

Malheureusement, cela n'a pas été le cas. J'ai fini par le comprendre. En te donnant l'opportunité de m'imaginer, j'ai définitivement exclu toute possibilité de nous réunir dans la réalité. Tu ne me cherchais plus. Et l'amour pas davantage. Tu étais prisonnier de tes souvenirs, tu te construisais des châteaux en Espagne avec la partie de moi qui n'existait plus.

Si je t'avais déclaré un jour : « Je suis Cassandra » (c'était impossible, mais admettons), cela aurait-il changé tes sentiments à mon égard ? Et dans ce cas, cela aurait-il signifié que tes sentiments pour moi n'étaient qu'une forme d'autopersuasion liés à tes souvenirs ?

Quelle était ma place dans tout cela ?

Mais tu m'aimais en ce temps-là, tu m'aimais, moi. Alors pourquoi je ne te suffisais plus ? Parce que je n'étais plus un être imaginaire ? Parce que tu étais devenu, toi aussi, quelqu'un qui voulait « toujours davantage » et pas juste « ce dont il a besoin », exactement ce que j'avais voulu fuir. Mais pourquoi ? Parce que j'étais réelle ? Parce que j'étais présente continûment, et que je ne m'immisçais plus dans ta vie aux moments opportuns ?

Comment est-ce arrivé ?

Tu étais l'issue vers laquelle je me suis précipitée. Un ami imaginaire semblable à moi, qui comprenait la vacuité et la tentation d'être constamment un autre.

Et quand je suis devenue un être de chair et de sang, tu n'as plus voulu de moi.

Qu'étais-je censée éprouver ?

Je vais te le dire. Que tout n'était qu'illusion. Et qu'aujourd'hui encore, comme jadis, je ne méritais pas d'être aimée pour moi-même.

Hier soir, j'ai fini par le comprendre.

Tu n'es pas là. Pas avec moi. Tu t'es entiché d'une femme imaginaire et tu ne renonceras jamais à elle pour une autre, bien réelle, quand bien même elles ne font qu'une.

Je rêvais de toi presque toutes les nuits.

Je me trouvais dans un lieu inconnu, pétrifiée, et je sentais ta présence dans mon dos, au milieu du désert, d'un nuage, dans un tunnel sans fin ou des milliers d'autres endroits. Je savais que tu étais là. Alors je me retournais lentement, péniblement, comme si un troupeau de chevaux tentait de m'en empêcher, et je finissais par découvrir que tu me tournais le dos.

Quand je m'égosillais à t'appeler, tu t'évaporais.

C'était ainsi dans mon rêve et, à dire vrai, dans la réalité également.

La nuit dernière, je n'ai pas rêvé de toi. Je t'ai laissé partir.

Je vais exercer de nouvelles fonctions, quelles qu'elles soient.

Je te souhaite tout le bonheur du monde avec tes souvenirs et ton imagination, en espérant que quelqu'un réussira un jour à conjurer le maléfice que tu t'es jeté à toi-même. Pour ton bien.

Mes sentiments n'ont pas changé.
À toi,
pour toujours,
mais peut-être est-ce déjà la fin.
Emily.

29.

Eric était assis au chevet de Guy.

Il ne restait plus longtemps à attendre. Quelle zone de transit Guy avait-il choisie ? se demanda-t-il. Une gare, un arrêt de bus ? Certains avaient opté pour un cinéma, disait-on. Ces choses-là étaient imprévisibles.

Le moniteur près du lit surveillait la fréquence cardiaque de Guy. Eric ne le quittait pas des yeux. Il entreprit le compte à rebours jusqu'à l'ultime battement de cœur. Un joli petit appareil, quasi poétique. Une seule ligne et un simple constat : si elle devenait plate, on était mort.

Ce type d'équipements lui facilitait la tâche. Avec Emily, il avait été beaucoup plus difficile de déterminer l'instant précis où son cœur s'était arrêté. Là, les petits bips lui mâchaient le travail. Pauvre Emily, elle avait paniqué en le découvrant à la porte, une seconde avant qu'elle ne s'écroule par terre et qu'il ne se précipite, la main tendue vers son cœur.

« Les médecins ignorent que tu vas mourir, murmura-t-il. Ils n'ont pas décelé la lésion interne. C'est ce qui arrive lorsqu'un interne a trente-six heures de garde sans dormir au compteur. »

Guy ne bougeait pas.

« C'est incroyable à quel point c'est facile, reprit Eric. Tout est question de patience. On considère trop souvent le principe de causalité à effet immédiat. Dès que l'on accepte qu'une cause puisse entraîner un effet sur le long terme, il est plus facile d'appréhender les choses. »

L'électrocardiogramme et le moniteur continuaient à émettre des bips réguliers, en signe d'assentiment.

« C'était sympa de te connaître, reprit Eric. Sache que tu es très drôle, quand tu veux. Ou plutôt quand tu voulais. »

Il se pencha, les coudes sur les genoux, les doigts serrés.

« J'espère que tu ne te mettras pas en colère quand tu le découvriras. Si tu le découvres un jour. Bien que je doute fort que cela se produise. Je t'aimais bien, si tu veux tout savoir. Tu étais l'un de mes préférés. J'ai un faible pour les gens qui manquent de confiance en eux et qui ne s'en rendent même pas compte. Dans une certaine mesure, c'est comme une belle femme qui s'ignore. Ton manque de discernement envers toi-même te rendait plus intéressant encore. »

Très bientôt, il devrait se préparer à tendre la main.

« J'ai dit à l'infirmière que j'étais ton frère, poursuivit-il. J'espère que ça ne t'ennuie pas. Je me demande bien comment elle a pu me croire, vu que nous ne nous ressemblons pas du tout. Les gens voient ce qu'ils ont envie de voir, c'est connu. Il suffit de surjouer l'inquiétude pour qu'ils gobent que l'on est de la famille, peu importe qu'il n'y ait aucune ressemblance physique.

« J'ai dû changer d'apparence pour toi. Je déteste les moustaches, comme tu le sais. Ça gratte et c'est moche. J'ai toujours pensé que la moustache avait été inventée par quelqu'un qui avait été privé de miroir. Mais lorsqu'on choisit de s'appeler Pierre, une moustache fine c'est presque une obligation morale, n'est-ce pas ? »

Guy ne répondit pas.

« Bon voyage, mon vieux, ajouta Eric avec tendresse. Quel que soit ton moyen de transport. »

Les derniers battements de cœur de Guy se dessinèrent sur l'écran du moniteur. Eric tendit la main.

* * *

Au même moment, à des années-lumière, Guy replia la lettre et s'affaissa sur son siège, les bras ballants.

Il leva le nez et constata que l'aéroport était toujours désert, à l'exception de l'agent au sol qui le dévisageait avec curiosité à l'autre extrémité du terminal.

Guy avisa la petite valise qui l'attendait – elle semblait le regarder avec des yeux pleins d'espoir.

L'énergie qui l'animait au début l'avait quitté. Il en avait plus qu'assez. La coupe était pleine.

L'enveloppe et la lettre dans une main, son bagage dans l'autre, il se dirigea avec nonchalance vers le comptoir d'enregistrement. L'employé ne le quittait pas du regard.

À chaque pas, la distance qui le séparait du comptoir semblait se creuser. Il finit néanmoins par l'atteindre et posa la valise à ses pieds.

« Je voudrais un billet, s'il vous plaît », annonça-t-il d'une voix blanche.

L'homme émergea de sa torpeur et se mit à taper avec frénésie sur son clavier.

« Super ! s'écria-t-il, les yeux rivés sur l'écran. Aucun problème ! Avez-vous réfléchi à ma question ? ajouta-t-il, plein d'espoir.

— Pardon ? fit Guy.

— Un goût dans la bouche. En quatre lettres.

— Aucune idée, désolé.

— Pas grave », dit l'autre sans cesser de taper.

Guy réfléchit un petit moment.

« Amer. »

L'autre le dévisagea en haussant les sourcils, euphorique.

« C'est ça. Cela correspond au *M* en 12 vertical. Bon travail ! Merci beaucoup.

— Je vous en prie », répondit Guy sèchement.

L'employé n'eut pas l'air de s'en formaliser.

« Posez la valise sur le tapis roulant, s'il vous plaît. »

Guy obtempéra.

« L'enveloppe et la lettre aussi, ajouta-t-il.

— Je... j'aimerais la garder.

— Ce n'est malheureusement pas possible, le sermonna l'employé.

— Mais c'est tout ce qui me reste de...

— Vous ne pouvez pas emporter les souvenirs d'une vie antérieure. C'est la règle numéro deux. Règle numéro un : défense d'uriner dans les lieux publics. »

Guy ne cachait pas sa frustration.

« Euh... je ne suis pas un as de la blague, je sais, fit l'employé. Mettez la lettre là-dedans », insista-t-il en désignant la valise.

Guy l'ouvrit et jeta un dernier coup d'œil à l'intérieur. Entre-temps, certains souvenirs s'étaient rapprochés. Ceux de Cassandra et d'Emily s'étaient regroupés, comme des parents éloignés qui se retrouvent après une longue absence...

— Attendez, je dois vérifier quelque chose. »

Il fouilla dans le monceau de souvenirs et trouva ce qu'il cherchait. Le rire de Cassandra et celui d'Emily.

Un dans chaque main, il les examina à la clarté du jour. Ils fusèrent, pétillèrent et se mêlèrent entre ses doigts. La lumière s'infiltra entre les interstices et éclaira son visage. Ils étaient identiques. Comment avait-il pu passer à côté ?

Il les remit dans la valise où ils se serrèrent l'un contre l'autre en pouffant.

Guy contempla l'enveloppe qu'il tenait toujours à la main. Puis il jeta un regard à l'employé, qui lui répéta de la glisser dans son bagage.

Alors il se résigna à la poser sur une poignée de souvenirs d'Emily et de Cassandra avant de rabattre le couvercle.

L'employé lui remit son billet en souriant.

« Ce n'était pas si terrible, hein ? »

Le tapis roulant se mit en mouvement. La valise s'éloigna et disparut dans les entrailles du terminal.

« C'est ici que finit ma vie de faiseur de coïncidences et que commence mon autre vie en tant qu'humain », commenta Guy.

L'employé tapotait toujours sur son clavier.

« Ce n'est pas tout à fait exact, objecta-t-il.

— Pardon ?

— Peut-être que tous les faiseurs de coïncidences ne sont pas des individus à part entière, mais à l'inverse chaque individu est un faiseur de coïncidences. On ne vous l'a pas enseigné en cours ? »

Guy sourit.

« Apparemment, nous avons fait l'impasse sur pas mal de choses.

— Voilà qu'il sourit ! jubila l'autre. Je n'y croyais plus. Rendez-vous à la porte d'embarquement numéro un, ajouta-t-il en lui indiquant la direction. Bon voyage.

— Merci. »

Guy tourna les talons et s'en alla en souriant pour une raison connue de lui seul.

Sa valise était en train de se perdre quelque part avec son contenu : son existence passée et une grande enveloppe blanche vide portant son nom. Quant à la lettre, elle était cachée sous sa chemise, tout contre son cœur.

Comme par magie, il avait suffi de détourner l'attention.

En se penchant pour placer l'enveloppe dans la valise, il avait veillé à l'agiter sous le nez de l'agent, tout en fourrant les feuillets sous ses vêtements. C'était probablement le geste le plus furtif et le plus décisif qu'il ait accompli dans sa vie. L'employé n'avait rien remarqué.

Et voilà comment la lettre d'Emily tout contre sa peau, un petit sourire aux lèvres dont le sens lui échappait encore et son billet à la main, Guy s'avança la tête haute vers la porte numéro un, enchanté par sa petite rébellion, la dernière de son ancienne vie.

« Si un jour un grand piano à queue blanc vous tombe dessus pendant que vous marchez dans la rue et que vous devenez amnésique, il y a une chose dont vous devez impérativement vous souvenir, leur avait dit le général. Vous pouvez oublier votre identité, le nom des planètes du système solaire ou les ingrédients de la margarine, mais rappelez-vous bien ceci : le monde se divise en deux catégories de personnes, celles dont les choix sont dictés par l'intérêt, et celles pour qui choisir, c'est renoncer.

« Les gens oublient qu'ils sont libres. L'espoir et la peur ont mille visages. Certains se disent que, s'ils font telle chose, ils s'exposent à tel résultat, quand d'autres choisissent une option par défaut. C'est apparemment la même décision, et pourtant il y a une différence entre étudier toutes les éventualités et cartographier les obstacles. Le courage est primordial ; on a d'ailleurs beaucoup de mal à le définir. Tout choix implique un renoncement et le courage nécessaire pour accomplir ce sacrifice est proportionnel au niveau d'intensité du désir. Parce que, en définitive, on ne fait pas toujours les bons choix. Il arrive qu'on se trompe, et plus souvent qu'à son tour.

« La différence est simple à saisir : les gens heureux considèrent leur vie comme une série de choix, les autres y voient une succession de sacrifices. Avant de provoquer une coïncidence, vous devez savoir à qui vous avez affaire : les optimistes ou les peureux. Ils se ressemblent comme deux gouttes d'eau, mais sont diamétralement opposés. »

* * *

Eric quitta l'hôpital et marcha tranquillement dans la rue.

À l'étage, l'un des médecins constatait le décès de Guy.

Eric s'était esquivé peu avant ; il avait récupéré ce dont il avait besoin.

Dans sa poche palpitait le dernier battement de cœur encore tiède de Guy. Il décida qu'il avait le temps de prendre un café avant de traverser la rue.

Peut-être même avec une tranche de gâteau.

Il verrait sur place.

Il fallait savoir improviser de temps en temps.

30.

Il y a toujours un avant à tout. C'est la règle numéro un.

Ce qui implique par ricochet qu'une règle préexiste à celle-ci. Mais c'est une autre histoire.

Quand commence la vie ?

Au moment où la tête du bébé apparaît ? Ou bien son corps tout entier ?

À moins que ce soit plus tard, au moment où il prononce son premier mot et devient humain à ses propres yeux ?

Ou alors beaucoup plus tôt, au moment où le spermatozoïde féconde l'ovule ?

Il y a toujours un avant à tout. La vie est un continuum, pas un événement précis.

Seulement dans ce cas, il y a un hic.

Le premier battement de cœur.

Le premier battement de cœur entraîne le deuxième, et le deuxième le troisième, mais qu'est-ce qui déclenche le premier ?

D'après les médecins, cela se produit au cours de la cinquième semaine d'aménorrhée. Si les explications sont nombreuses, le mystère, lui, reste entier. Les battements de cœur ont toujours besoin d'un déclencheur.

Et donc, selon la règle précédant la première règle, il existe un autre type d'individus à travers le monde. Ils ne sont pas invisibles à l'instar des amis imaginaires, et ils n'existent pas contrairement aux faiseurs de coïncidences. Ils sont à la fois visibles et invisibles, existants et inexistants, imaginaires et réels, et ils sont parmi nous.

Parfois, ils s'approchent d'une femme enceinte, tendent discrètement la main et, au moment opportun, saisissent le petit cœur entre deux doigts et exercent une légère pression.

Tout simplement.

Ce sont les allumeurs.

Paisibles, insaisissables et délicats – rien au monde n'est plus fragile que le cœur d'un embryon de cinq semaines –, ils sont généralement les meilleurs dans leur domaine quand ils choisissent de devenir faiseurs de coïncidences.

Eric attendait au passage piéton. Le feu rouge mit cinq secondes avant de passer au vert, tandis que la foule de chaque côté de la rue se déversait sur la chaussée.

Ce sera bref, alors soyez attentifs.

En face, voici la femme aux yeux verts.

Eric marche d'un pas lent, l'air concentré ; elle traverse la rue, le dos bien droit, perdue dans ses pensées.

Ils s'approchent l'un de l'autre.

On passe en mode ralenti, faites bien attention.

Eric fourre la main dans sa poche et saisit le dernier battement de cœur de Guy.

Ils vont bientôt se croiser.

Ils sont tout près l'un de l'autre.

Il tend le bras sur le côté et, à l'insu de tous, même des oiseaux, il insère le battement dans le minuscule petit cœur en formation dans le ventre de la femme aux yeux verts. Tout en douceur. Le dernier battement devient le premier.

Puis chacun poursuit son chemin.

Eric sourit. C'était plus simple que le dernier battement de cœur d'Emily. Il l'avait lui aussi implanté dans un petit cœur qui n'attendait que cela. Comme le vélo, ça ne s'oublie pas.

Un allumeur reste un allumeur, songea-t-il.

De l'autre côté de la rue, une vie commençait.

(EXTRAIT)

INTRODUCTION AUX COÏNCIDENCES

PREMIÈRE PARTIE

Observez la ligne du temps.

Naturellement, c'est une illusion. Le temps, c'est de l'espace, pas une ligne.

Mais afin d'illustrer notre propos, nous allons examiner la ligne du temps.

Vous voyez que chaque événement y est à la fois cause et effet. Essayez de localiser son origine.

Vous n'y parviendrez sûrement pas.

Maintenant, c'est déjà passé.

Voilà sans doute le problème essentiel, quoique pas toujours évident, que vous rencontrerez en tant que faiseurs de coïncidences.

Donc, avant d'étudier la théorie et la pratique, les formules et les statistiques, avant de commencer à provoquer des coïncidences, nous allons débuter par un exercice très simple.

Reportez-vous de nouveau à la ligne du temps.

Repérez le bon endroit, posez-y le doigt et il vous suffira de décider que c'est le point de départ.

1.

Trois heures avant de cocher la ligne dans son carnet, l'homme qui se prénommait autrefois Eric et avait depuis longtemps cessé de s'appeler Pierre sirotait un café avec une lenteur délibérée dans un petit bistrot.

Comme toujours, le minutage était essentiel, mais il avait le temps et pourrait sans doute ne pas précipiter le déroulement des événements. C'était l'avantage d'une préparation minutieuse. Il avait nourri le pigeon, bouché l'égout et, la veille, par mesure de précaution, il s'était débrouillé pour faire servir un poisson pas très frais au professeur de statistiques.

La petite tasse serrée entre ses doigts, il pencha légèrement sa grande carcasse en arrière et repassa mentalement les événements. Du coin de l'œil, il observait la progression de la trotteuse sur la grande horloge, accrochée au-dessus de la caisse.

Comme toujours, il aimait avoir une vision globale de la situation avant d'agir, histoire de vérifier qu'il n'y avait pas de faille.

« Je ne pensais pas que ce serait si compliqué, avait-il avoué à Baum dans ce même café, quelque temps plus tôt.

— Je vous avais prévenu. Ce n'est pas pour rien que cinq faiseurs de coïncidences ont jeté l'éponge. Le but n'est pas tant de provoquer une rencontre que d'établir une relation durable. »

Ils avaient partagé une bière en souvenir de l'époque où il était l'assistant personnel de Baum. Ses années passées aux côtés de celui que l'on considérait comme le plus grand faiseur de coïncidences de tous les temps l'avaient aidé à y voir plus clair, quand il s'était mis à son compte. Cette mission-là semblait particulièrement complexe, pour ne pas dire impossible.

« Les lois sur les amis imaginaires sont très strictes sur ce point, avait souligné Baum. Je n'ai jamais compris pourquoi vous avez accepté cette mission. Tout le monde sait que l'on ne provoque pas de coïncidences incluant des amis imaginaires. Ça complique les choses.

— Je pensais qu'il n'y avait aucun problème à rester l'ami imaginaire de quelqu'un dans la durée.

— C'est exact, mais pour cela, il faut que l'un des deux imagine l'autre. Il ne s'agit pas de les "réunir". La première loi stipule que l'amour ne peut exister dans l'imagination d'un seul partenaire.

— Je sais. (Il se rappelait avoir soupiré.) Je dois les séparer, avait-il admis à contrecœur.

— On ne peut pas cesser d'être un ami imaginaire, avait décrété Baum. Il faut les licencier, ou qu'ils posent une demande officielle de mutation. Et cela doit se faire simultanément, sans quoi ils auront une trop grande différence d'âge dans leur prochain poste. Et même si vous y parvenez, qui sait où ils seront affectés ? Laissez tomber, je vous dis.

— J'ai déjà commencé à déplacer les pions.

— Alors transmettez un formulaire d'annulation rétroactif.

— Je ne suis pas du genre à baisser les bras. Quand j'entreprends une mission, je vais jusqu'au bout. »

Baum avait secoué la tête.

« Très bien. Je respecte vos principes.

— Que dois-je faire ? »

Baum avait réfléchi, le temps d'avaler une gorgée de bière.

« Bonne question. Honnêtement, je n'en ai aucune idée. »

Eric avait alors compris qu'il devrait se débrouiller seul.

Il résoudrait le problème que son mentor jugeait insoluble. Il n'avait pas le choix. Il trouverait une solution. Laquelle ne se produirait pas seulement en imagination, mais dans la vie réelle. Sans enfreindre les consignes. Décidément, il détestait cette troisième règle !

Il avait téléphoné à Baum.

« J'ai besoin de votre aide...

— Je sais, avait répondu son mentor comme attendu.

— Je voudrais organiser une formation de faiseurs de coïncidences. Nous demanderons la mutation de mes deux clients.

— Oui, oui.

— Il n'y aura que trois stagiaires.

— Je vous répète que je suis au courant.

— C'est excitant de savoir à l'avance ce que les gens vont dire, hein ?

— Vous n'imaginez pas à quel point. »

La coda allait bientôt être exécutée.

Ou l'ouverture, selon le point de vue.

Il se leva et signala à la serveuse qu'il avait laissé un billet sous la tasse vide. Dehors, il retrouva le soleil et respira à fond. Il était temps de se rendre au parc.

1.

Ce serait une merveilleuse journée, pressentit-elle dès qu'elle eut mis le nez dehors. Peut-être était-ce la lumière qui inondait le trottoir, la drôle d'odeur émanant du balcon de la voisine du premier ou encore le fait qu'elle disposait de vingt-quatre heures de liberté, son tour de garde ayant encore été annulé. Quoi qu'il en soit, la journée s'annonçait sous les meilleurs auspices.

Quelque chose de blanc, visqueux et dégoûtant atterrit sur son épaule droite. Elle leva les yeux à temps pour voir un pigeon s'enfuir à tire-d'aile, un grossier volatile qui venait de se vider les intestins. Elle rentra se changer à la maison.

En ressortant, vêtue d'une robe rouge à rayures blanches, elle décida que tout irait pour le mieux à partir de main-te-nant.

« Votre livre n'est toujours pas arrivé, déclara le libraire, un jeune homme boutonneux et nonchalant qui jouait avec son téléphone tandis que, autour de lui, un monde de merveilles attendait patiemment qu'il ouvre les yeux et lui prête attention.

— Savez-vous quand il arrivera ? demanda-t-elle. Le bon de réduction n'est valable que jusqu'à demain.

— Il ne sera pas là demain non plus, c'est certain. Vous feriez mieux d'en choisir un autre. Il y a des nouveautés que je n'ai pas encore rangées là-bas », signala-t-il en désignant un coin de la boutique avant de replonger sur son écran.

Question de priorités.

Ce n'était pas la première fois que cela lui arrivait. Elle avait mis au point une tactique en pareille situation.

Un observateur extérieur aurait probablement conclu qu'il s'agissait d'une étudiante rêvassant entre les rayonnages en fredonnant un air inconnu. Pour elle, c'était une autre histoire, un peu comme à la loterie, le livre gagnant serait celui sur lequel elle poserait son regard au moment où elle achèverait sa chanson.

Elle revint sur ses pas et posa le volume désigné par le sort devant le libraire.

Férue de romans, elle n'avait jamais entendu parler de ce poète, mais le meilleur moyen de tenter de nouvelles expériences était encore de s'aventurer hors des sentiers battus, pas vrai ?

Sur le chemin du retour, elle faillit tomber dans une bouche d'égout. Évidemment. Les bons jours, c'est toujours comme ça : la plaque d'égout avait été retirée au beau milieu du trottoir.

Elle leva les yeux de son livre au moment où un ouvrier coiffé d'un casque jaune se précipitait vers elle pour lui barrer la route.

« Travaux... dangereux ! bredouilla-t-il, hors d'haleine. L'autre côté, enchaîna-t-il en désignant la direction du parc.

— Pourquoi est-ce qu'il n'y a pas de barrière de protection ? » demanda-t-elle.

L'ouvrier haussa les épaules. Son vocabulaire était limité, semblait-il.

« Dangereux, répéta-t-il. Faire le tour. »

Le recueil de poèmes avait captivé son attention. Elle s'installa machinalement sur un petit banc dans le parc, face au lac, à l'ombre d'un grand arbre.

À mesure qu'elle progressait dans sa lecture, elle avait le sentiment que la singularité distillée par ces pages s'immisçait en elle. Le texte, au style enfantin et hermétique, l'incitait à cesser d'exiger des réponses pour s'abîmer dans la contemplation muette du monde.

Elle ferma les yeux et respira les parfums semés par le vent ; la promesse d'une belle journée. Elle perçut le bruissement léger des feuilles au-dessus de sa tête. Elle rouvrit les yeux et laissa le monde l'envahir.

La pelouse verte, la surface miroitante de l'eau, les couleurs changeantes des balles avec lequelles un jeune homme jonglait sur l'autre rive du lac...

Assurément, ce serait une merveilleuse journée.

1.

Le parc était plutôt désert à cette heure matinale.

Il s'y réfugiait de temps à autre, quand il n'en pouvait plus d'être dans l'amphithéâtre à écouter des bavardages incessants. L'esprit humain n'est pas fait pour rester trop longtemps confiné dans une salle.

Il avait besoin d'espace.

Il venait là de temps en temps, séchant généralement le cours de statistiques et quelques autres du même acabit. Il courait autour du lac, regardait l'herbe pousser ou observait le jardinier, toujours dans les parages, lequel lui renvoyait des regards amusés. Il cogitait ou bien s'entraînait à jongler. Aujourd'hui, il avait foncé vers la sortie avant même que le pion n'ait eu le temps de finir d'annoncer que le professeur était malade.

Le jardinier se trouvait sur un petit tertre à l'autre bout du parc, agenouillé au milieu d'une platebande de roses miniatures. Non loin de là, un type aux jambes interminables était assis sur un banc, perdu dans ses pensées, un carnet à la main.

Il pouvait jongler avec quatre balles.

Il avait appris sans difficulté. La règle d'or, c'était de ne pas regarder ses mains. Il fallait se concentrer sur les balles sans réfléchir au moyen de les rattraper.

Jongler avait été pour lui naturel dès le début, il n'avait pas eu besoin d'apprentissage.

Au centre du parc, face au lac, il se mit à jongler, en essayant d'adopter un rythme régulier ; ses mains s'activaient comme douées d'une vie propre, tandis que ses pensées vagabondaient ailleurs.

Il se sentit soudain observé. Ses mains s'immobilisèrent et il lâcha les balles qui s'éparpillèrent sur le sol, tandis que le regard de l'inconnue – à la fois curieux et enjoué – lui transperçait l'âme. Elle était assise sur un banc, un livre à la main, vêtue d'une robe rouge et blanc qui ondulait au vent en cadence avec sa chevelure rousse. Il avait l'habitude que les filles papillonnent autour de lui. Il s'amusait à les séduire, à attirer leurs regards ou à les charmer par un bon mot, toutefois aucune d'elles – comment dire ? – ne le faisait vibrer. Ce n'était pour lui qu'un jeu. Il ne savait pas trop comment l'expliquer, mais il lui semblait qu'on lui soufflait à l'oreille que son temps n'était pas encore venu.

Et voilà que cette jeune femme, de l'autre côté du lac, lui faisait battre le cœur.

Comme une flamme vive, un autre battement de cœur, comme une vieille lettre d'amour qui se ranimait et s'embrasait sous sa peau, phrase après phrase, grâce à ses yeux.

Elle mit ses mains en porte-voix : « Pourquoi vous êtes-vous arrêté ? C'était pas mal. »

Il ramassa les balles en vitesse.

« Vous lisez quoi ? »

Elle brandit le livre pour le lui montrer.

« *Humanitéisme*, d'un certain Eddie Levy.

— De quoi ça parle ?

— C'est de la poésie… Je viens de le commencer… Je vous observais. Je ne suis pas allée très loin.

— Attendez une minute, s'égosilla-t-il avant de la rejoindre.

* * *

Quelque part, dans une petite valise, les souvenirs s'agitaient comme des enfants remuant dans leur sommeil.

Il n'en avait pas souvenir, mais dénicher ce papillon n'avait pas été une mince affaire.

Il s'était senti un peu désemparé dans l'avion qui l'emmenait vers la jungle. Il avait erré pendant une semaine avant de repérer l'habitat de l'espèce qu'il cherchait. Il avait été piqué par les moustiques, presque dévoré par un léopard, et s'était épuisé à batailler avec un papillon pendant trois jours.

Il avait beau avoir obtenu son diplôme avec mention, il ne pouvait s'empêcher de se demander à quoi cela rimait. Un léger battement d'une aile censé survenir à la seconde près ? À quoi bon ? Il connaissait la théorie des petites causes et grands effets, pour autant cette aile de papillon n'allait pas engendrer la paix dans le monde, ni une révolution technologique. Le battement d'aile d'un papillon pouvait à la rigueur déclencher une tornade...

Quelles que soient les particularités de l'insecte, cela n'irait guère plus loin.

* * *

Une brise folâtre jouait dans ses cheveux, il n'avait jamais vu plus beau spectacle.

Elle l'attendait, tranquillement assise, les mains posées sur son livre. La brise charria à ses narines une odeur familière. Elle haussa les sourcils de surprise.

Des tas de paroles embouteillaient son esprit. Les feuillets plaqués sur son cœur, sous sa peau, étaient presque incandescents.

« Bonjour, fit celui qui n'était plus Guy.

— Bonjour », répondit celle qui n'était plus Emily.

L'homme de grande taille de l'autre côté du lac cocha résolument quelque chose dans son carnet.

Le jardinier plus haut caressait un pétale délicat du bout des doigts.

Les quatre souriaient, chacun pour une raison sensiblement différente.

Composé et mis en pages
par Nord Compo à Villeneuve-d'Ascq
et achevé d'imprimer en mars 2018
par GGP Media GmbH, PöBneck
pour le compte des Éditions Delcourt
8 rue Léon Jouhaux, 75010 Paris

Dépôt légal : mars 2018
Imprimé en Allemagne